莎士比亚

戏剧的传奇

袁子茵 著

·南京·

图书在版编目（CIP）数据

莎士比亚：戏剧的传奇 / 袁子茵著. -- 南京：河海大学出版社，2025. 3. --（文学巨匠丛书）.
ISBN 978-7-5630-9447-9

Ⅰ. I561.063
中国国家版本馆 CIP 数据核字第 2024A4F142 号

丛 书 名	/	文学巨匠丛书
书　　名	/	莎士比亚：戏剧的传奇
		SHASHIBIYA：XIJU DE CHUANQI
书　　号	/	ISBN 978-7-5630-9447-9
责任编辑	/	彭志诚
文字编辑	/	李梦婷
特约校对	/	曹　阳
装帧设计	/	未来趋势
出版发行	/	河海大学出版社
地　　址	/	南京市西康路 1 号（邮编：210098）
电　　话	/	（025）83737852（总编室）
		（025）83722833（营销部）
经　　销	/	全国新华书店
印　　刷	/	三河市元兴印务有限公司
开　　本	/	660 毫米×960 毫米　1/16
印　　张	/	17.5
字　　数	/	242 千字
版　　次	/	2025 年 3 月第 1 版
印　　次	/	2025 年 3 月第 1 次印刷
定　　价	/	89.80 元

◆世界文学之窗向我们打开……

引 言
INTRODUCTION

威廉·莎士比亚(1564—1616)是英国文艺复兴时期伟大的剧作家、诗人,是欧洲文艺复兴时期人文主义文学的集大成者。他一生共写了37部戏剧、154首十四行诗、2首长诗和其他诗歌。莎士比亚在总结前人经验的基础上,把英国的戏剧水平发展提高到前所未有的高度。他的戏剧多取材于历史记载、小说、民间传说和古老戏剧等已有的材料,反映了封建社会向资本主义社会过渡时期的历史现实,宣扬了新兴资产阶级的人道主义思想和人性论观点。他的历史剧、喜剧、悲喜剧,特别是他的悲剧创作,具有悲喜交融、诗意曼妙和想象纯净的特征,充满了人生哲理和批判精神,取得了突出的成就。莎士比亚是近代欧洲文学的奠基人之一,是最杰出的人文主义文学的代表,他同古代的荷马、中世纪的但丁、近代的歌德,被称为划时代的四大作家。

莎士比亚的创作大致分为三个时期:

早期创作(1590—1600):这一时期,伊丽莎白一世的中央主权尚属稳固,王室与工商业者及新贵族的暂时联盟尚在发展。莎士比亚在此期间共创作了9部历史剧、10

莎士比亚画像

部喜剧、3部悲剧、2首长诗以及154首十四行诗。《仲夏夜之梦》是莎士比亚喜剧创作走向成熟的标志;《威尼斯商人》是其喜剧的代表作;《亨利五世》是一部以成功君王为主角的历史剧,写出了一个理想君王的基本品性和成长过程;《罗密欧与朱丽叶》是一部乐观主义的悲剧,是带有喜剧色彩的爱情悲剧。这些作品体现了莎士比亚的乐观主义情绪和人文主义思想。

莎士比亚明朗、乐观的写作风格,说明他对和谐解决生活矛盾和社会矛盾充满信心。

中期创作(1601—1607):这一时期,英国农村的"圈地运动"加速进行,社会矛盾深化,政治经济形势日益恶化。詹姆士一世继位后的倒行逆施,更使人民痛苦加剧。莎士比亚在此期间共写了5部悲剧:《哈姆雷特》《奥赛罗》《李尔王》《麦克白》和《雅典的泰门》;2部罗马悲剧:《安东尼和克莉奥佩特拉》和《科利奥兰纳斯》;3部喜剧(又称阴暗喜剧):《特洛伊罗斯与克瑞西达》《终成眷属》和《一报还一报》;还写了一些十四行诗。这些作品表达了莎士比亚阴郁、悲怆、愤慨的心情,反映了当时的社会矛盾,表现出人们的怀疑情绪。

晚期创作(1608—1612):这一时期,詹姆士一世王朝更加腐败,社会矛盾更加尖锐。莎士比亚深感人文主义理想的破灭,其创作思想转为调和现实矛盾,创作倾向于妥协和幻想的悲喜剧和传奇剧。莎士比亚在此期间写了4部传奇剧本、1部历史剧本、1部与人合著的传奇剧本。传奇剧为《泰尔亲王配力克里斯》《辛白林》《冬天的故事》《暴风雨》;历史剧为《亨利八世》(1613年上演);与当时剧作家约翰·弗莱彻合著一部传奇剧《两位贵亲》。《暴风雨》是这一时期的代表作,被视为莎士比亚向戏剧告别的作品。剧中提出了理想国的主张,表达了人间最美好的主题——爱情、友谊、宽恕,被称为"用诗歌写的遗嘱"。

在这些作品中，莎士比亚从真实生活出发，偏重曲折离奇的故事和浪漫的情趣，追求大团圆的结局，其创作风格也随之表现为浪漫空幻。

400多年以来，世界各国学者纷纷研究莎士比亚的作品。他的作品被翻译成各种文字在世界各地出版，他的戏剧在全世界演出，他的诗句被广泛引用，流传至今。从17世纪起，莎士比亚戏剧就传入了德、法、意、俄等国家，引起了强烈的反响，然后相继传入美国及其他国家。各种文学的译本，不同派别的莎学理论，以莎剧为依据的音乐、美术、舞剧、歌剧、电影等作品相继出版和演出，数量之多，堪称壮观。以莎士比亚诗句为书名的文学作品，在英、美两国就有100多种，例如毛姆的《寻欢作乐》，赫胥黎的《短暂的烛光》，福克纳的《喧哗和骚动》，陶乐赛·派克的《没有一口井深》等小说题目；还有以他的名字为书名的规模宏大的作品集和工具书，如《莎士比亚集注》《莎士比亚大辞典》《莎士比亚剧本内容提要》《莎士比亚剧作人名地名读音辞典》。

19世纪中叶，到中国传教的传教士就介绍过莎士比亚。19世纪末20世纪初，中国思想家严复于1894年和1897年、梁启超于1902年、鲁迅于1907年都在译注中提到莎士比亚。莎士比亚的戏剧最初是通过查尔斯·兰姆《莎士比亚乐府》的译述介绍给中国人民的。到中华人民共和国成立前，已有30部莎士比亚戏剧被翻译成中文。1978年由人民文学出版社出版的《莎士比亚全集》，是我国翻译出版的第一部外国作家全集。

莎士比亚创造了戏剧的传奇，在世界文坛上具有非凡的影响和无可替代的地位。与莎士比亚同时代的戏剧家，莎士比亚的朋友兼文坛劲敌本·琼森这样评价他："得意吧，我的不列颠，你拿得出一个人，他可以折服欧罗巴全部的戏文。他不属于一个时代而属于所有的世纪!"（见卞之琳译《英国诗选》，湖南人民出版社，1983年版，第35页）比莎士比亚小近半个世纪的英国伟大诗人约翰·弥尔顿这样赞颂他："我们最亲密的莎士比亚，幻想之子，尽情地歌唱他那天赋的没有技巧的诗歌。"（见王元化著《王元化集 卷三 莎剧解读》，湖北教育出版社，2007年版，第295页）法国19世纪伟大的浪漫主义诗人和小说家雨果曾用抒情诗的语言这样盛赞莎士比亚的作品："莎士比亚丰富、有力、繁茂，是丰满的乳房、泡沫满溢的酒杯、盛满了的酒桶、充沛的汁液、汹涌的岩浆、成簇的萌芽、普赐生命的甘露，他的一切都以千计、以百万计，毫不吞吞吐吐，毫不牵强凑合，毫不吝啬，像创造主那样坦然自若而又挥霍无度。……莎士比亚是播种'眩晕'的人。他的每一个字都有形象；每一个字都有对照；每一个字都有白昼和黑夜。"（见郑土生主编《莎士比亚全集 下》，中国戏剧出版社，1997年版，第599页）

马克思称莎士比亚为"人类最伟大的天才之一"。恩格斯盛赞其作品的现实主义精神与情节的生动性、丰富性。莎士比亚在欧洲文学史上占有的特殊地位，被喻为"人类文学奥林匹斯山上的宙斯"。

目 录
CONTENTS

第一部分　生命历程

一、出生　　　　　　　　　　　　　　　　003
二、童年，戏剧就来了　　　　　　　　　　004
三、少年已知愁滋味　　　　　　　　　　　005
四、结婚了，梦想依旧　　　　　　　　　　007
五、伦敦，梦起的地方　　　　　　　　　　008
六、剧团生涯开始了　　　　　　　　　　　011
七、初露锋芒　　　　　　　　　　　　　　013
八、博观约取，厚积薄发　　　　　　　　　017
　　1. 寻觅创作的源泉　　　　　　　　　　017
　　2. 叙事诗的故事　　　　　　　　　　　018
九、走向成熟，感悟生命与舞台　　　　　　021
　　1. 在伦敦戏剧界的重要地位　　　　　　021
　　2. 无与伦比的悲剧、喜剧和历史剧　　　022
　　3. 十四行诗的长梦　　　　　　　　　　025

十、辉煌成就：四大悲剧诞生了　　030
　　1. 环球剧场　　031
　　2. 瘟疫与时局　　032
　　3. 走向辉煌　　034

十一、道德与宽恕的传奇喜剧　　036
　　1. 创作晚期　　036
　　2. 环球剧场失火　　037

十二、故里——生命的回归　　038

第二部分 创作

一、创作体裁　　047
　　1. 诗歌　　047
　　2. 戏剧　　048

二、创作道路　　051
　　1. 早期创作（1590—1600）　　052
　　　（1）歌颂爱情、美德的长诗和
　　　　　 "莎士比亚式"的十四行诗　　052
　　　（2）喜剧中的浪漫主义和淡淡的忧伤　　059
　　　（3）历史剧再现英王朝兴衰　　067
　　　（4）喜剧时期的悲剧不失希望的曙光　　071
　　2. 中期创作（1601—1607）　　072
　　　（1）悲剧的社会根源及时代特征　　074
　　　（2）罗马悲剧，流血的社会和政治　　081

（3）悲剧时期的阴暗喜剧　　　　　　　　　　　　082
　3. 晚期创作（1608—1612）　　　　　　　　　　　　084
　　（1）宁静深邃的意境与浪漫空幻的寻求　　　　　　084
　　（2）瑰丽多姿的传奇剧　　　　　　　　　　　　　085

第三部分　艺术特色与艺术成就

一、艺术特色　　　　　　　　　　　　　　　　　　　091
　1. 作品的思想性、艺术性和现实性　　　　　　　　　091
　　（1）莎士比亚的社会政治思想　　　　　　　　　　092
　　（2）莎士比亚的伦理道德思想　　　　　　　　　　094
　2. 作品的典型人物形象　　　　　　　　　　　　　　098
　　（1）相互对立的一组人物形象　　　　　　　　　　098
　　（2）人物性格的多样性、单面性及鲜明性　　　　　100
　　（3）不同性质的戏剧冲突中的人物形象　　　　　　103
　　（4）人性论观点下的人物形象　　　　　　　　　　107
　3. 戏剧情节的丰富和生动，戏剧结构的完整与缜密　　108
　　（1）情节线的延伸与人物的戏剧冲突　　　　　　　109
　　（2）"福斯塔夫式的背景"的广阔性，悲喜兼容的
　　　　 情节特征　　　　　　　　　　　　　　　　　111
　　（3）戏剧结构的完整与巧妙　　　　　　　　　　　112
　4. 形象化、个性化的语言范例　　　　　　　　　　　116

二、艺术成就　　　　　　　　　　　121

1. 追求诗意的剧场艺术　　　　　　　121
2. 跨越时空的戏剧成就　　　　　　　123
3. 卓越的地位和世界性的传播　　　　125

　　（1）莎士比亚其人及其作品　　　126

　　（2）莎士比亚在世界文坛上的地位及其作品的

　　　　世界性传播　　　　　　　　　129

　　（3）莎士比亚作品在中国的传播　130

‖ 第四部分　主要作品介绍

《罗密欧与朱丽叶》　　　　　　　　　137

　1. 时代背景　　　　　　　　　　　138
　2. 剧情梗概　　　　　　　　　　　139
　3. 赏析　　　　　　　　　　　　　147

《哈姆雷特》　　　　　　　　　　　　154

　1. 时代背景　　　　　　　　　　　154
　2. 剧情梗概　　　　　　　　　　　155
　3. 赏析　　　　　　　　　　　　　166

《奥赛罗》　　　　　　　　　　　　　176

　1. 时代背景　　　　　　　　　　　176
　2. 剧情梗概　　　　　　　　　　　177
　3. 赏析　　　　　　　　　　　　　187

《李尔王》 195
 1. 时代背景 195
 2. 剧情梗概 196
 3. 赏析 215

《麦克白》 226
 1. 时代背景 226
 2. 剧情梗概 227
 3. 赏析 236

《威尼斯商人》 242
 1. 时代背景 242
 2. 剧情梗概 243
 3. 赏析 253

‖ 附录

莎士比亚生平及创作年表 261
参考文献 265

第一部分 ｜ 生命历程

人的一生是短的,
但如果卑劣地过这一生,就太长了。

一、出生

16世纪中叶,英国中部瓦维克郡埃文河畔的斯特拉特福镇是一个重要城市。小城街道很宽广,房舍周围多有花圃,埃文河贯穿城内,空气湿润,风景诱人。这个在当时人口还不足3000人的城镇,却是附近地区农产品集散中心,还是羊皮加工和买卖的地方。每当有集市的时候,人们聚集在这里,整个街道就热闹起来,有些嘈杂。小镇的对外交通也便利,有两条大路直通距此地约150千米的首都伦敦。不远处的郊外,有很多名胜古迹。

1564年4月23日,威廉·莎士比亚出生在斯特拉特福镇一个富裕的市民家庭。莎士比亚出生时,父亲约翰·莎士比亚已是镇上的一位知名人士。父亲原是邻村斯尼特菲尔德的一个农民,于1552年迁到斯特拉特福,从事羊毛手套和皮革的制作和加工行业,还做一些农产品和木材的生意。在1556年,父亲购置了房产,成为镇上一个殷实的商人。1557年前后,他与当地乡绅罗伯特·阿尔登的女儿玛丽·阿尔登结婚。婚后,家产有所增加,二人过着幸福富裕的生活,生了4个男孩、4个女孩,威廉·莎士比亚排行第三,是家中最大的男孩。

在城镇东南角河边,有一座圣三一礼拜堂,是当时有名的建筑,在今天依然屹立,成为一个纪念

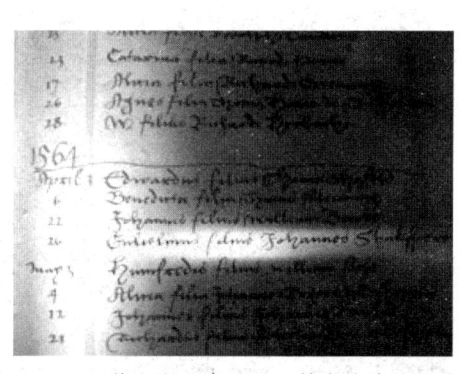

莎士比亚在圣三一教堂的洗礼记录

场所。1564年4月26日莎士比亚就在这里接受了洗礼，父母为他取名威廉。圣三一教堂里至今仍保留着莎士比亚洗礼的记录。

1564年，斯特拉特福镇发生了瘟疫，在教堂的记录册上记载着当时的惨烈情形：7月11日瘟疫开始，20日开始死人，此后每隔两三天，死人的数量骤增，这个状况一直持续到年底。

这场瘟疫导致了近3000人的斯特拉特福镇有四分之一的人死亡，莎士比亚幸运地活了下来。

二、童年，戏剧就来了

莎士比亚的童年生活很富足，他家的房子在周围的建筑群中十分显眼。这是一座带阁楼的二层楼房，房子外形整体古朴雅致，斜坡的瓦顶，泥土原色的外墙，凸出墙外的窗户和门廊，楼下是起居室和厨房，楼上是卧室，桌、椅、床、柜都是木制的，还有一个木制摇篮。这个时期，英国的毛纺织业发展迅速，这个小城的工商业也日益繁荣。父亲约翰·莎士比亚经营的买卖越来越好，他买下了4处房产，成了当地富裕家庭的代表人物。同时，他还积极参加本地的政治活动，担任过地方政府的若干个职务。当时，斯特拉特福的行

莎士比亚故居

政权力掌握在1名镇长、14名镇议员和14名首席市民手中。莎士比亚的童年时代，正是他的父亲政治上最得意、经济上最富裕的时期。在他1岁的时候，即1565年，他的父亲被选为镇议员；在他4岁的时候，也就是1568年，他的父亲被选为镇长。

当时，经常有一些旅行剧团到斯特拉特福镇巡回演出，这些剧团为了不受地方行政当局的歧视和迫害，常常需要寻求王室或者贵族的保护，纷纷以王室、贵族的称号或职务命名，如"女王剧团""雷斯脱伯爵剧团""海军大臣剧团"等，实际上剧团是私有的。

1569年，莎士比亚开始接触戏剧。在莎士比亚的父亲担任镇长期间，凡是来斯特拉特福演出的剧团，在被批准公演之前，须先在镇政厅为当地的政府官员和绅士做一次演出以获得批准，才能在当地演出。每一次小莎士比亚都兴致勃勃地跟随着大人去观看，这无形中引发了小莎士比亚对戏剧表演的兴趣。到了16世纪70年代，斯特拉特福成了各巡回剧团的演出中心，小镇上的演出次数更多了，这更激发了小莎士比亚对于戏剧的爱好。童年对剧团的初始印象，在他以后的剧本里多有体现，比如《哈姆雷特》中就有流浪剧团在宫廷中演戏的场景。

三、少年已知愁滋味

16世纪的教会改革和人文主义思潮的发展使学校的教学发生了重大变化。为了取代教会学校，一种进行世俗教育的学校应运而生，这类学校叫"文法学校"。1571年，7岁的莎士比亚被送到当地的一个文法学校接受教育，学校距离他家四分之一英里（1英里等于1.6093公里）。

莎士比亚就读的这所学校成立于1553年，是一所由市政厅拨款的免费教育学校，学校对市政厅及下属单位的子弟实行义务教育，这所学校是当时国内最好的文法学校之一，在当地很有名气。学校的教师大都毕业于英国最著名的两所大学——牛津大学和剑桥大学。孩子们在进入文法学校前要进行英文读写的训练，掌握一些简单的英文阅读和写作的基础之后，才可以在7岁的时候进入文法学校学习。当时整个英格兰学校的课程设置由法律规定，学校提供拉丁语和古典文学的强化教育。在学校，先学拉丁语文法，然后学习逻辑、修辞、演说、历史，进而阅读古典文学，主要是学习古罗马文学，《圣经》也是必修的课目。

莎士比亚在那里学习了6年，掌握了基本的写作技巧，获得了丰富的知识。他学会了拉丁语和希腊语，接触到了古罗马诗歌和戏剧。学校经常组织孩子们排演话剧，莎士比亚每一次都积极参加。在木板搭起的临时舞台上，他全神贯注，认真地捕捉人物的内心情感，琢磨语言的声调和肢体动作。

莎士比亚喜欢奥维德[1]和维吉尔[2]的诗歌，喜欢普劳图斯[3]的喜剧和塞涅卡[4]的悲剧，他还喜欢古罗马演说家西塞罗的书信、演说词和论文片段。这些名家的格言和箴言深深地影响着莎士比亚，他用拉丁文和英文互译并抄录下来，成为他日后戏剧创作的片段。这

---

[1] 奥维德（公元前43—约公元17），古罗马著名诗人，代表作是长诗《变形记》。
[2] 维吉尔（公元前70—前19），古罗马最杰出的诗人，代表作是《伊尼特》。
[3] 普劳图斯（约公元前254—前184），古罗马著名喜剧作家，是古罗马第一个有完整作品传世的戏剧作家，代表作《孪生兄弟》。
[4] 塞涅卡（约公元前4—公元65），古罗马悲剧作家、政治活动家，代表作《美狄亚》《俄狄浦斯》。

几年的学习生活，为他打下了比较坚实的文学知识基础和良好的艺术修养功底。

16世纪70年代初，莎士比亚的父亲开始走背运了，非法贸易和高利贷给他招惹了不少麻烦。因为他把自己的产业抵押了，结果失去了部分财产。少年莎士比亚感到家庭生活没有了以往的快乐。

1577年，由于父亲经营不善，家境逐渐衰落，家庭的经济状况愈来愈困难。小莎士比亚只得中途停学，被父亲从学校接回家中。从此，他结束了无忧无虑的生活。

莎士比亚出生在当时的富裕市民之家，即新兴资产阶级家庭，只是自1577年开始，他的家境在经济上就日趋衰落了，以致开始负债。他的父亲由于不再出席镇议会，1587年被取消了镇议员的资格，曾引以为傲的出身也成为往日的荣耀。

回到家中的莎士比亚先是帮父亲料理了一段生意，然后就外出走上独自谋生之路。传说他当过肉店学徒，做过律师的小使，当过乡村教师，还参加远征军去过荷兰、意大利。这些经历无疑增长了他的社会阅历，为他以后的戏剧创作积攒了广泛的素材，打下了坚实的社会实践基础。

四、结婚了，梦想依旧

1582年年底，18岁的威廉·莎士比亚与年长自己8岁的邻村姑娘安妮·哈瑟维结婚，伍斯特主教教区的宗教法院于1582年11月27日为他们签发了结婚证书。次日，哈瑟维的两位邻居为他们做了婚姻担保。通常宗教法院的允许结婚预告是宣告三次的，但他们只宣告了一次，这对新人就匆忙地安排了仪式，这是因为哈瑟维已经怀上了莎士比亚的孩子。

莎士比亚结婚6个月后，女儿苏珊娜·莎士比亚降生，并于1583年5月26日接受洗礼。两年后，哈瑟维又为莎士比亚生了一对龙凤胎——儿子哈姆涅特和女儿朱迪思。两个孩子在1585年2月2日接受了洗礼。儿女双全带给莎士比亚全家的快乐没有持续多久，1586年，莎士比亚的父亲被解除了当地最高长官的公职。

这是一个充满冒险精神的时代。莎士比亚在经历了无忧无虑的童年生活，又经历了父亲生意和政治上的变故后，他感受到了戏剧般的生活落差。在最好的学校里，他读过古罗马的诗歌和历史故事；在家境遭遇生活的坎坷时，他出外独立谋生，历经艰难。

在崇拜英雄的时代，在斯特拉特福，他找不到施展自己抱负的天地。

莎士比亚的思想已经冲出了这个单调乏味的小城市，他向往着伦敦，那是国家的首都，那里有大都市的风情，那里每天都上演着形形色色的戏剧。每当想到大幕拉开，他会难掩激动的情绪，那是属于他的世界，他要一展个人的抱负。他决定只身前往伦敦。

1586年，莎士比亚开始安排家中的事情。大致在1587年，他把妻子和3个孩子托付给父母之后，就带着儿时的梦想，跟着一个来自伦敦到斯特拉特福镇巡演的戏班离开了家，奔向伦敦。

五、伦敦，梦起的地方

当时的英国和整个欧洲正处于社会大变革年代，欧洲的文艺复兴运动正处于高潮。

文艺复兴是欧洲14—16世纪由新兴资产阶级兴起的一场反封建、反教会的思想文化运动，开始于意大利，逐步蔓延到整个西欧。新兴资产阶级声称要把久已湮没的古典文化"复兴"起来，他们呼吁人性复归，追求理性思考，他们将兴趣的焦点从虚幻的"上帝"向实际存在着的"人"身上转移。文艺复兴中宣传资产阶级思想的人文主义者提出的"人"和教会尊崇的"神"相对抗，用个性解放来反对教会提出的禁欲主义，用理性来反对蒙昧主义，用平等思想来反对封建社会等级的门第观念，用中央集权来反对封建割据等思想。这些反教会、反封建的思想，在历史上曾起过很大的进步作用。

莎士比亚来到伦敦的时候，也正是英国女王伊丽莎白一世统治的鼎盛时期（女王在位时间为1558—1603年）。16世纪初期，英国资本主义经济迅速发展，专制王朝执行了有利于资本主义工商业发展的政策，得到新兴资产阶级的支持，因此，英国王室与资产阶级之间形成了暂时的联盟。伊丽莎白继位以后，结束了与法国的战争，缓和了与苏格兰和西班牙的紧张关系，尤其是确立了英国圣公教为国家宗教，解决了英国国内的宗教派别之间的尖锐矛盾，英国社会出现了经济繁荣和政治安定的局面。1588年，伊丽莎白女王发展的英国海军打败了西班牙的"无敌舰队"，英国成为欧洲海上霸主。这场胜利牢固地树立起了英国作为世界头号

英国女王伊丽莎白一世

海军大国的地位，也扫除了英国向海外扩张的障碍。英国开始大规模地掠夺殖民地，这极大地促进了英国工商业的发展。

随着工商业和海外贸易的迅速发展，古希腊、古罗马戏剧被介绍到英国来。城市日渐兴盛，英国的民族文学特别是民族戏剧发展起来，戏剧日益受到市民欢迎。在塞涅卡、泰伦提乌斯、普劳图斯等古典作家的影响下，剧作家创作热情高涨，正规戏剧产生了，新的戏剧形式——悲剧和喜剧开始出现。16世纪中叶，出现了最早的正规喜剧和悲剧。1551年，尼古拉斯·乌达尔以普劳图斯的作品为范本，写出了第一部英国喜剧《拉尔夫·劳埃斯特·道埃斯特》。1562年，托马斯·沙克威尔和托马斯·诺尔登按照塞涅卡作品的形式写出了第一部英国悲剧《高博达克》。16世纪70年代中期，英国戏剧又有了进一步的发展。演员被正式承认为合法的职业，出现了职业演员剧团，为了取得政治上的庇护，它们名义上隶属于王室或某一贵族，但演员人身是独立的。剧团只要得到王室或某一贵族的庇护就可以演出，公共剧场也开始建立起来。在此之前，英国的剧团大多是一些四处流浪的戏班子，当时伦敦的剧团是由演员自己组成的，没有固定的演出场所，一般是在集市广场上或旅店院子里临时搭成舞台表演，还经常到外地巡回演出，这样的演出环境很容易引起骚乱。莎士比亚儿时看到的剧团就是这样的草台班子。

1576年，伦敦的第一个剧院建成，英国开始有了公共剧场，正式命名为"剧院"。"剧院"剧场比较小，仅能容纳1000人。之后，伦敦又陆续建起了"幕帷剧院""伯特戏院""玫瑰剧院""天鹅剧院"等。这些剧院全部设在伦敦城外，在伦敦北郊或泰晤士河南岸。它们大多是按照客栈庭院格式建成的露天剧场。剧场内部是一个占地颇广的中央无顶空间，称为"池子"，环绕在"池子"周围的是三层有屋顶的楼廊,设有包厢或贵族席,为国王陛下和达官贵人专用。舞台是一个高出地面 4—6 英尺(1 英尺合 0.3048 米)的平台,向前突出伸入池座中间,观众可以三面看戏。因为没有灯光照明,只能在白天演出。当时的道具极少,没有帷幕、布景,但服装比较讲究。剧场的座椅说不上舒适,但座位很多,可容纳 1500—3000 人。观众的社会成分也很复杂,大多是手艺人、小商贩和帮工,也有少数的自由职业者、富商和绅士。

正式剧院建立起来后,演员的演技水平也在不断提高。

六、剧团生涯开始了

伦敦戏剧界正在进行革新,戏剧业发展迅猛,很快成为当时文化的主流。正是在这个时候,莎士比亚来到了伦敦。他出身普通的市民家庭,既没有上过大学,也没有任何靠山,像他这样的人,想在宫廷找到差事是不可能的。莎士比亚在伦敦度过四五年默默无闻的时间后,遇到一个同乡,名叫查理·菲尔德。这个同乡长期在伦敦的一家印刷所做工,后来同老板的遗孀结了婚。因生意的关系,菲尔德结识了戏剧界的人,可能是经他介绍,1589 年左右,莎士比亚在剧团里找到了工作。莎士比亚先是做马夫,在剧团门口侍候看戏的乡绅以及做一些杂役,后来当上了一名雇佣演员,开始他的舞台表演生涯。在舞台上,年轻的、漂亮的、体格匀称的他大多是跑龙套,偶尔演主角。

莎士比亚为人谦和、才智过人。他一面勤学苦练演戏的本领,一面去做剧团的杂务,比如给演员提词。他还利用工作的余暇去观摩其他剧团的演出。海军大臣剧团的悲剧演员爱德华·亚玲主演的悲剧，曾深深地感动过他，这对他后来的历史剧和悲剧的写作产生了一定的影响。

大约在1587年，伦敦出现了一批受过高等教育的剧作家。他们的出身都不是很高贵，但都有较好的古典文化修养，至少在伦敦最优秀的学校接受过人文主义教育。这些剧作家经常聚在一起，将各种传统戏剧融为一体，其中包括古罗马戏剧以及模仿古罗马戏剧的学院剧、中世纪的道德剧、当代的意大利与法国戏剧，从而创作出结构严谨、情节生动、诗意盎然的剧作。他们对于戏剧形式的发展也做出了很大贡献，创造出复仇悲剧、浪漫喜剧和历史剧等多种戏剧形式。他们在英国传统戏剧的基础上，吸收了古希腊、古罗马戏剧的养分，又学习了意大利、西班牙等国的艺术新成就，写出了不少剧本，把英国戏剧艺术提高到了一个新高度。这些剧作家被称为"大学才子"，他们中成就较大的有克里斯托弗·马洛（Christopher Marlowe，1564—1593）、约翰·李利（John Lyly，约1554—1606）、托马斯·基德（Thomas Kyd，约1557—1595）、罗伯特·格林（Robert Greene，约1560—1592）以及托马斯·洛奇（Thomas Lodge，约1558—1625）等人。

这些人对莎士比亚的影响很大，特别是马洛对莎士比亚的影响更大。马洛是"大学才子"中最有才华、成就最大的一个。1587年，马洛在剑桥大学获硕士学位。他通晓古典著作，热爱真理，是文艺复兴运动的化身，他能以最少的语言表达出广博的思想。他革新了中世纪的戏剧，抛弃了原来戏剧中的韵律诗，改为无韵诗。他创作的无韵诗具有宏伟的气势，符合文艺复兴时期奋发向上的精神。在舞台上，他创作了反映时代精神的剧作，并将无韵诗引入了戏剧，在文学史上享有"诗剧的晨星""英国悲剧之父"的美誉。他是莎士比亚以前英国戏剧界最重要的人物，也是英国文艺复兴戏剧的真正创始人。作品有《浮士德博士的悲剧》《帖木儿大帝》《马耳他岛的犹太人》等。

约翰·李利的喜剧对莎士比亚的影响也很大。李利曾先后在牛津大学和剑桥大学受过教育，他的祖父是当时被英国许多学校列为拉丁文教材的《拉丁语法》一书的编纂者。莎士比亚就读文法学校时就曾学过这本教材。李利受家庭的影响，立志献身文学事业。他在文坛上的地位是由其创作的喜剧奠定的，如《昂迪米思》《班比妈妈》《亚历山大和坎巴丝帕》等，莎士比亚的喜剧中经常借用李利的作品。

如果说马洛是莎士比亚在悲剧创作方面效仿的先驱，那么李利则是莎士比亚在喜剧创作方面的楷模了。莎士比亚敬重他们，虚心地向他们请教有关戏剧问题。他买了许多的书，也借阅了许多书，他努力弥补着自己没有大学经历的缺憾。他认真地学习了戏剧理论和戏剧创作，更多地学习了历史方面的知识，比如读《英格兰、苏格兰与爱尔兰编年史》，为他创作历史剧本打下了基础。

七、初露锋芒

1590年前后，莎士比亚开始为剧团改编旧剧本和修改其他剧作家的剧本。当时的剧院几乎每天都要更换剧目，只有受欢迎的戏隔一定时间才能重演。受欢迎的戏，最多的在3年之内重演30多次；不受欢迎的戏，常常只公演一次便被取消。因此剧团对于剧本的需求非常迫切。由于这种需求，莎士比亚就独自编写起剧本来。

这一时期，以英国历史为题材的剧本在伦敦舞台上竞相演出。据估计，从打败西班牙的"无敌舰队"到伊丽莎白一世逝世的15年间（1588—1603），有关英国历史事件和历史人物的剧本大约出版了200部，占这一时期上演剧目总数的五分之一，可见当时的历史剧很受欢迎。这种现象反映出打败西班牙后英国人民爱国热情的高涨，以及他们对祖国的历史人物和事件的浓厚兴趣。这为莎士比亚提供了创作历史剧的机会。

莎士比亚一共写了10部英国历史剧，其中9部是在1590—1598年间创作的。在这些剧作中，他表达了反对封建割据、宣扬统一王权的观点，反映了新兴资产阶级的政治要求，表达了他对国家命运的关心，更着重说明了英国封建内战的残酷及其对人民的危害。他的戏剧创作已深深根植于英国都铎王朝和伊丽莎白时期的现实生活中。

1590—1592年间，莎士比亚完成了历史剧《亨利六世》（上、中、下）三部曲。

亨利六世画像

莎士比亚的《亨利六世》三部曲写的是15世纪英法百年战争后期和玫瑰战争爆发初期的史实，该剧热情歌颂了在对法战争中英勇殉国的英军将领，极力丑化扭转法军战局、挽救法国威望的法国女英雄贞德。同时，他还通过英国内战双方父子互相残杀的悲剧来揭露封建内战的罪恶。

此后莎士比亚的作品甚丰。在那

个需求巨人而又的确产生巨人的文艺复兴时期,莎士比亚卓越的才能加之戏剧性的生活,让他找到了丰富的创作源泉。

继《亨利六世》之后,莎士比亚于1592—1593年间写出了历史剧《理查三世》,这是他初期创作中的一部杰作。全剧集中描写15世纪末英国国王理查三世的暴行,通过对他一生的介绍,指出暴虐无道、失去人心是他灭亡的原因,

理查三世画像

表达了对封建暴君的谴责。此剧不仅主题突出、情节生动,而且在人物形象的个性化塑造方面也取得了一定的成就。在塑造这一历史人物时,莎士比亚抓住了理查三世野心勃勃、阴险狠毒而又言行不一、口蜜腹剑的特点,成功地塑造出一个暴君的典型形象。

1592年,伦敦的舞台已经公演了他的几部剧作,他作为剧作家和演员在伦敦逐渐有了知名度。莎士比亚靠自己的打拼向人们证实了自己是一个脚踏实地、品行端正之人,他成了剧团的股东,很快赢得了同行们的尊敬和爱戴。

莎士比亚的剧作获得了成功,声名大噪。这引起了当时一位老剧作家的嫉妒和攻击。

罗伯特·格林是英国赫赫有名的剧作家,曾在牛津大学和剑桥大学学习,被称为"大学才子"。格林的写作往往避开沉重悲壮的主题,而采用浪漫与幽默情调的写作方式。他的最有名的喜剧是《老奶奶的故事》。他过着漂泊不定的浪漫文学家生涯,由于生活放浪以致贫病交加,最后病倒在一个小旅馆里。1592年9月,罗伯特·格林临死前在他写的《千悔得一智》(也叫《无限悔恨赢得的一点聪

明》）中悔过自己的行为，用自己的经历劝谏他的同行马洛等3位作家，还告诫他的同行要警惕那些演员出身的剧作者。"一只暴发户式的乌鸦，借我们的羽毛来美化自己，用演员的皮，包藏起虎狼之心；他以为能写几句无韵诗就能与你们中间最优秀的人媲美；他只是一个什么都干的打杂工，却自命不凡，把自己看作国内唯一震撼舞台的人。"（见阿尼克斯特著《莎士比亚传》，中国戏剧出版社，1984年版，第76页）这段话知情人一读就明白，影射的正是莎士比亚。因为莎士比亚的《亨利六世》下篇的第一幕第四场有一句台词："呵，一张妇人的皮包藏起她的虎狼之心。"这是约克公爵咒骂玛格丽特王后的话。这里，格林换了一个词，用来咒骂莎士比亚。可见，他是模仿莎士比亚剧本中的台词来影射和攻击莎士比亚，莎士比亚被他叫作"一只暴发户式的乌鸦"，表现出他对当下一个青年剧作家崛起的嫉妒心理。

正是格林攻击莎士比亚的话，从反面证明了莎士比亚已取得了值得"大学才子"羡慕、嫉妒的成就。

格林去世后，出版商亨利·切特尔于同年年底出版了格林的《千悔得一智》文章，遭到莎士比亚的抗议。切特尔会见莎士比亚后不久，就在自己出版的著作《好心人的梦想》的序言里，对莎士比亚公开表达了歉疚。切特尔为自己替格林出版有失公正的诽谤文章深表遗憾，他写道："我亲眼得见他（指莎士比亚）不仅演技高超，而且温文尔雅。除此之外，有身份的人士一谈起他，都说他是为人公正而又文笔典雅。"（见赵仲沅著《英国伟大戏剧家莎士比亚》，商务印书馆，1983年版，第14页）前者证明他的诚实，后者则证明他的艺术。在这里也可以看出，"有身份的人"是在庇护着莎士比亚。可见莎士比亚到伦敦后不过几年，就已经有了一定的声望和一些同行朋友了，还有高贵的朋友在力挺他。

八、博观约取，厚积薄发

1592年，伦敦爆发了大规模的鼠疫。这场灾难从1592年夏天一直延续到1594年夏天。最严重的时候，每12个居民中就有一人丧生，伦敦一个星期就死掉1000人。政府关闭了所有的剧院，大部分剧团只好到外地去做巡回演出。有的地方害怕受到传染，拒绝剧团入境。这使得不少剧团破产，演员们过着极端贫困的生活。

1.寻觅创作的源泉

莎士比亚没有跟随剧团巡回演出，他当时可能留在伦敦，也可能回到家乡斯特拉特福。他充分利用这两年的时间来为自己的戏剧创作打基础。他读了大量的书，增长了很多历史知识，提高了自己的文学修养。他的作品中的许多段落还表现出了他对绘画、音乐的爱好。

莎士比亚不仅熟悉意大利文化，还熟悉法国的古典作家及其作品。他从意大利、法国的古典故事中积蓄自己的创作素材。比如罗马帝国早期希腊传记作家和伦理学家普鲁塔克著、诺斯译的《希腊罗马名人传》就是他编写剧本汲取题材的来源之一。他对本民族的文化也有着深厚的修养，青少年时代的乡间生活，为他积攒了一份丰富的创作宝藏，那些民歌民谣，那些风俗习惯，以及他早年生活的经历和他熟悉的人们，在他的剧本中都有体现，比如市镇的警察和乡村的教师、牧师、村民、乡绅等。

莎士比亚对戏剧的各种体裁都进行了尝试。喜剧方面，他以普劳图斯的《孪生兄弟》为范本写了《错误的喜剧》（1592—1593），接着又写了《驯悍记》（1593—1594）、《维洛那二绅士》（1594—1595）和《爱的徒劳》（1594—1595）；悲剧方面，他向塞涅卡和基德学习，写出了《泰特斯·安德洛尼克斯》（1593—1594）。

2.叙事诗的故事

莎士比亚同当时的各个阶层人士有着很好的交往，其中有一位扫桑普顿伯爵亨利·里奥谢思利就很欣赏他的才华。莎士比亚赢得了扫桑普顿伯爵的眷顾，伯爵成了他的庇护人。扫桑普顿伯爵是伊丽莎白朝代的贵族，他比莎士比亚小9岁，很喜欢戏剧，很多演员都是他的朋友，他的家成了诗人和人文主义学者的集聚地。莎士比亚借助与伯爵的关系，走进了贵族的宫廷生活圈子，接触了文艺复兴时期的意大利绘画和音乐，认识了很多才华出众的人。他有了近距离观察和了解上流社会的机会，这扩大了他的生活视野，为他日后的创作提供了丰富的素材。

莎士比亚根据古罗马传说创作了两首叙事长诗《维纳斯与阿多尼斯》（1593）和《鲁克丽丝受辱记》（1594），就是献给扫桑普顿伯爵的。长诗《维纳斯与阿多尼斯》篇首附有莎士比亚写的一段献词，表达了友爱之情：

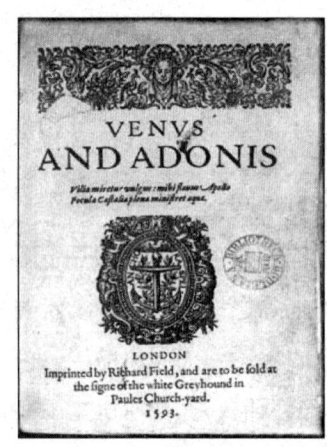

《维纳斯与阿多尼斯》扉页

阁下，

　　仆今以鄙俚粗陋之诗篇，献于阁下，其冒昧干渎，自不待言，而仆以此荏弱之柔条纤梗，竟谬欲缘附桢干栋梁以自固，其将招物议之非难，亦不待言。然苟阁下不惜纡尊，笑而纳此芹献，则非特仆之为荣，亦已过当，且誓将以有生之暇日，竭其勤恳之微力，从事差可不负阁下青睐之作以自励。设此初次问世之篇章，不堪入目，则有负阁下之栽培，诚惶恐之不暇，更何敢再事此硗瘠砚田之耕耘，以重其以芜杂之词亵渎清听之罪乎？窃不自谅，以为凡此一切，皆阁下之睿知及明鉴是赖，即阁下之所欲，与世人之所期待，亦莫不以此是赖也。

阁下犬马仆
威廉·莎士比亚

（张谷若译《莎士比亚全集 第11卷》，人民文学出版社，1978年版，第2页）

　　此后，莎士比亚还为伯爵写过一些十四行诗。

　　《维纳斯与阿多尼斯》描写了爱情力量的不可抗拒，叙述了女神维纳斯爱上了人间少年阿多尼斯。阿多尼斯热爱打猎，他年轻、害羞并且淘气。长诗从维纳斯对他的追求开始，阿多尼斯不断地挣脱、拒绝。维纳斯约阿多尼斯第二天相会，阿多尼斯说已经计划了去打野猪，结果，他去打猎时被野猪撞死，维纳斯从此诅咒爱情将伴随着各种痛苦。

　　《鲁克丽丝受辱记》源于真实的古罗马历史，根据奥维德的《岁时记》而作。路修斯·塔昆纽斯（或塔昆）是罗马王政时代的最后一个国王，是通过谋杀岳父篡据王位的。他暴虐无道，民怨沸腾。公元前509年，其子塞克斯图斯奸污美丽贞洁的罗马贵妇鲁克丽丝，鲁克丽丝不堪受辱，自杀雪耻。此事激起公愤，塔昆王朝被推翻，罗马共和国遂告成立。

莎士比亚在长诗中详尽地描述了塞克斯图斯的犯罪过程，极力渲染了恐怖气氛，极富感官上的刺激。他谴责荒淫的强暴行为，展示了欲望的罪恶。他呼吁同情、怜悯和人道的良知，张扬了人类应有的人性。同时，他赋予鲁克丽丝这个贞女形象以美貌与美德兼备的品质。这两首长诗先后在1593年和1594年由莎士比亚的同乡好友理查·菲尔德出版。

莎士比亚还写了叙事诗《爱人的怨诉》，讲述了一个年轻女子悔恨被一个求婚者诱奸的故事。他写的叙事诗《凤凰和斑鸠》，发表于1601年，哀悼着传说中的不死鸟凤凰的爱情和斑鸠的忠贞，宁愿死去也不愿意放弃生存的至高标准。这首诗寄情于纯粹的精神恋爱，凸显纯粹的贞洁，是莎士比亚为真爱写下的挽歌。

死亡的赞礼从这里开始：
爱情与忠贞已经死去，
凤凰与斑鸠离了人世，
在彼此的火焰中循迹。

（见朱生豪等译《莎士比亚全集》增订本 第8卷，译林出版社，2016年版，第364页）

九、走向成熟，感悟生命与舞台

1594年，流行了两年的鼠疫结束后，伦敦的剧院重新开业，演员们陆续回到了伦敦。这时，许多剧团在前两年的禁演中破产了，剧团进行了组合。宫廷大臣剧团是以演员伯比奇为核心的由剧作家和演员组建的剧团，这个剧团受到宫内大臣的庇护，故名宫廷大臣剧团。莎士比亚在这一年正式进入了宫廷大臣剧团，是宫廷大臣剧团的高级主管兼驻院编剧。

这个剧团有12~15人，演员有理查德·伯比奇、威廉·凯普、约翰·赫明斯、亨利·康德尔等。他们没有固定的演出场所，大多时候是在"剧院（Theatre）"演出。1603年，莎士比亚所在的这个宫廷大臣剧团得到新国王詹姆士一世的支持，改名为"国王供奉剧团"。

1.在伦敦戏剧界的重要地位

1594年圣诞节期间，宫廷大臣剧团曾经两次在王宫演出。伊丽莎白女王对莎士比亚的戏剧才华颇为赏识。据后来统计，伊丽莎白女王在位期间，莎士比亚所属的宫廷大臣剧团共为宫廷演出32次，海军大臣剧团只有20次，其他剧团合计13次。此时的莎士比亚忙于写戏，宫廷大臣剧团的生意极好。

这时的莎士比亚在伦敦戏剧界占据了重要地位。当时在戏剧界有名的"大学才子"中，杰出的剧作家马洛，于1593年5月30日，在一家小酒馆里卷入一场殴斗，被人杀死；格林在1592年9月3

日病逝了；基德在1594年离开了人世。新一代剧作家还没有谁在剧坛上崭露头角，这时莎士比亚的地位就显露出来了。1594年，莎士比亚的一些剧本以四开本出版，30岁的他在英国戏剧界已经有了超凡的成就。他为所在的宫廷大臣剧团的演员写剧本，能根据每个演员的特色设计符合他们的角色，结果演出效果极佳。由于有莎士比亚这位特色编剧，宫廷大臣剧团成为伦敦最主要的剧团。同时，莎士比亚也是这个剧团里最受欢迎的演员。他曾在皇宫为伊丽莎白女王演出，偶尔还去大学和法律学校演戏。夏季瘟疫流行、伦敦剧场停演时，他就随剧团到外省演出。

莎士比亚作为一个成功的剧作家，还在自己和别人的剧作里表演，结果，他的名字很快成为卖点，闻名全国。作为著名诗人，他所写的诗歌和诗剧为社会各阶层广大群众所喜爱。他的经济状况日益丰裕，并成为剧团的股东之一。

2.无与伦比的悲剧、喜剧和历史剧

从1595年到1600年的5年多的时间里，莎士比亚的创作才能有了进一步的提升，每年都有1—3部剧本从他的笔下产生，这些作品的思想内容和艺术技巧更加成熟。无论是情节的安排、人物的塑造，还是语言的应用，他都驾轻就熟。几年间，他完成了13部剧本，其中喜剧6部、悲剧2部、历史剧5部。

这几年，在伊丽莎白女王的统治下，英国社会基本上还保持着表面的繁荣，王室和资产阶级之间也还暂时维持着联盟关系。莎士比亚这时期的作品，大都具有愉快乐观的色彩，这说明他对以人文主义理想解决社会矛盾充满信心。当然，在客观上，当时社会和生活中的矛盾，是不会由于莎士比亚的人文主义理想和愿望而获得解决的。他在他创作的6部喜剧和1部悲剧中，都宣扬了资产阶级人文主义的生活理想：自由的爱情、真诚的友谊、幸福的生活等。他塑造出了许多青年男女形象来体现这种理想，尤其是一些女主人公，大都既温柔美丽，又坚毅勇敢，是莎士比亚理想中的资产阶级新女性的典型形象。莎士比亚着重描写她们如何冲破封建制度所造成的重重阻碍，终于获得爱情的胜利和幸福的生活。

《罗密欧与朱丽叶》(1594—1595)是一部早期的具有强烈的反封建意识的爱情悲剧，其主题思想和艺术风格都和这一时期的喜剧接近。之后完成的《仲夏夜之梦》(1595—1596)是一部充满幻想和浪漫色彩的抒情喜剧，剧情发生在古希腊神话传说中忒修斯统治的雅典时期，实际反映的却是当时英国社会的现实。《威尼斯商人》(1596—1597)和《仲夏夜之梦》虽然同是属于这一时期的喜剧，但是风格却大不相同，前者是莎士比亚早期喜剧中最富于社会讽刺性的一部。

从1596年开始，莎士比亚在某些喜剧人物如《威尼斯商人》中的安东尼奥、《第十二夜》中的奥西诺等身上，抹上了忧郁的色彩。这是因为英国社会的阶级矛盾在16世纪末期已经尖锐起来，莎士比亚感到理想和现实之间存在距离。

1596年8月，莎士比亚的独生子哈姆涅特离世，他很伤心。但是另一方面，他的事业越来越成功。10月，他替父亲获得了王室颁发的世袭徽章，他也申请到世袭"绅士"的称号和拥有纹章的权利。次年5月，他在故乡买下了当地最大的一所名叫"新地"的房产，他的家人一直住在那里。后来又陆续购置了一些地产，每年从这些房地产上都能得到一笔相当可观的出租收入。

亨利四世画像

亨利五世画像

1597—1598年，莎士比亚创作了《亨利四世》（上、下篇），1598—1599年，莎士比亚创作了《亨利五世》。这三部剧是莎士比亚历史剧中最成功、最受欢迎的作品，写的是贵族叛乱及平叛的经过，塑造了亨利四世和亨利五世的君主形象，也成功地描绘了"福斯塔夫式背景"的平民社会缩影。该剧演出后获得很大的反响，成为莎士比亚历史剧的代表作。剧中的福斯塔夫成为莎士比亚笔下最著名的喜剧人物之一。

福斯塔夫是一个破落的骑士，他的生活有着浓厚的封建寄生的特点，他好酒贪杯，纵情声色，有着新兴市民阶级追求享乐的思想。他虽是一个骑士，却缺少一个真正封建骑士所应有的荣誉观念和勇敢精神。他靠在王子身边逗笑取乐，甚至靠对酒店主妇巧言哄骗来满足自己的生活享受。

据说由于在《亨利四世》中莎士比亚将福斯塔夫刻画得高度成功，所以伊丽莎白一世亲自下旨，要莎士比亚写一部福斯塔夫求爱的喜剧，这部喜剧就是《温莎的风流娘儿们》（1597—1598）。该剧是莎士比亚唯一的一部以市民社会生活为题材的剧本。

此后创作的《无事生非》（1598—1599）、《皆大欢喜》（1599—

1600）和《第十二夜》（1599—1600）都是莎士比亚抒情喜剧的杰出代表作。剧中写的都是男女青年之间的爱情纠葛，开始一见倾心，接下来好事多磨，最终都以有情人终成眷属而告终。故事情节较以前的喜剧更加丰富，多条线索交织在一起，妙趣横生，波澜起伏，生活气息浓厚，思想更加成熟，既宣扬了人文主义的生活理想，又嘲笑了封建教会的禁欲主义，同时也揭露了资产阶级的自私自利。

3.十四行诗的长梦

莎士比亚所处的时代爱情诗盛行，写十四行诗更是一种时髦。在1592—1598年间，莎士比亚除了紧张的戏剧活动外，还写了154首十四行诗，表达了个人的内心情感。

十四行诗原是意大利流行的一种抒情诗体，早在13世纪就出现了，据说是普罗旺斯的诗人们创造的。文艺复兴时期，意大利诗人彼特拉克（1304—1374）继承并发展了普罗旺斯和意大利"温柔的新体"诗派传统，故称彼特拉克式十四行诗体。16世纪上半叶，彼特拉克的两位模仿者怀阿特（1503—1541）和萨利（1516—1542）把它引进了英国。16世纪末，十四行诗在英国兴盛起来，成为当时各种诗歌中的最流行的一种形式。有统计称，1592—1597年在英国发表的十四行诗达2500首之多。

最早提及莎士比亚十四行诗的是文学评论家弗朗西斯·米尔斯（1565—

《莎士比亚十四行诗》

1647）。他在《帕拉迪斯·塔米阿，智慧的宝库》（1598）一书中说："他（莎士比亚）在私交之间传抄的甜蜜的十四行诗。"（见刘丽霞著《艾汶河畔的天鹅：莎士比亚传》，河北人民出版社，2012年版，第113页）可见，在1598年以前，莎士比亚的诗还没有被刊印时，就已经在流传了。

1599年，莎士比亚的十四行诗中的第138首、第144首被私自收录到一本诗集中。伦敦的出版商托马斯·索普到处收集莎士比亚的十四行诗诗稿的手抄本，居然有人为他弄到了一箱子的莎士比亚的十四行诗。索普将这些诗稿编印成集，于1609年5月20日注册出版了《莎士比亚十四行诗集》。诗集收纳了154首十四行诗，这就是最早的、最完全的"第一四开本"。索普在这本书的献词中给后人留下了一个谜团：献给下面刊行的十四行诗的唯一促成者W.H.先生，祝他万事如意，并希望我们永生的诗人所预示的不朽得以实现。对他怀着好意并断然予以出版的T.T.。

T.T.是托马斯·索普的名字缩写，W.H.成为考证者们争论的话题。

据说，莎士比亚的十四行诗主要是献给两个人的：前126首大部分是献给一位贵族青年美男子的，第127—152首大部分是献给一位黑肤女郎的，最后两首及中间个别几首与此无关。诗的内容具有一定的关联，有清晰的情节脉络，赞美了生活中的友谊与爱情。

莎士比亚的十四行诗总体上表现了一个思想：爱，征服一切。他的诗充分肯定了人的价值，赞颂了人的尊严，强调了人的理性作用。诗人将抽象的概念转化成具体的形象，用可感可见的物质世界，形象生动地阐释了人文主义的命题。

《莎士比亚十四行诗集》被评论家们认定具有一定的传记性，

反映了莎士比亚的真实生活。

其中开篇的第1首就是歌颂友谊的诗句,是规劝朋友结婚生子的。

①人情味极浓的第1首诗:

> 我们要美丽的生灵不断蕃息,
> 能这样,美的玫瑰才永不消亡,
> 既然成熟的东西都不免要谢世,
> 娇嫩的子孙就应当来承继芬芳:
> 但是你跟你明亮的眼睛结了亲,
> 把自身当柴烧,烧出了眼睛的光彩,
> 这就在丰收的地方造成了饥馑,
> 你是跟自己作对,教自己受害。
> 如今你是世界上鲜艳的珍品,
> 只有你能够替灿烂的春天开路,
> 你却在自己的花蕾里埋葬了自身,
> 温柔的怪物呵,用吝啬浪费了全部。
> 　　可怜这世界吧,世界应得的东西,
> 　　别让你和坟墓吞吃到一无所遗!

(见屠岸编译《英国历代诗歌选》上册,译林出版社,2007年版,第46页)

莎士比亚的十四行诗,献给友人的诗篇比情人的多,这说明诗人视友情重于爱情。在莎士比亚时代,男子对妇女的爱情是一种习以为常、十分自然的事情,而对男子的友谊则是无限的、不朽的。

莎士比亚的诗为忠贞的友谊增添了一道清新的色彩，更难得的是诗人的这位朋友风华正茂且容貌俊美，诗人对其的赞美和热爱从第24首的前两节四行诗中可见：

> 我的眼睛扮演了画师，把你
> 美丽的形象刻画在我的心版上；
> 围在四周的画框是我的躯体，
> 也是透视法，高明画师的专长。
> 你必须透过画师去看他的绝技，
> 找你的真像被画在什么地方，
> 那画像永远挂在我胸膛的店里，
> 店就有你的眼睛作两扇明窗。

（见屠岸编译《莎士比亚十四行诗一百首》，中国对外翻译出版公司，1992年版，第35页）

莎士比亚用美术绘画的比喻来说明自己已经把爱友的容貌铭记在心，时时欣赏。诗人的眼睛是画笔，心是画布，身体是画框，画的是爱友的肖像。这种刻骨铭心的爱让每一个人感动，此意象的表达很有创意。

②歌颂爱情的第141首诗：

> 说实话，我并不用我的眼睛来爱你，
> 我眼见千差万错在你的身上；
> 我的心却爱着眼睛轻视的东西，
> 我的心溺爱你，不睬见到的景象。

我耳朵不爱听你舌头唱出的歌曲；

　　我的触觉（虽想要粗劣的抚慰），

　　和我的味觉，嗅觉，都不愿前去

　　出席你个人任何感官的宴会：

　　可是，我的五智或五官都不能

　　说服我这颗痴心不来侍奉你，

　　我的心不再支配我这个人影，

　　甘愿做侍奉你骄傲的心的奴隶：

　　　　我只得这样想：遭了灾，好处也有，

　　　　她使我犯了罪，等于是教我苦修。

（见屠岸编译《莎士比亚十四行诗一百首》，中国对外翻译出版公司，1992年版，第191页）

　　诗中表达自己爱上了一个"千差万错"的女人，从视觉、触觉、味觉、嗅觉等方面自己都很不满意，但是内心却每时每刻地牵念着她，一刻也不能分离。可见理性与情感发生了冲突。最后两句哲理性陈述：这个女人只能使自己犯罪，给自己带来痛苦，但是从中自己又感受到了生命和生活中很多的美丽。

　　莎士比亚的十四行诗从表面上看主要是讲时间的流逝，讲友谊和爱情的美好，但里面却蕴含着深邃的思想和丰富的人生哲理，表达了莎士比亚人文主义的爱情观、艺术观和生活观，既有抒怀，也有对时代和社会的思索和认识。比如，表达诗人对社会不合理现象不满的，见第66首；歌颂友情美好的，见第18首；赞美爱情神奇的，见第127首；对人性弱点进行剖析的，见第129首。

　　莎士比亚无疑是那个时代的佼佼者。他一扫当时诗坛的矫揉造作、绮艳浮靡的风气，诗作的结构技巧和语言技巧都很高，几乎每首诗都有独立的审美价值。莎士比亚的十四行诗流传至今仍魅力不减。

1598年9月，文学评论家弗朗西斯·米尔斯在他所编辑的《帕拉迪斯·塔米阿，智慧的宝库》一书中，列举了莎士比亚34岁以前的剧作，其中有一章叫"英国诗人同希腊、拉丁及意大利诗人的比较论述"，里面有这样一段话："正如人们认为攸福伯斯的灵魂在毕达哥拉斯的身上那样，奥维德的可爱而机智的灵魂则活在甜蜜而语言甘美的莎士比亚身上。"他接下去又说："又如普劳图斯和塞涅卡被评为拉丁文中最优秀的喜剧和悲剧作家那样，在英国人中，莎士比亚则是舞台上这两方面最出色的人物。""正如皮乌斯·斯托罗所说，诗神们如果讲拉丁语的话，就会讲得同普劳图斯那样，同样，如果诗神们讲英语的话，他们也会讲莎士比亚那样美妙圆润的辞句。"米尔斯以此称赞莎士比亚的喜剧、悲剧都"无与伦比"，是能与古代的第一流喜剧诗人们并称的，把他誉为当时英国最卓越的喜剧和悲剧诗人。从某种角度上说，弗朗西斯·米尔斯是最早公开赞扬莎士比亚的人。

十、辉煌成就：四大悲剧诞生了

1600年以前，莎士比亚创作的喜剧充满着青春的气息，明媚而欢畅，即使以悲剧结局的《罗密欧与朱丽叶》也闪烁着甜蜜的爱的阳光。从1601年开始，莎士比亚的创作活动似乎蒙上了一层阴云。这时期的莎士比亚开始深入、透彻地观察和思考社会问题，继而开始勇敢地揭露伊丽莎白一世时代的社会矛盾。莎士比亚的创作自此进入一个新时期，其剧作阴暗气氛浓重，剧中男女主角大多是不公平社会的牺牲者，他们满怀愤怨地谴责着当时的社会秩序，报复着彼此且各自被伤害着。

这就是莎士比亚悲剧创作的辉煌期。

1.环球剧场

莎士比亚所在的宫廷大臣剧团没有固定的演出场所，他们大多时候是在"剧院"剧场进行演出的。1598年，由于"剧院"主人贾尔斯·阿林在租约上提出的条件令人难以接受，宫廷大臣剧团决定开始修建自己的剧场。

1599年，莎士比亚搬到了伦敦泰晤士河的南岸。同年，莎士比亚和宫廷大臣剧团的伯比奇兄弟及其他演员共6人合资在泰晤士河南岸玫瑰剧院附近建造了他们自己的剧院——环球剧场。其中理查德·伯比奇和他的兄弟卡斯伯特·伯比奇两人拥有双份股份，即各持25%；威廉·莎士比亚、约翰·赫明斯、奥古斯丁·菲利普斯和托马斯·波普四人各持有一份股份，即12.5%。

这是一座三层的开放式圆形剧场，直径大约为30米，能容纳3000名观众。舞台下方有一个区域称为Pit或Yard，即庭院，是底层观众站着观看演出的地方。在庭院的四周是三层阶梯，座位比站票价格要高，舞台两侧的大型柱子撑起了舞台后方的屋顶，屋顶的天花板上有一个活板

重修后的环球剧场

门,演员可以利用绳索或装置从天而降。舞台后墙有两到三扇门,上方有一个阳台,门通向后台,演员在那里换服装,等候上场。阳台是演奏者的位置,有时也可以作为一些场景的布景,比如《罗密欧与朱丽叶》中的阳台。

环球剧场是一座富丽堂皇的剧场。此后10年,莎士比亚创作出了一系列的戏剧,喜剧有《皆大欢喜》《第十二夜》,悲剧有《哈姆雷特》《奥赛罗》《麦克白》等,主要在这里公演。著名的四大悲剧全部在这里上演,环球剧场成了宫廷大臣剧团新的演出场地。

2.瘟疫与时局

1603年,英格兰发生瘟疫,仅伦敦就死亡5万人。这是英国60年间遭受的最可怕的灾疫,这场瘟疫改变了时局。

3月,第一批染上瘟疫的人陆续死去。王室也未能躲过,这时伊丽莎白女王也染疫卧床不起,奄奄一息。3月24日,伊丽莎白一世终止了她叱咤风云的一生,也结束了长达118年的都铎王朝。苏格兰国王詹姆士六世继承了王位。

伊丽莎白去世后,詹姆士即刻动身南下。正值夏季,染疫而死的人数急剧上升,伦敦陷入大规模灾疫,詹姆士只好住在郊外。这时,詹姆士已是英格兰的国王了。

1603年5月17日,喜爱戏剧的新国王詹姆士指示把原来的"宫廷大臣剧团"改名为"国王供奉剧团",并给予该剧团不少的特权。

1603年7月25日,詹姆士加冕为"英格兰、苏格兰、爱尔兰和法兰西国王詹姆士一世",自封为大不列颠国王,史称詹姆士一世。这标志着英格兰和苏格兰的统一以及斯图亚特王朝的开始。

1603年8月8日，新国王詹姆士一世下令"伦敦城内居民，无论何人，均不得前往剧院，直至上帝降恩，拔除国中瘟疫"，所有的剧院被强制歇业。直到1604年4月9日，环球剧场才重新开业。

詹姆士一世的统治没有给人民带来安稳的日子。他大力宣扬君权神授的说法，戏剧也成了他统治的手段之一。在伊丽莎白时代，戏剧都处于达官贵人的庇护之下。詹姆士一世登基后，只有王室成员才有权庇护剧团。詹姆士一世把伦敦的几个剧团置于王室的庇护下并加以监管。这些剧团常常被他召进宫廷演出，演员们还以宫内侍从身份参加各种集会。

莎士比亚所在的剧团获得了最高的荣誉，从剧团的新名"国王供奉剧团"上看，也证明莎士比亚所属的剧团是当时最优秀的。剧团所有人的名字都被录入了宫廷仆人的名单，并赏给一份数额不大的年俸。每到重大节日，他们都要穿上和宫廷仆人一样的鲜红色的裤子、坎肩和披风参加活动。除此之外，莎士比亚和剧团的另几名演员还获得了当时被认为是一种荣誉的"国王亲随"，即国王私人侍仆的头衔。

詹姆士一世推出的政策更加残酷，还恢复了赏赐各种专卖特权的做法，资产阶级与王室之间的斗争公开化。宫廷大肆挥霍，官吏贪腐成风，政治的腐败和制度的剥削，引起城乡广大人民的不满。

这些年，由于职业的关系，莎士比亚经常同王室接触。在宫廷中，他

詹姆士一世画像

的见闻越来越多，他对新王朝也越来越不满。他感到自己的人文主义理想很难实现，他作品中体现出的人文思想与现实社会有着无法克服的矛盾。痛苦中的莎士比亚，其笔下的剧作减弱了以往的愉快色彩，更多的是对社会上种种现象的反思，加强了对社会制度的质问和对人性罪恶的揭露。

3.走向辉煌

1601—1607年，是莎士比亚创作的辉煌时期。在这个时期，他完成了7部悲剧和3部喜剧。比起以前的作品，这些剧本对英国社会的生活和矛盾有了更广泛的反映。不仅对封建宫廷的揭露加深了，而且对资产阶级损人利己的极端个人主义也有了更明确的批判，同时，对广大人民的疾苦也有了更多的描绘和同情。

《哈姆雷特》写成于1601年，写的是丹麦王子哈姆雷特替父亲报仇的故事。该故事发生在12世纪，被记载在一部丹麦历史书中。1570年，有一位法国作家把它改编成剧本，16世纪90年代中期，伦敦舞台上还曾上演过莎士比亚同时代作家据此改编的戏。1601年，经莎士比亚重新改编，一段普通的中世纪的复仇故事就成了一部深刻反映时代面貌、具有强烈反封建思想内容的悲剧，尽情地表现了英雄式的怀疑。《哈姆雷特》是莎士比亚这个时期最早也是最有成就的悲剧，哈姆雷特的形象随之成为著名的文学艺术典型。

《奥赛罗》写于1604年，是继《哈姆雷特》之后的又一部杰出悲剧，它取材于16世纪意大利作家钦西奥的一篇故事。悲剧的主题是描写以奥赛罗和苔丝狄蒙娜为代表的人文主义理想和以伊阿古为代表的极端利己主义之间的矛盾，表现了人性恶的本质。

《李尔王》写于1605年，写的是古代不列颠的一个刚愎自用的老国王，因为年老力衰，要把国土分给自己的3个女儿，之后发生的一系列悲剧故事。该剧表达了在早期资本主义关系中，封建的人伦关系被无情地摧毁的现实。

《麦克白》写于1605年，是莎士比亚悲剧中最阴沉可怕的一部。写的是苏格兰大将麦克白由于野心的驱使，加上妻子的怂恿，在内心矛盾和动摇中杀害了国王，自己登上王位，最后被国王的儿子和贵族军队杀死。该剧反映了在资本主义原始积累时期个人野心对人性所起的腐蚀作用。

1606—1607年，莎士比亚写了《安东尼和克莉奥佩特拉》，在1607年，又开始写《科利奥兰纳斯》和《雅典的泰门》。这3部悲剧都取材于普鲁塔克的《希腊罗马名人传》。

《雅典的泰门》写的是一位富有的贵族泰门的悲剧故事。泰门慷慨好客、坐吃山空，钱财耗尽后，他的昔日"好友"纷纷远离他。后来泰门无意中得到大量黄金，他却带着对黄金的痛恨死在山里。这部悲剧揭示了金钱使人性异化的社会现实，表现了莎士比亚人文主义思想的低潮。他面对尖锐化的社会矛盾，无法找到出路，因而产生了悲观的情绪。

这一时期，莎士比亚还写了3部喜剧：《特洛伊罗斯与克瑞西达》（1601—1602）、《终成眷属》（1602—1603）和《一报还一报》（1604—1605）。这些喜剧与他早期的喜剧不同，不是正面宣扬人文主义的爱情理想，而是揭露与谴责爱情及婚姻方面的背叛行为和淫乱现象。喜剧作品却蕴含了悲剧色彩，被称作"阴暗的喜剧"。

1607年，伦敦周边爆发了大规模的农民起义，莎士比亚创作的剧本逐渐减少。约1609年，剧团增加了"黑衣修士剧场"，莎士比亚仍为剧团的股东之一。以后莎士比亚的作品就在环球剧场和黑衣修士剧场轮流演出。

十一、道德与宽恕的传奇喜剧

1.创作晚期

1608年起,莎士比亚的创作开始转向传奇喜剧或神剧的写作,这样的写作一直到1613年,这是他创作的晚期。

这个时期,詹姆士一世王朝更加暴露出封建专制的本来面目,而资产阶级的力量却壮大了,他们双方的冲突也尖锐起来。王室极力压制人们的言论自由,莎士比亚的人文主义理想在残酷的现实面前更加苍白无力。在戏剧界里,出现了迎合王室的贵族一派,这一派的作品只重情节的曲折离奇,缺乏深刻的思想内容。莎士比亚经过思想斗争和审慎思索后,其创作转向了妥协和调和。由于世界观的限制,他无法再沿着悲剧创作中的批判方向前进一步。从此,他的作品内容更多的是用道德感化邪恶、用宽恕求得和谐了。

这个时期,莎士比亚主要写了《泰尔亲王配力克里斯》(1608—1609)、《辛白林》(1609—1610)、《冬天的故事》(1610—1611)和《暴风雨》(1611—1612)4部传奇喜剧。这些喜剧的情节有些类似,主人公遭受种种悲惨和不幸,由于某种偶然的原因最后得到圆满的结局。其中《暴风雨》被认为是莎士比亚"诗的遗嘱"。该剧对现实中的丑恶仍然有所批判,谴责了自私的阴谋,甚至接触到资本主义海外殖民的主题,但揭露得远不如悲剧时期的作品那样深刻尖锐。

但它表达了人文主义的生活理想，表达了人间最美好的主题——爱情、友谊和宽恕。莎士比亚认为，道德改善是核心，只有通过好人的宽恕和恶人的悔悟才能解决社会矛盾，为人类的进步开辟道路。人类有共同的天性，其中仁慈最可贵，仁慈可以消灭罪恶，调整人与人的关系。

2.环球剧场失火

1612—1613年，莎士比亚创作了历史剧《亨利八世》。这部历史剧歌颂了封建王室。在伦敦上演这出戏前，莎士比亚赶到环球剧场进行现场指导。

1613年6月29日，《亨利八世》的演出正在进行时，剧场发生了火灾，这场大火把环球剧场烧成了一片废墟。起火的原因是演到亨利八世驾临红衣主教的假面舞会时，人们向他鸣炮致敬。不料，炮口里的火飞溅到铺着干草的屋顶上，引起大火。不到一个小时，环球剧场这座宏伟的建筑就变成一片瓦砾，好在剧场内的演职人员及观众没有伤亡。

1613年6月29日，《亨利八世》的演出正在进行时，剧场发生了火灾，这场大火把环球剧场烧成了一片废墟。起火的原因是演到亨利八世驾临红衣主教的假面舞会时，人们向他鸣炮致敬。不料，炮口里的火飞溅到铺着干草的屋顶上，引起大火。不到一个小时，环球剧场这座宏伟的建筑就变成一片瓦砾，好在剧场内的演职人员及观众没有伤亡。

莎士比亚曾把全部身心都投入这座剧场。如今，这个"O"字形建筑，那面巨神肩扛地球的大旗，以及莎士比亚亲自书写的"世界是个大舞台"的摄魂夺魄的大字,都带着莎士比亚的人文主义理想,随着这场大火远去了,莎士比亚的戏剧生涯结束了。从此之后,莎士比亚再没有新的作品问世。

1614年,热爱莎士比亚戏剧的人重建环球剧场。莎士比亚把他在剧团的股份转让给了他人,并清理了他在伦敦的一切财产和财务方面的事情。重建后的剧场继续开放,一直到1642年,新教政府禁止所有的剧院对外开放,环球剧院当时变成了公寓楼。1644年,因政府建设规划,环球剧院被拆毁。

十二、故里——生命的回归

莎士比亚在伦敦住了20多年,他的妻子一直住在斯特拉特福镇。1607年,他的大女儿结了婚,女婿霍尔是当地的医生。1612年左右,接近天命之年的莎士比亚告别伦敦,回归故里斯特拉特福。

在故乡,莎士比亚和他的妻子、小女儿、妹妹、妹夫还有外甥生活在一起。莎士比亚居住在有着两个大花园的宽敞的房子里,悠闲地生活着。每当风和日丽的日子,他都到郊外的田野或埃文河边去消磨清晨或傍晚的时光。他欣赏着自然景色,他喜欢漫山遍野植物的郁郁葱葱。他在花园里栽培各种花草树木,在庭院里看外甥和孙辈们的嬉笑打闹。他在亲人的陪伴下安度晚年。

1616年初,莎士比亚似乎意识到自己快走到人生的终点了,在1月15日这天,他请律师弗朗西斯·柯林斯来家中起草一份遗嘱。

2月10日,他的小女儿朱迪思和他的老朋友理查·魁奈的儿子托马斯·昆尼结了婚。

3月的一天,莎士比亚在家中接待了他的好朋友德雷顿和本·琼森。老朋友见面,他心里非常高兴,他们谈起了往事,莎士比亚高兴地喝了几杯酒后,觉得脸有点发烧,身上也开始冒汗,但他不想破坏这个难得的欢乐气氛,于是继续喝。

送走好友后,莎士比亚的心情有些寂寥,步履有些蹒跚,回屋后,他倒下就迷迷糊糊地睡了。

出了一身汗的莎士比亚难敌这料峭春寒,竟因此得了热病。他的大女婿霍尔是当地的名医,对他精心治疗,然而病情未见好转,还有急转直下的势头。霍尔悲伤而又无可奈何地说:"上帝已经召唤他了。"

3月25日,病中的莎士比亚签署了修改后的遗嘱,把财产分配给家人和亲戚朋友,他把自己的牵挂也留在了人间。其中理查德·伯比奇、约翰·赫明斯和亨利·康德尔的名字也出现在遗嘱中。

1616年4月23日,这位英国最伟大的诗人和剧作家在他生日这天不幸与世长辞,享年仅仅52岁。逝世两天后,莎士比亚的遗体被安葬在斯特拉特福的圣三一教堂的祭坛下面。

莎士比亚长眠在斯特拉特福的圣三一教堂

根据莎士比亚的要求,他葬身之处竖着一块墓碑,上面写着:

好心的朋友，

看在耶稣的分上，

切莫移动埋葬于此的遗骸，

不碰这些石块者上天保佑，

让我尸骨不安者必受诅咒。

1623年之前，就有一座纪念墓碑和他的半身肖像竖立在北墙上，肖像雕刻了莎士比亚正在创作的样子。碑文中将他与希腊神话中的内斯特、古希腊哲学家苏格拉底和古罗马诗人维吉尔相提并论。

斯特拉特福已经成了文人学子的朝拜圣地。每年都有数以千万计的人朝圣般去瞻仰这位英国文艺复兴时期的伟大诗人、剧作家。莎士比亚成为人类戏剧史上里程碑式的文学巨匠。

1623年是莎士比亚逝世的第七年，与他同剧团的两位演员朋友约翰·赫明斯和亨利·康德尔整理了他的戏剧作品，将他的剧作汇编，于11月8日注册出版，名为《威廉·莎士比亚先生的喜剧、历史剧和悲剧》，号称"第一对开本"。这是莎士比亚的第一部戏剧合集，共收录了莎士比亚的36个剧本（《泰尔亲王配力克里斯》不在内），其中20个剧本是首次出版。两位编者在《致各界读者》的序文中指出，他的手脑并行不悖，只要他想到的，他就能轻而易举地说出，我们几乎很难从他的手稿上发

永远的莎士比亚

现一点涂改。

莎士比亚的朋友兼竞争劲敌、剧作家本·琼森在莎士比亚的遗著"第一对开本"上写了一篇题词，诗名为《题威廉·莎士比亚先生的遗著，纪念吾敬爱的作者》，这是遗留下来的同时代人的莎士比亚评论当中最出名的一个文献。诗中说：

"第一对开本"封面

> 得意吧，我的不列颠，你拿得出一个人，
> 　　他可以折服欧罗巴全部的戏文。
> 　　他不属于一个时代而属于所有的世纪！
> 　　所有的诗才都还在全盛时期，
> 　　他出来就像阿波罗耸动了听闻，
> 　　或者像迈克利颠倒了我们的神魂。
> 　　……
> 　　阿文河[1]可爱的天鹅！该多么好看，
> 　　如果你又在我们的水面上出现，
> 　　又飞临泰晤士河岸，想当年就这样
> 　　博得过伊丽莎、詹姆士陛下的激赏：
> 　　可是别动吧，我看见你已经高升，
> 　　就在天廷上变成了一座星辰！
> 　　照耀吧，诗人界泰斗，或隐或显，

---

[1] 阿文河，即埃文河。

申斥或鼓舞我们衰落的剧坛；

自从你高飞了，它就像黑夜般凄凉，

盼不到白昼，要没有你大著放光。

（见卞之琳译《英国诗选》，湖南人民出版社，1983年版，第35～37页）

在这篇题词中，本·琼森把莎士比亚叫作"时代的灵魂""戏剧元勋"。他对莎士比亚在世界文学史上的地位做了极富远见的评价："He was not of an age, but for all time！"（"他不属于一个时代而属于所有的世纪！"）这可以说是第一篇同时代的人所写的莎评。

1630年，年仅22岁的青年诗人弥尔顿在莎士比亚去世14年后写了《莎士比亚碑铭》，指出莎士比亚的荣耀用不着一个金字塔般的坟墓彰显，他的荣耀在他的著作中，在读者心里。这碑铭于1632年发表在《莎士比亚全集》对开本的卷首中：

我的莎士比亚，他的遗骨自有光辉，

何必我们累月经年，辛苦雕成的纵横石碑？

他那神圣的衣冠遗物，不用什么高冢，

何必筑起金字塔，尖顶高耸星空？

你伟大的"荣誉"后裔，"不朽"的儿子，

何必这些粗东西来证明你的名字？

在我们的惊奇里，在我们的赞叹里，

你自己早已竖起一座永久的纪念碑。

因为，比起你那一泻千里的天才，

这些笨拙的艺术就黯然失色，

从你无价之宝的作品里，神奇的诗句中，

　　每个人的心灵都深深地受了感动，

　　你使我们消去我们自己的幻想，

　　你把我们塑成富于思想的大理石像；

　　在这样富丽堂皇的坟墓中安息，

　　是这样的光彩，就是帝王也想这样的死。

（见弥尔顿著，朱维之译《复乐园》，新文艺出版社，1957年版，第115页）

　　伦敦以西180公里的斯特拉特福镇，是莎士比亚诞生和逝世的地方。莎士比亚的故居在小镇的亨利街北侧，是一座带阁楼的二层楼房。房屋框架结构精致，有着斜坡瓦顶、泥土原色的外墙、凸出墙外的窗户和门廊。在这里人们可以领略到16世纪的英式建筑，感受到莎士比亚青少年生活年代的气息。

　　莎士比亚的故居于1847年由"斯特拉特福旧居委员会"接收后进行了修缮。1891年，又由"莎士比亚旧居托管和保护委员会"负责管理和保护，开始接待世界各地的来访者。

　　如今故居楼下的起居室和厨房都是石块铺地，楼上卧室是木板地，木制的桌、椅、床、柜都极其普通，还有一个木制摇篮。起居室和厨房的陈设都按照当年的样子摆放着。在故居的陈列室里陈列着莎士比亚的手稿、著作、画像以及一些文物和图片。在楼内的一间小屋子里，层层叠叠存放着近百年来世界各国的来访者在此留下的签名和赠言册子。这些册子展示了后人对莎士比亚的景仰和热爱。

　　在斯特拉特福镇旁的埃文河畔，耸立着莎士比亚青铜坐像，坐像安放在高大的纪念柱顶上。四周有4座莎剧人物的塑像，他们是：

《亨利四世》中的福斯塔夫、《麦克白》中的麦克白夫人、《亨利五世》中的哈尔王子和《哈姆雷特》中的哈姆雷特王子。

斯特拉特福镇上还有莎士比亚学会、莎士比亚画廊、莎士比亚剧院等,英国人称斯特拉特福为"莎士比亚的世界"。

第二部分 ｜ 创作

世间的很多事物，
追求时候的兴致总要比享用时候的兴致浓烈。

一、创作体裁

莎士比亚的创作活动从1590年开始，到1612年返乡时结束。20多年的创作生涯，他共创作37部戏剧、154首十四行诗、2首长篇叙事诗及其他诗歌作品。

莎士比亚创作的作品按体裁可分为诗歌和戏剧两大类。诗歌有长诗和短诗；戏剧有历史剧、喜剧、悲剧、传奇剧。

1.诗歌

莎士比亚的十四行诗大多是由三个四行和一个两行构成，每行都是五个抑扬格音，并按一定方式押韵。他的诗多以友谊和爱情为主题，形象生动，语言巧妙，富于节奏感。诗人尤其善于在最末两行概括诗意，点明主旨，使之成为全诗的警策，这是莎士比亚十四行诗的特点和突出成就，被称为"莎士比亚体"。

文艺复兴时期绝大多数诗人都写过十四行诗，内容大多是向自己的心上人倾诉衷肠，抱怨对方的冷漠无情、变幻无常等。莎士比亚的十四行诗不仅歌颂友谊和爱情，也抒发了自己的真情实感。他觉得自己智力高超，然而又深感自己社会地位卑微，这种矛盾的心态在第29首诗中有所反映。他的十四行诗也述说社会的不公平，第110首诗就倾诉了演员和剧作家行业的苦恼。

在《莎士比亚十四行诗集》中，前126首是献给一个年轻的贵族朋友的，在这些诗中，诗人热烈地歌颂了这位朋友的美貌以及他们之间的友情。也有人说，诗中的"爱友"一词，不一定专指男性，也不一定限于指某一个固定的人。但从第3首、第20首，以及第40—42首上看，指的是男性朋友。第127至第152首是献给一位皮肤黝黑的女郎的，诗中描写了诗人对她的爱情。

莎士比亚的两首叙事长诗《维纳斯与阿多尼斯》（1593）和《鲁克丽丝受辱记》（1594）主要是赞颂自由、友谊与爱情。《维纳斯与阿多尼斯》描写了维纳斯对爱情的追求；《鲁克丽丝受辱记》谴责了塞克斯图斯的荒淫强暴行为。莎士比亚的长诗想象丰富、诗句绚丽、情节生动、感情奔放，场景变幻莫测，风格刚健清新，因此他被同时代的英国诗人理查·巴恩菲尔德誉为"荣名彪史册，永垂不朽"的优秀诗人。

2.戏剧

莎士比亚的戏剧成就最为突出，其根本特征是：情节丰富、故事感人，语言精练、优美，人物具有典型性、性格鲜明。尤其他的悲剧作品所表现的艺术性奠定了他在欧洲和世界文化史上的重要地位。

历史剧

莎士比亚一生创作了10部历史剧，作品有《亨利六世》上、中、下（1590—1592）、《理查三世》（1592—1593）等。

莎士比亚的历史剧以英国近代历史和古罗马历史为题材，概括了上百年的动乱，探索了从约翰王至亨利八世300多年的历史教训，塑造了一系列正反面君主形象，再现了历史上尖锐矛盾冲突的场面，表达了人文主义者反对暴君、反对封建集团的诉求，阐明了拥护开明君主、要求开明君主进行自上而下改革，建立和谐社会关系的人文主义政治和道德理想。他的戏剧多取材于历史记载、小说、民间传说和地方传统戏剧等已有的材料，广泛而深刻地描绘了英国封建社会的衰落和资本原始积累时期的社会面貌，反映了封建社会向资本主义社会过渡时期的历史现实，宣扬了新兴资产阶级的人道主义思想和人性论的观点。正因为莎士比亚能广泛借鉴古代戏剧、英国中世纪戏剧以及欧洲新兴文化艺术，又能深刻观察人生、了解社会、掌握时代的脉搏，所以塑造出了栩栩如生的舞台人物形象，描绘出了广阔的、五光十色的社会生活图景。同时，莎士比亚融合了所处时代的特征，使作品人物形象立体丰满，剧情悲喜交集、富于诗意和想象，富有人生哲理和批判精神等。

喜剧

莎士比亚一生创作了13部喜剧，作品有《错误的喜剧》（1592—1593）、《驯悍记》（1593—1594）、《维洛那二绅士》（1594—1595）、《仲夏夜之梦》（1595—1596）、《温莎的风流娘儿们》（1597—1598）、《威尼斯商人》（1596—1597）、《第十二夜》（1599—1600）等。

莎士比亚的喜剧一般被称为浪漫喜剧或抒情喜剧，是基于传统喜剧的旧形式创作出来的崭新内容，代表着文艺复兴的最高成就。他的13部喜剧，大都以爱情、友谊、婚姻为主题，主人公多是具有人文主义智慧和美德的青年男女，通过他们争取自由、幸福的故事，歌颂进步、美好的新风尚，同时也温和地揭露和嘲讽旧事物的衰朽和丑恶，如禁欲主义的虚矫、清教徒的伪善和高利贷者的贪婪卑鄙。剧情洋溢着蓬勃的生机和乐观的气氛，故事大多有一个圆满的结局，这些喜剧充满了一个人文主义者解决社会矛盾的理想和信心。

悲剧

莎士比亚一生创作了 10 部悲剧，其中《哈姆雷特》（1601）、《奥赛罗》（1604—1605）、《李尔王》（1605—1606）和《麦克白》（1605—1606）合称为莎士比亚的四大悲剧，其创作艺术达到了最高水平。

莎士比亚创作的悲剧被世世代代的人们奉为经典，剧情大多紧扣英国现实社会，探讨王权问题，幻想依靠一个好的皇帝来建立一个自由自在的理想社会。他的悲剧蕴含着对时代、人生的深入思考，描写了美好理想和丑恶现实之间的矛盾以及理想的毁灭，深刻揭露和批判了封建社会末期、资本原始积累时期的种种社会罪恶，阐述了封建社会崩溃、新兴资产阶级上升的必然，展现了一个人文主义者的情怀。

传奇剧

莎士比亚一生独自创作了 4 部传奇剧，与他人合作 1 部传奇剧（一般不计入莎士比亚戏剧作品数量中）。

作品为《泰尔亲王配力克里斯》（1608—1609）、《辛白林》（1609—1610）、《冬天的故事》（1610—1611）、《暴风雨》（1611—1612）及《两位贵亲》（1611—1612）。

莎士比亚的悲喜混杂剧或称传奇剧突破了古希腊、古罗马关于悲剧和喜剧的严格界限，将悲剧和喜剧的美感融为一体，创造性地表现悲剧中的曙光和喜剧中的辛酸，赋予人物复杂的人格心理，丰满了戏剧形象。一方面反映了统治者内部的倾轧和斗争，反映了野心家篡权夺位的阴谋，另一方面则用浪漫主义手法把希望寄托于乌托邦式的理想世界和未来的青年一代，赋予戏剧积极的现实意义。

莎士比亚无愧为"英国戏剧之父",他的剧本《罗密欧与朱丽叶》(1594—1595)、《特洛伊罗斯与克瑞西达》(1601—1602)、《泰尔亲王配力克里斯》(1608—1609)是18世纪狄德罗、博马舍、莱辛等后人提倡的"正剧"的先声。莎士比亚被本·琼森称为"时代的灵魂",马克思称他为"人类最伟大的天才之一",他被誉为"人类文学奥林匹斯山上的宙斯"。他的大部分作品被译成多种文字,他的剧作也在许多国家上演,经久不衰。

二、创作道路

莎士比亚生活的时代在历史上被称为"文艺复兴时代",那是一个充满蓬勃生机和残酷斗争的伟大时代,旧的制度在灭亡,新的制度在诞生。人文主义者是欧洲文艺复兴时期新思想和新文化的代表,主张以"人"为本,强调人的聪明才智和力量,用人文主义来反对封建教会和各种封建思想,用追求财富和幸福的权利来反对天主教的禁欲思想,用当前的"地上的"快乐来反对天主教散布的死后"天堂里"的幸福,用理性来反对中世纪蒙昧主义和神秘主义,用博爱来反对封建压迫,用歌颂友谊、爱情、个人品德来反对中世纪的等级制度。

人文主义是这个时代的进步思想潮流。随着人文主义的兴起,教会的精神统治和专政逐渐崩溃,人们意识到了自身的价值。莎士比亚就是一位伟大的人文主义者,他用自己的作品广泛而深刻地反映了这个新旧交替时代的社会现实。

德国学者盖尔维努斯根据莎士比亚的思想和艺术技巧的发展把

他的创作活动大致分成三个时期:第一个时期(1590—1600),即早期创作,以创作历史剧和喜剧为主,情调乐观开朗;第二个时期(1601—1607),即中期创作,以创作悲剧为主,风格沉郁悲愤;第三个时期(1608—1612),即晚期创作,以传奇剧为主,风格既沉郁又愉快,提倡宽容谅解。

1.早期创作(1590—1600)

莎士比亚早期作品的特点是富于乐观精神、秉持鲜明信念、追求欢乐生活、反对禁欲主义。作品的体裁主要是诗歌、喜剧和历史剧。

莎士比亚的早期创作,正值伊丽莎白一世统治时期,王权巩固,经济繁荣,人民生活安定,社会相对稳定,王室与工商业者及新贵族的联盟正处于发展阶段。尤其是1588年,英国打败西班牙"无敌舰队"后,民族意识和爱国热情空前高涨,社会发展处于上升阶段。

这期间,莎士比亚创作了9部历史剧、10部喜剧、3部悲剧、2首长诗以及154首十四行诗。这些作品体现了莎士比亚的乐观主义情绪,充满了人文主义的思想。莎士比亚明朗、乐观的写作风格,说明他对和谐解决生活矛盾和社会矛盾充满信心。

(1)歌颂爱情、美德的长诗和"莎士比亚式"的十四行诗

莎士比亚的两首叙事长诗是《维纳斯与阿多尼斯》(1593)和《鲁克丽丝受辱记》(1594),其题材分别来源于罗马诗人奥维德的《变形记》和《岁时记》。

在《维纳斯与阿多尼斯》中,莎士比亚通过褪去神性的维纳斯的人间之恋,张扬了人性,将人性中最本质的东西在"爱"与"美"

中表现出来，将爱与自然联系起来，并赋予人性以崇高的地位，表现了爱情的不可抗拒，与当时的禁欲主义针锋相对。在《鲁克丽丝受辱记》中，莎士比亚借鲁克丽丝被暴君塔昆的儿子塞克斯图斯奸污而自杀的悲剧形象，触及了道德与权力、美德与罪恶等影响社会稳定和发展的根本问题，提出了人性与爱欲必须服从道德的约束，发出了对人与人性的最强烈呼喊，最后塔昆政权被推翻，父子俩都受到惩罚，表现了欲望的罪恶和道德的困惑，这是一首描写美德的悲情诗歌。

十四行诗是源于意大利民间的一种抒情短诗，大多为歌唱爱情而作，故有"爱情十四行诗"之称。十四行诗结构十分严谨，有一定的节奏、押韵法，文艺复兴初期盛行于整个欧洲，16世纪传到英国。

莎士比亚在1592—1598年间创作了大量的十四行诗，其中的154首被收录在《莎士比亚的十四行诗》中，该诗集在1609年于伦敦首次出版。莎士比亚的十四行诗在英国诗歌史上具有很高的地位，是对爱、性欲、生殖、死亡和时间的本性进行的深刻思考，当得起空前绝后的美称。

莎士比亚的十四行诗仍是抑扬格五音步诗，但在题材结构上进行了重大革新。他将意大利典范式的十四行诗的两个四行诗节和两个三行诗节结构改成了三节四行诗和一节两行诗的结构。首节四行点题，次节四行展题，第三节向结局推进，最后两行是全诗的"结论"。每行十个音节，韵脚排列精确，特别是最末两行概括的诗意，成为全诗警策。对诗人而言，诗的结构越严谨就越难抒情，而莎士比亚的十四行诗却毫不拘谨，自由奔放，正如他的剧作天马行空，其诗歌的语言也富于想象，感情充沛。

莎士比亚的十四行诗不仅结构巧妙、语汇丰富，还具有丰富多变的旋律、往复回环的声韵、明快和谐的节奏。他的诗用韵自由，语句前后呼应，意境清新。正如他在第76首十四行诗中所说，"推陈出新是我的无上的诀窍"。正因为如此，人们称莎士比亚十四行诗为"莎士比亚式"或"英国式"。

莎士比亚的十四行诗反映了这一时期的人文主义思想，具有很强的时代特征。因此，他的十四行诗被大多数评论家认定具有一定的自传性，从中可以窥到一些莎士比亚的真实生活痕迹。

莎士比亚的诗，有深刻批判当权者的罪恶和官府的专横，揭露不公平、不人道的社会现实的；有赞颂友谊和爱情，抒发诗人的人生理想的；有剖析人性弱点的。

①表达对社会丑恶现象不满的，比如第66首中的第二节和第三节。

> 见到荣誉被可耻地放错了位置，
> 见到暴徒糟蹋了贞洁的处子，
> 见到不义玷辱了至高的正义，
> 见到瘸腿的权贵残害了壮士，
> 见到文化被当局封住了嘴巴，
> 见到愚蠢（像博士）控制着聪慧，
> 见到单纯的真理被瞎称作呆傻，
> 见到善被俘去给罪恶将军当侍卫……

（见屠岸编译《莎士比亚十四行诗一百首》，中国对外翻译出版公司，1992年版，第93页）

这首诗在莎士比亚的全部十四行诗中有着特殊的地位，作者用尖锐的语言直接控诉当时的英国社会。那个年代，社会上尔虞我诈、弱肉强食的丑恶现象很普遍。莎士比亚在诗中对这些现象进行了无情的揭露和批判。当时演员和剧作家的社会地位很卑微，他们的人格受到轻视，作为演员和剧作家的莎士比亚有着深切的体验。在这首诗中，我们能看到莎士比亚愤愤不平的心情，如诗中的这句"见到善被俘去给罪恶将军当侍卫"，对社会上的丑恶现象进行公开的批判和谴责，这在他的诗中是很少见的。这些被指斥的现象，普遍存在于人类的社会历史上，因此，这首诗具有了积极的普遍的恒久的价值。评论家刻尔纳（Kellner）说，这首诗是莎士比亚"十四行诗中的一颗明珠……这首诗中没有一个字在今天不具有丰富的含义；整首诗是如此地具有普遍意义，如此地不受时间的限制"。

②歌颂友情美好的，比如第18首。

我能否把你比作夏季的一天？
你可是更加可爱，更加温婉；
狂风会吹落五月的娇花嫩瓣，
夏季出租的日期又未免太短：
有时候苍天的巨眼照得太灼热，
他金光闪耀的圣颜也会被遮暗；
每一样美呀，总会失去美而凋落，
被时机或者自然的代谢所摧残；
但是你永久的夏天决不会凋枯，
你永远不会丧失你美的形象；
死神夸不着你在他影子里踯躅，
你将在不朽的诗中与时间同长。

>只要人类在呼吸，眼睛看得见，
>
>我这诗就活着，使你的生命绵延。

（见屠岸编译《莎士比亚十四行诗一百首》，中国对外翻译出版公司，1992年版，第27页）

这是莎士比亚十四行诗中的名篇之一。诗的开头将"你"比作夏天。自然界的夏天是绿的世界，万物繁茂的季节，是自然界生命最昌盛的时候。那醉人的绿与鲜艳的花一道，将夏天打扮得五彩缤纷、艳丽动人。诗人认为大自然中的每一种美总会因为时机或者自然界的变化而消失或者凋落，况且夏天的期限太短，"狂风会吹落五月的娇花嫩瓣，夏季出租的日期又未免太短：有时候苍天的巨眼照得太灼热，他金光闪耀的圣颜也会被遮暗"。他称爱友是"永久的夏天决不会凋枯"，他认为美的东西只有反映在人的创作中才能成为不朽。诗人用自己不朽的诗篇赞美友情，让爱友在不朽的诗中与时间同长，"只要人类在呼吸，眼睛看得见，我这诗就活着，使你的生命绵延"。

莎士比亚在这首诗中，赞美了爱友的美貌，也表达了创作是不朽的力量。诗人的预言实现了，他的诗几百年来一直启迪着人们的思想和心灵；他歌颂与爱友的深情厚谊的诗，被千万人传诵。这证明了美好的友情是可以超越时间、能够经受自然界考验的。

③赞美爱情的神奇，比如第127首。

>在往古时候，黑可是算不得美色，
>
>黑即使真美，也没人称它为美；
>
>但是现在，黑成了美的继承者，

美有了这个私生子，受到了诋毁；
自从每个人都僭取了自然的力量，
把丑变作美，运用了骗人的美容术，
甜美就失去了名声和神圣的殿堂，
如果不活在耻辱中，就受尽了亵渎。
因此，我情人的头发像乌鸦般黑，
她的眼睛也长上了黑衣，仿佛是
在哀悼那生来不美、却打扮成美、
而用假美名侮辱了造化的人士：
 她眼睛哀悼着他们，漾着哀思，
 教每个舌头都说，美应当如此。

（见屠岸编译《莎士比亚十四行诗一百首》，中国对外翻译出版公司，1992年版，第171页）

这是诗人写给他的一位黑皮肤、黑眼睛、黑头发的女郎的第一首诗。诗中描写了诗人对美的看法，觉得人类审美一定会随着时代的变迁而改变，对真美的被亵渎感到悲哀。他坚信美是内在的，而非表面的，也体现了诗人对爱情的坚贞不渝的品格。

④对人性弱点进行剖析的，见第129首。

生气丧失在带来耻辱的消耗里，
是情欲在行动；情欲还没成行动
已成过失，阴谋，罪恶，和杀机，
变得野蛮，狂暴，残忍，没信用；
刚尝到欢乐，立刻就觉得可鄙；

  冲破理智去追求；到了手又马上
  抛开理智而厌恶，像吞下诱饵，
  那诱饵，是为了促使上钩者疯狂；
  疯狂于追求，进而疯狂于占有；
  占有了，占有着，还要，绝不放松；
  品尝甜头，尝过了，原来是苦头；
  事前，图个欢喜；过后，一场梦：
   这，大家全明白；可没人懂怎样
   去躲开这座引人入地狱的天堂。

  （见屠岸编译《英国历代诗歌选》上册，译林出版社，2007年版，第78页）

  在这首诗中，诗人以入木三分的笔触深刻剖析了人性的普遍弱点——贪婪。其剑锋指向了一切情欲、财欲、名欲、权欲的贪婪者们，指向了当时社会的各种丑恶现象。为了满足自己的贪欲，人变得野蛮、狂暴、残忍、没信用，甚至失去理智，疯狂占有。当这些都得到了，品尝甜头，尝过了，原来是苦头；欢喜过后，是一场梦。诗人怜惜地规劝，"躲开这座引人入地狱的天堂"吧！

  综观莎士比亚的十四行诗，其诗风甜蜜而富有哲理，感情充沛，美丽的语汇将友谊和爱情所带给人的无穷无尽的美感和享受抒发到极致，时而以一个高雅而不切合实际的浪漫派贵族诗人出面，时而以一个现实主义诗人出面，给十四行诗的传统格式注入了深刻的生活内容，洋溢着真情实感。

  苏联文学批评家阿尼克斯特说："莎士比亚的《十四行诗集》是文艺复兴时代英国抒情诗的精华。如果把那些成规俗套很明显的诗篇丢开，那么在其余的十四行诗中我们便会感到真正的人情味、巨大的激情与人道思想。《十四行诗集》以礼赞生活的颂歌开头，以近似悲剧的心情结束，这一点就使这么一部小小的诗集反映出时代的全部精神史，由之也反映了时代的现实的历史。《十四行诗集》无论是在莎士比亚本人的诗作中，还是在他当代的诗坛上，其所以占的地位如此之高，正因为它们是文艺复兴时代的抒情概括。"（见阿尼克斯特著，徐克勤译《莎士比亚的创作》，山东教育出版社，1985年版，第359~360页）

（2）喜剧中的浪漫主义和淡淡的忧伤

莎士比亚毕生共写了13部喜剧，其中有10部喜剧创作于这一时期，所以，有人把莎士比亚的这一时期称为"喜剧时期"。从《错误的喜剧》(1592—1593)到《第十二夜》(1599—1600)都有五彩缤纷的生活图景、引人入胜的故事情节、积极有为的人物、充满诗意的喜剧语言、令人捧腹的插科打诨、轻歌曼舞和轻松愉快的戏剧气氛。人文主义人生观、感情观、婚姻观、友谊观和道德观对于封建思想和道德的胜利，构成了莎士比亚喜剧的重要主题。《威尼斯商人》(1596—1597)是其喜剧的代表作，其他几部著名的喜剧，如《仲夏夜之梦》(1595)、《无事生非》(1598—1599)、《皆大欢喜》(1599—1600)、《温莎的风流娘儿们》(1597—1598)和《第十二夜》(1599—1600)等都是在这个时期完成的。剧中描写了坚毅勇敢、温柔美丽的青年男女，他们冲破封建制度的重重阻碍，最终获得自由和爱情，表达了人文主义者歌颂自由爱情的美好愿景和反对封建禁欲束缚的主张。就连这个时期创作的以悲剧结局的《罗密欧与朱丽叶》(1594—1595)中也同样具有不少明朗乐观的因素。戏剧故事大多是善战胜恶，恶徒最终受感召而幡然悔悟。戏剧的冲突往往是凭借个人的聪明才智使敌对双方互相谅解，而不是你死我活的斗争，这也反映了人文主义思想的局限。

喜剧都应该有一个"快乐的结局"。莎士比亚早期的喜剧除了有一个"快乐的结局"外，还有一些明显的、与众不同的特点，即：

①莎士比亚的喜剧主题是写爱情、友谊和婚姻的，借此来表现人文主义者的理想。如《皆大欢喜》中，写了奥兰多与罗瑟琳、奥列佛与西莉娅这两对贵族青年男女的纯洁爱情，也写了牧人西尔维斯与牧女菲必、小丑试金石与村姑奥德雷这两对平民青年男女的朴素爱情，他们历经艰险曲折，最后四对恋人同时结婚，正所谓"有情人终成眷属"，皆大欢喜。

②莎士比亚的喜剧大都具有浓厚的浪漫主义色彩。如《仲夏夜之梦》，有美丽的森林，有仙后和小仙子，有北欧矮人仙王奥布朗，有英国民间传说里极富传奇色彩的精灵好人罗宾，有豆花、蜘蛛和娇小玲珑的飞蛾，还有妙不可言的音乐等等。这不是单纯的喜剧，简直是一个充满诗情画意、引人入胜的美丽童话世界。《威尼斯商人》中，女主人公鲍西娅选择丈夫只能按父亲的遗嘱进行，在自己闺房里放了金、银、铅3个匣子，任凭求婚者来选。若有人选中了里面装有鲍西娅小照的匣子，此人便可以娶鲍西娅为妻，也是具有浓厚的浪漫主义情节色彩。

③莎士比亚的喜剧故事通常有一条主要情节线和多条并行发展的次要情节线。如《温莎的风流娘儿们》中有三条平行情节线索：一是破落骑士福斯塔夫的一系列冒险行为和经历；二是安·培琪姑娘的情感线；三是法国医生卡厄斯和威尔士牧师爱文斯二人间的争执情节线。《仲夏夜之梦》故事线索有四条：一是雅典公爵忒修斯

与其未婚妻希波吕忒之间的关系；二是拉山德与赫米娅、狄米特律斯与海丽娜四人之间的爱情纠葛；三是仙王奥布朗与仙后提泰妮娅之间的争吵；四是以波顿为首的众工匠之间的关系。

莎士比亚的这些喜剧，情节错综复杂，每条线索既相对独立，又紧密相连；既有现实生活，又有仙境和幻想。整个喜剧跌宕多姿、扑朔迷离，极富艺术魅力。

最早的4部喜剧《错误的喜剧》（1592—1593）、《驯悍记》（1593—1594）、《爱的徒劳》（1594—1595）、《维洛那二绅士》（1594—1595）是大胆模仿和多方尝试的成果，为后6部成熟的浪漫喜剧《仲夏夜之梦》（1595—1596）、《威尼斯商人》（1596—1597）、《温莎的风流娘儿们》（1597—1598）、《无事生非》（1598—1599）、《皆大欢喜》（1599—1600）和《第十二夜》（1599—1600）奠定了基础。

前4部喜剧：

《错误的喜剧》根据罗马剧作家普劳图斯的《孪生子》改写而成，以伊勤被处死作为情节的开端，又以婚姻美满、父母子媳团圆收场。因增加了一对孪生仆人和一些情节，使喜剧的误会穿插得更加机敏，同时增添了浪漫主义色彩和悲伤因素。

《驯悍记》写的是凯瑟丽娜被丈夫驯服，由一个倔强的妇女变成俯首听命的妻子的故事。剧中的丈夫以可笑而又高明的驯悍手法，达到让妻子顺服的结果。

《爱的徒劳》是这一阶段最具独创性、最富浪漫色彩的剧作。那瓦国国王腓迪南和他的3位宠臣为了创造世界奇迹，向自己的感情和一切世俗欲望挑战，他们发誓苦读3年，期间不见一个女人，每天只吃一餐，每晚只睡3个小时。结果，当他们看到美丽的法国公主和她的3位侍女们，个个都成了痴心的情郎。作品嘲笑了君臣四人发誓治学，不亲女色却又陷入情网，反映了人文主义者看情、反对禁欲主义的思想。这部喜剧采用自我否定的写法来否定禁欲主义，倡导从自然的人性出发，歌颂了爱情的美好。

《维洛那二绅士》描写了意大利维洛那两位年轻绅士凡伦丁和普洛丢斯在爱情和友情上纠结的故事。他们是好朋友。凡伦丁到达米兰公爵府求职，爱上了公爵的女儿西尔维娅，西尔维娅也爱上了他。普洛丢斯在父亲的逼迫下离开了恋人朱丽娅，也到公爵府求职，一见到西尔维娅便立刻爱上了她。他向公爵密告了凡伦丁和西尔维娅要私奔的事情，导致凡伦丁被放逐。凡伦丁成为强盗们的首领。而朱丽娅为了寻找爱人，女扮男装只身前往公爵府并当上了侍从。西尔维娅面对着父亲的逼婚，逃出公爵府，被凡伦丁领导的强盗们抓获。普洛丢斯却带着伪装成他的侍从的朱丽娅前来拯救西尔维娅。普洛丢斯在众人面前向西尔维娅诉说爱意，却发现凡伦丁也在现场，不由得感到一阵羞愧，他当下表示忏悔，凡伦丁大度地原谅了他。而朱丽娅也向普洛丢斯表明身份。普洛丢斯被朱丽娅坚贞的爱所打动，重新爱上了她。由于凡伦丁对西尔维娅勇敢的爱，公爵决定成全他们，于是两对相爱的人一起回到公爵府举行盛大的婚礼。作品借两对青年男女的爱情和友谊的纠葛，提倡忠贞不渝的爱情。

后6部喜剧：

在后6部成熟的喜剧中，《温莎的风流娘儿们》以英国现实为背景，写的是市民下层妇女揭穿温莎镇破落的封建骑士福斯塔夫"求爱"骗钱的把戏。福斯塔夫是脱胎于莎士比亚的历史剧《亨利四世》中的一个人物，这是继《亨利四世》之后，莎士比亚又一次成功塑造的典型人物形象。他既无生活理想，又无经济来源，如丧家之犬。他"把骑士的荣誉高高搁起,逢到该偷、该抢、该骗的当儿照样下手"。

他的想法和做法却被温莎的风流娘儿们将计就计，玩弄于股掌之中，把他当作一筐肉屑、骨头扔进泰晤士河里。

其余5部《仲夏夜之梦》《威尼斯商人》《无事生非》《皆大欢喜》和《第十二夜》均讲述了贵族青年经受了爱情的波折最终完婚的故事，以此宣扬真挚的友谊与爱情，歌颂为幸福奋争的勇气。剧情通常以大自然或理想境界为背景，借以对比不称人意的现实环境。

莎士比亚剧中的主人公当中，有以清新少女形象亮相舞台的新人物。莎士比亚通过描写她们争取自由和爱情的行动来显示她们完美的个性、耐心和机智，显示出她们语言的睿智和光彩。常见的情节是对抗家长严命或其他厄运，有女扮男装、误会隔阂等细节。围绕中心人物的有小丑、工匠、警察、乡巴佬等"怪癖平民"，使人更加感到"快乐英国""黄金时代"的风貌。每一部剧的剧情都很独特，没有雷同感。

《仲夏夜之梦》是莎士比亚喜剧创作走向成熟的标志。该剧歌颂爱情的力量，把神话世界与现实社会相结合，具有强烈的幻想性和抒情性。在仲夏的夜晚，赫米娅和拉山德这对恋人为了对抗一道荒谬无比的律法而相约出逃。当他们逃往林子后，另一对青年男女和精灵的介入使彼此爱的对象混淆。一阵混乱之后，众人终于恢复理智。而这一切都发生于城市与森林、清醒与睡眠、真实与梦幻之间。该剧的主旨是爱情不应受父母

《仲夏夜之梦》剧照

之命的约束，要自由选择生活伴侣。全剧在"夜"和"梦"上做文章，月光、魔法、情人，扑朔迷离，使全剧富于诗意和动感。工匠们串戏的滑稽表演，又增添了趣味性和对比性。

《威尼斯商人》是根据意大利民间故事改编的，是莎士比亚早期喜剧中最富于社会讽刺性的一部。它描写了安东尼奥与夏洛克的戏剧冲突。安东尼奥是个以宽厚为怀的富商，而犹太人夏洛克是个狡黠、凶狠的高利贷者。安东尼奥的好朋友巴萨尼奥要追求鲍西娅，因生活拮据向安东尼奥求借3000块钱，安东尼奥决定对其相助，正赶上手头缺少现金，便以他那尚未回港的商船为抵押品，向夏洛克借了3000块钱。夏洛克对安东尼奥经常无偿资助他人的做法和曾指责自己的盘剥行为等事耿耿于怀，于是借此机会设下圈套，要求他签下了"三个月逾期不还钱就要安东尼奥割下一磅肉"的契约。巴萨尼奥求亲顺利并且得到了鲍西娅的芳心，正当他沉浸在爱情的甜蜜中时，接到了安东尼奥的来信。安东尼奥信中说他的商船行踪不明，就要与夏洛克走上法庭，由威尼斯公爵裁定还借款一事，要与好友见最后一面。巴萨尼奥带着钱赶紧奔回威尼斯营救。与此同时，聪慧的鲍西娅与侍女尼莉莎也偷偷地化装成律师及书记员，赶去救安东尼奥。结果，鲍西娅以"取一磅肉不能带走一滴血"的条件扭转了局面，赢得了这场官司，安东尼奥的商船也顺利到港，喜剧气氛达到高潮。

《威尼斯商人》

《威尼斯商人》在

描绘安东尼奥的正直与仗义、鲍西娅的智慧与美德的同时，更借犹太商人高利贷者夏洛克强索一磅肉的情节，来分析仇恨的根源、反对报复的残忍，批评了基督教徒的民族歧视。安东尼奥和夏洛克的人物形象具有超出剧本范围的悲剧色彩和生命力。莎士比亚有意识地把情节喜剧逐渐变成性格喜剧，由人物带来的喜剧因素和戏剧冲突建立在性格之间或性格之中的种种矛盾上。

《无事生非》描写王子见好友克罗迪欧与领主的女儿希罗一见钟情，欲为陷入情网的克罗迪欧和希罗举行婚礼。王子的弟弟约翰因为功劳被克罗迪欧抢去而怀恨在心，决心要破坏这场姻缘。这是一条感情主线。许多戏剧性还来自另一条感情线：王子的亲信班纳蒂克与希罗的表姐碧翠丝，他们的感情线是由爱恨交织的机智对答展开的。这条次要情节突出了男女主人公从不爱到爱的转变，表现了人物的聪明机智和内在力量。愚蠢而滑稽的警察道勃雷是莎剧中不朽的丑角形象。

《皆大欢喜》取材于托马斯·洛治的传奇小说《罗瑟琳达》，洛治的小说是根据14世纪的《盖姆林故事》改编的。该剧讲述了被放逐的公爵的女儿罗瑟琳与受到长兄虐待的奥兰多的爱情故事。该剧由三条线索串联而成：一是老公爵被弟弟弗莱德里克篡夺了爵位，并被放逐到亚登森林；二是奥兰多被他的哥哥岳力佛夺去产业，还面临着被谋害性命，被迫逃到亚登森林；三是老公爵的女儿罗瑟琳被其叔叔驱逐，与叔叔的女儿西莉娅逃奔亚登森林。罗瑟琳与奥兰多、忧郁者杰克斯、宫廷弄人试金石、失势公爵和随从们共享林中生活以及田园风光。剧中几条线索、几对情人的穿插搭配，欢乐嬉戏中的至情、机智和人生体验，都令人喜爱。该剧歌颂了纯真的爱情和真挚的友谊，也温和地揭露社会的丑恶现象。罗瑟琳和西莉娅是堂姊妹，西莉娅的父亲弗莱德里克篡夺罗瑟琳父亲的公爵之位，但这对堂姊妹一直相亲相爱，宁可一同逃往森林过艰苦生活，也不愿分离。莎士比亚亲自参加了演出，扮演老仆人亚当。

《第十二夜》得名于西方的传统节日，由"第十二天"而来。"第十二天"指每年圣诞节（十二月二十五日）后十二天，即一月六日，为基督教的"主显节"，是圣诞狂欢节日之最后一天。到了伊丽莎白时期，主显节已经演变成狂欢作乐的日子，所以《第十二夜》的剧名，或许暗示着这是一个脱离现实的世界，所有事情和现象都可以发生。

故事中的西巴斯辛和薇奥拉是孪生兄妹，他们在一次船难中离散了。妹妹薇奥拉改扮男装，化名西萨里奥，到伊利里亚的奥西诺公爵家中当男仆，并爱上了奥西诺公爵。当时的奥西诺公爵疯狂地爱上了奥丽维娅小姐，薇奥拉被公爵指派向奥丽维娅传达爱慕之意，但是被奥丽维娅拒绝了。奥丽维娅却对薇奥拉一见钟情，被薇奥拉拒绝了。之后，奥丽维娅巧遇薇奥拉的孪生兄长西巴斯辛，奥丽维娅再次向西巴斯辛（她以为是薇奥拉）求爱，对奥丽维娅一见钟情的西巴斯辛立刻同意结婚。奥西诺公爵也察觉到薇奥拉对自己的爱情，两人终成眷属。该剧还借大管家马伏里奥的思想行为，嘲讽了清教徒的虚伪骄矜。剧本以孪生误认、傻骑士求婚、多重的恶作剧等次要情节，制造出适合节日的热闹欢乐气氛；小丑费斯特的行为、言语，更增添了喜剧效果。最后，兄妹相聚，情人结合，喜剧在费斯特的歌声中完美结束。全剧充满了甜美可爱和插科打诨，没有讽刺和愤怒，它针对的是荒唐事而非可笑事。

《第十二夜》是莎士比亚创作早期写下的最后一部喜剧，是一部向欢乐告别的喜剧。此后，莎士比亚写作转向"阴郁的喜剧"和悲剧。

由于莎士比亚在这一时期写下了大量的脍炙人口、广为流传的喜剧，人们又称之为莎士比亚的"喜剧时期"。

（3）历史剧再现英王朝兴衰

莎士比亚毕生所写的 10 部历史剧，有 9 部创作于这一时期。莎士比亚的历史剧再现了英国 1422—1485 年的历史风貌。

莎士比亚开始走上创作道路，适逢英国正处在历史上一个意义重大的关头。他对社会生活有了深刻的了解，他要用笔把英国很多王朝的兴衰荣辱搬上舞台。

历史剧是以历史事实为题材的，而莎士比亚的历史剧则全部是写英国历史上的帝王的。在莎士比亚的 9 部历史剧中，除《约翰王》（1596—1597）写的是 13 世纪的历史外，其余 8 部所展现的都是 14—15 世纪百余年的重大史实。在剧中，莎士比亚谴责封建暴君，歌颂开明君主，展现了各种巨大的社会力量冲突，表现了人文主义的反封建暴政和封建割据的开明政治理想，全剧都贯穿着国家统一的思想。这 8 部历史剧构成两个"四部曲"。

第一个"四部曲"是《亨利六世》上、中、下篇（1590—1592）和《理查三世》（1592—1593）。

《亨利六世》上、中、下篇和《理查三世》写的是约克和兰开斯特两大家族为争夺英国王位进行的长达数十年的战争故事。约克家族和兰开斯特家族是英国 15 世纪两大封建贵族，兰开斯特家族的族徽为红玫瑰，约克家族的族徽为白玫瑰，他们之间的战争被称为"玫瑰战争"（1455—1485）。最终英国王位由兰开斯特家族转入约克家族手中，历史进入约克王朝时期。

第二个"四部曲"是《理查二世》(1595—1596)、《亨利四世》上、下篇(1597—1598)和《亨利五世》(1598—1599)。

这4部历史剧反映的是英国历史上金雀花王朝结束、兰开斯特王朝开始的历史。

《理查二世》取材于拉斐尔·霍林斯赫德的《英格兰、苏格兰与爱尔兰编年史》,描写英王理查二世被波林勃洛克废黜的故事。理查二世是一个喜怒无常、横征暴敛的君主,他以"君权神授"之名,刚愎自用,一意孤行,引起臣民的不满,最终被以波林勃洛克为首的大贵族们赶下了王位。该剧是莎士比亚历史剧创作走上成熟的标志,重点刻画了理查二世与波林勃洛克二人在处理国事上的不同性格,一个是没有治理国家的能力,却讲排场,爱享受,一个是善于搞政治活动,有篡位野心。该剧探讨了王位继承和"君权神授"的问题,表达了昏君或暴主应该被推翻的思想。

《亨利四世》上、下篇和《亨利五世》是莎士比亚最有代表性的历史剧。这三部剧本情节连贯,不仅塑造了亨利四世的君主形象,也构成了理想君王亨利五世的成长过程。

《亨利四世》是根据霍林斯赫德的《英格兰、苏格兰与爱尔兰编年史》和一出老戏改编的,写的是一个纷扰不安的朝代,描述了封建制度下封臣割据与君主集权两个对立的原则之间的斗争。理查二世因昏庸无道、寡德无能,被堂弟篡夺了王位;亨利四世继理查二世之后成为英王,治国有方,平复各路叛逆诸侯,平息了叛乱,政权稳固。但他在王位上一刻也不觉得安稳,他的"篡位"行为让他终日忧心忡忡。他担心他的臣民起来造反,特别是当珀西家族也跟威尔士人联合起来反对他时,他更加不得安宁。这场叛乱被他的小儿子哈尔亲王带领军队平息。

剧中人物性格特征鲜明，如哈尔亲王的粗野鲁莽、珀西的勇敢叛逆、国王的多疑疲惫。

莎士比亚把哈尔亲王当作一个理想的储君来描写，即便如此，他也没有把这位储君写成完美无缺、超凡入圣、头上有着灵光的神人，而是不回避不完美，写了年轻时的哈尔亲王浑浑噩噩、整日流连酒肆饭馆等娱乐场所。后经过父辈教育，他逐步认识错误，决心改恶从善，终于成为一个英勇善战、德智俱全的军队统帅。父亲亨利四世逝世后，他登上王位，成为一位贤明公正、励精图治的贤明君主，即亨利五世。

剧中有一个令人难忘的人物，他就是约翰·福斯塔夫爵士。福斯塔夫是一位又老又胖又丑的骑士，是哈尔亲王寻欢作乐时的朋友。他品行不端，自私狡黠，懒惰畏缩，但有时候他也能表现出机警、灵巧、欢快的一面。他是一个十分矛盾的人物，文学史上关于他的论述很多。战争爆发后，哈尔亲王统率全军，福斯塔夫也带领一队乌合之众参战。当遇到叛军时，他就躺下装死。当哈尔亲王杀死了亨利·珀西时，他一跃而起，大言不惭地说珀西是他杀死的。

《亨利四世》上、下篇的艺术成就最高，它描绘了平民社会的图景，创造了福斯塔夫这一不朽的喜剧人物形象，使得历史题材充满喜剧性。

《亨利五世》是莎士比亚16世纪90年代唯一一部以成功君王为主角的历史剧，其情节不涉及

约翰·福斯塔夫舞台形象

阴谋与反叛，通过王子即位前的平定国内叛乱和即位后的对法战争，写出了一个理想君王的基本品性和成长过程。在当时的英国，王权代表着相对的统一和安定，符合资产阶级发展生产力的要求，有一定的进步意义。亨利五世的统治被描写得辉煌无比，由他统率的英国军队，虽然实力远不及对手，却大获全胜。亨利五世品格高尚，富有魅力，是一个理想化的人物。该剧体现了莎士比亚的人文主义政治理想，剧情洋溢着爱国激情。

莎士比亚歌颂了亨利五世，而在《理查二世》一剧中，对无道昏君理查进行了严厉谴责。由此可见，莎士比亚明辨是非，根据历史事实对历史人物进行严正的褒贬。

两个"四部曲"写出了英国14世纪末至15世纪末百年的历史，写了这一阶段英国王室的纠纷、内部动乱、对法战争和"玫瑰战争"等重大事件，展现了英法百年战争和封建内战期间国家的分裂和人民的苦难；描写了凯德起义和王朝更替，描绘了贵族不和造成对外战事失败、民族英雄牺牲及长达30年的玫瑰之战等各种事件。这些历史剧都反映了新兴阶级对社会安定和国家统一富强的强烈要求，而贯穿这8个剧本的一个重要思想，就是当时人文主义者的爱国主义时代精神。这些历史剧深刻地反映了英国人民反对封建割据、反对封建暴君、渴望民族统一的愿望，也让普通民众有机会了解自己国家的历史。

由于莎士比亚和马洛等剧作家的努力，历史剧作为一种独立的戏剧体裁，在16世纪90年代开始腾飞，成为伊丽莎白时代最重要的戏剧形式。

（4）喜剧时期的悲剧不失希望的曙光

这一时期莎士比亚还写了3部悲剧，即《泰特斯·安德洛尼克斯》(1593—1594)、《罗密欧与朱丽叶》(1594—1595)和《裘力斯·恺撒》(1599—1600)。

《泰特斯·安德洛尼克斯》仿效罗马流血悲剧的写法，充满了激情和仇杀，写的是罗马大将军泰特斯征伐哥特人10年后胜利回国，并俘虏了哥特人皇后塔摩拉及她的儿子们，为祭奠阵亡的儿子，泰特斯残酷地杀死塔摩拉的儿子。罗马新国王萨特尼欲迎娶泰特斯的女儿拉维妮亚，但拉维妮亚与王弟巴西安早已订下婚约，国王盛怒之下改立了塔摩拉为皇后。塔摩拉为报复泰特斯因祭奠阵亡的儿子而残酷地杀死自己儿子之仇，与姘夫黑奴艾伦开始了疯狂的阴谋杀戮：伏杀巴西安，强奸了拉维妮亚，诬陷并杀害泰特斯的儿子们。泰特斯带着儿子们进宫杀了塔摩拉皇后和她两个儿子，被国王的卫兵抓住并被国王赐死。这是英国戏剧的典范，也是莎士比亚最成功的戏剧作品之一。

《裘力斯·恺撒》是以古罗马史为依据创作的，是一出独具特色的名剧。写的是品格高贵但不切合实际的布鲁特斯，因执着于共和主义理想，受人利用，参与杀害恺撒的阴谋，造成国家与个人的悲剧。剧情围绕古罗马的两个政治党派之间的斗争展开。在剧中，恺撒是独裁派的代表，

裘力斯·恺撒

罗密欧与朱丽叶

他功高位尊，极力扩大自己的势力；而以凯歇斯等人为首的共和派则反对个人专权，企图铲除恺撒势力，但势单力薄，于是撺掇德高望重的布鲁托斯参与他们的行动。在布鲁托斯的带领下，共和派刺杀了恺撒。之后，恺撒的心腹安东尼以热情的演说煽动罗马民众，使他们改变初衷，转而反对布鲁托斯，并将布鲁托斯等人逐出罗马城。最后，在安东尼等大军围困下，布鲁托斯自杀，共和派覆灭。

《罗密欧与朱丽叶》是完全不同的抒情悲剧，是一部乐观主义的悲剧，是带有喜剧色彩的爱情悲剧。它以两仇家儿女相爱而殉情的故事，歌颂坚贞的爱情，反对封建世仇和宗法势力。剧中的喜剧性人物穿插及两家和好的结局，歌颂了友谊，表现了乐观精神，也探讨了爱情与世仇的关系。它是莎士比亚戏剧中浪漫主义抒情色彩最浓、在世界各国最受欢迎的一部悲剧，突显了人文主义者的爱情、理想与封建势力之间的冲突。

莎士比亚突破了古希腊、古罗马关于悲剧和喜剧的严格界限，将悲剧和喜剧的美感融为一体，创造性地表现悲剧中的曙光和喜剧中的辛酸，丰富了人的戏剧形象和复杂的人格心理。

2.中期创作（1601—1607）

莎士比亚中期作品的特点：反映了深刻的社会矛盾，表现出人们的怀疑情绪。其创作的悲剧、"阴暗的喜剧"和罗马悲剧，严峻地批判了社会邪恶势力，表达了一种阴郁、悲怆、愤慨的情绪。

莎士比亚在他的创作早期是以写喜剧和历史剧为主的，而这一时期创作则是以写悲剧为主的。莎士比亚的中期创作在思想上和艺术上都达到了自己的最高水平。

莎士比亚的中期创作恰逢伊丽莎白一世统治末期和詹姆士一世君主专制统治初期。詹姆士一世挥霍无度、倒行逆施，使人民的生活困苦加剧，民众的反抗迭起，王权与资产阶级及新贵族的暂时联盟逐渐解体，社会矛盾日趋激化，政治经济形势日益恶化，资产阶级革命开始酝酿，王权与教会、王权与国会都有巨大的矛盾。15世纪末，毛纺织业兴起，英国新兴贵族需要牧场养羊，就用暴力手段大规模剥夺农民土地。他们用栅栏及沟渠圈占了农民大片土地改为牧场，史称"圈地运动"。大批失地农民流离失所，无家可归，四处流浪，甚至死于沟壑。而封建贵族穷奢极欲、强取豪夺，过着极其荒淫腐化的生活。他们之间钩心斗角、尔虞我诈，各种罪恶丑行和阴谋诡计充斥着社会，利己主义泛滥成灾。人民群众有冤无处申，有苦无处诉，城市的平民生活越来越恶化。

在这种情况下，莎士比亚看清了资本主义原始积累时期的黑暗现实。他的人文主义者的美好理想与资本主义的丑恶现实形成了巨大的反差，发生了严重的冲突，他的思想感情和创作基调发生了根本的变化，创作风格也从明快乐观变为阴郁悲愤，其所写的作品也不是重在歌颂人文主义理想，而是重在揭露和批判现实社会的种种黑暗和罪恶。作品涉及政治、社会、司法、道德、伦理、哲学等各个领域，满是沉郁、悲怆和压抑下的激愤。他以锐利的眼光和高超的艺术手法，写出了一系列震撼人们灵魂的悲剧及悲喜剧，对当时的英国社会进行了广泛的描写和深刻的揭露。

莎士比亚在这一时期共写了5部悲剧：《哈姆雷特》《奥赛罗》《李尔王》《麦克白》和《雅典的泰门》；2部罗马悲剧：《安东尼和克莉奥佩特拉》和《科利奥兰纳斯》；3部喜剧（又称阴暗喜剧）：《特洛伊罗斯与克瑞西达》《终成眷属》和《一报还一报》；还写了一些十四行诗。该时期的作品虽然数量只有前一时期的一半，却极为重要。因为这一时期作品的思想性和艺术性都更加成熟，而且他毕生最重要的4部悲剧《哈姆雷特》《奥赛罗》《李尔王》和《麦克白》都创作于这一时期，成为他永垂不朽的传世佳作。莎士比亚这一阶段的悲剧创作达到了他创作的高峰期。

（1）悲剧的社会根源及时代特征

莎士比亚的悲剧揭露了社会的黑暗，揭示了权势和金钱是导致人性普遍堕落的根源。他剧中的悲剧人物具备下面三个特点：

①剧情往往是以英雄人物的死亡而结束的。莎士比亚的所有悲剧无一不是以悲剧主人公的死亡而结束的。这主要是他受同时代人和先行者、英国文艺复兴时期两个著名悲剧诗人托马斯·基德（1558—1594）和克里斯托弗·马洛（1564—1593）的影响。文艺复兴时期的人文主义者认为，悲剧之所以为悲剧，必须以主人公的灾难性结局而结束，这与近代人和现代人对悲剧的认识不同。近代和现代的人们普遍认为，悲剧不仅在于悲剧主人公个人的遭遇，而更在于悲剧表现的矛盾的深度和揭示人物思想性格的深度。在莎士比亚的悲剧里，只有《麦克白》一剧是例外，麦克白之死是由于他本人犯了杀害贤明君主、屠杀无辜臣民的滔天大罪，其死亡是罪有应得的。而在其他所有的悲剧中，主人公虽然死了，但悲剧主人公

为之奋斗的理想却胜利了，让人感到前途光明，剧情给人以悲壮感，而不是单纯的悲哀和悲凉。例如，在《哈姆雷特》中，主人公哈姆雷特死了，挪威王子福丁布拉斯带领大军来到了，宣布丹麦恢复正常秩序，社会安定了，邪恶也散去了。在《李尔王》中，虽然李尔王死了，忠于他的臣子们却齐心合力，正在重整国家。在《奥赛罗》中，奥赛罗受阴谋家伊阿古的欺骗和挑拨，错杀了自己的妻子，当他得知真相后，悔恨之余拔剑自刎，他的副将凯西奥马上接任处理军政事务，并逮捕了伊阿古。在《安东尼和克莉奥佩特拉》中，一对情人相继死去，罗马三个执政者之一的恺撒大将把二人合葬一墓，使他们永不分离。总之，尽管悲剧中的主人公付出了宝贵的生命代价，但剧中却有光明存在，给人以安慰和鼓舞。

②悲剧的主人公是贵族。这是由于莎士比亚本身具备文艺复兴时期人文主义者的阶级立场和时代局限，同时也受了古希腊、古罗马悲剧影响。古希腊三大悲剧家是：埃斯库罗斯（约前525—前456），著有《被缚的普罗米修斯》《阿伽门农王》《七将攻忒拜》《波斯人》等悲剧；索福克勒斯（约前496—前406），著有《俄狄浦斯王》《安提戈涅》等悲剧；欧里庇得斯（约前480—前406），著有《美狄亚》《特洛伊女人》等。从古希腊的悲剧开始，经过古希腊著名文艺理论大师亚里士多德（前384—前322）在理论上的总结（见亚里士多德《诗学》），一直到古罗马悲剧，人们普遍认为，只有帝王家和贵族男女遭遇的灾难才能算是悲剧。这种阶级偏见和时代观念，使得莎士比亚的悲剧主人公不是帝王、王后，就是贵族男女。

③悲剧人物命运根源于自身的性格和意志。即悲剧人物走向不幸结局，大多不能归咎于外部环境等客观原因。只有《罗密欧与朱丽叶》是个例外。麦克白犯了弑君之罪，谋杀了贤明君主，不是由

于麦克白夫人的敦促，也不是由于他在旷野碰见3个女巫，而是在于他自己的野心。《雅典的泰门》中雅典人泰门家财万贯，后来穷得无衣无食，主要责任者不是别人，而是他自己，因为他的慷慨好客和挥霍无度，他不知道他所处的人世间有多么险恶。

莎士比亚的悲剧广泛而深刻地揭露了社会的黑暗面，对人性做了全面透彻的剖析，深刻揭示了权势和金钱是导致人性普遍堕落的根源。莎士比亚写出了"高贵"的英雄们在残酷的现实面前可悲地毁灭，着重描绘了处于特殊情境的悲剧主人公同敌对势力的冲突以及内心的折磨或斗争，借以展示人生的价值和现实本质，反映莎士比亚对时代的深刻感受和思索。以莎士比亚的四大悲剧和《雅典的泰门》为例，做一简单阐释：

《哈姆雷特》中的丹麦王子理想崇高，耽于思考。他惊闻父王去世的消息，匆忙回国，接受了父王幽灵的命令。他要担负起复仇的重任，除掉杀父篡位娶母的叔父。通过一段时间的观察，他看到了人性的堕落和世界的黑暗，深感"时代脱节"，想要"重整乾坤"。他这崇高而又虚妄的理想和一味沉思、忧郁的情绪，加上孤单的处境和行动方式，使他一再怀疑、自责和拖延，复仇计划陷入了被动情势。尽管他靠机智扭转了局面，报了父仇，但自己也被刺身亡。这充分展现了一场进步势力对抗专制黑暗势力的寡不敌众的惊心动魄的斗争。莎士比亚善于通过主人公的内心矛盾冲突揭示人物

哈姆雷特

的思想；通过人物之间的相互对比，展现崭新的人物形象；通过典型的戏剧冲突，深刻地概括理想和现实的矛盾。该剧更深层地描绘了文艺复兴晚期英国乃至欧洲社会的真实面貌，展现了人文主义者的苦闷和本身的局限性，表达了莎士比亚对文艺复兴运动的深刻反思以及对人类命运与前途的深切关注。

《奥赛罗》是一部富有时代气息的爱情悲剧，描写了冲破封建束缚又陷入资本主义、利己主义阴谋的青年男女的感人爱情，探讨了消除资产阶级野心家的罪恶、恢复人与人之间的信任问题。高贵纯朴的黑人将军奥赛罗同威尼斯贵族少女苔丝狄蒙娜相爱成婚，后来误中坏人奸计，轻信伊阿古的谗言，扼杀了妻子。在真相大白之后，奥赛罗自杀身亡。此剧在颂扬理想与爱情的同时，深刻揭露了极端个人主义的邪恶，塑造了具有典型意义的社会罪恶的体现者伊阿古的形象。该剧结构紧凑，语言动人，戏剧性强。奥赛罗的悲剧在于，他把人文主义人性论中的"人性是美好的"命题抽象化、普遍化了，以致看不清现实中的复杂而深刻的矛盾。他的悲剧，实质上是人文主义理想在丑恶现实面前幻灭的悲剧。

《李尔王》是一部气势宏伟、哲理深邃的悲剧，描写了刚愎自用的封建君王在真诚和伪善的事实教育下变为一个现实而具同情心的"人"的过程，探讨了家庭关系和一切旧有关系崩溃的问题。该剧取材于古代不列颠的一个民间传说，据说李尔王于公元前七八世纪登基为不列颠国王。莎士比亚创作的这部悲剧不仅抛弃了原传说的老国王重登王位的结局，而且创造了李尔王发疯这个关键性的悲剧情节。剧情大意是：不列颠国王李尔刚愎自用、生性狂暴、爱听阿谀奉承，因不谙世事，要摆脱"一切世务"，把国土分给3个女儿。在分封的时候，他让每个女儿都说出对他的爱戴，以她们对他爱戴的程度给她们分配国土。大女儿高纳里尔和二女儿里根竭尽全力赞美国王，只有小女儿考狄利娅因表达了自己朴实而真挚的感情而被李尔王剥夺分地的权利并驱逐。但她也因为诚实得到了法国国王的欢心，做了法国王后。分封国土后的李尔王被大女儿和二女儿剥夺了一切权力，最终沦落荒郊。大女儿高纳里尔和二女儿里根的忘恩负义让他狂怒、悔恨以致疯癫。但是，他的苦难却带来了新生。他离开王位，走近了人民。他从同情无家可归的乞丐开始，逐渐认清了世界的善与恶。小女儿考狄利娅在法国得知父亲的困境之后，立刻组织了一支军队，秘密在英国登陆进行营救。老臣肯特和小女儿的忠诚和爱，使李尔王领悟了爱和人生的真谛。与此同时，高纳里尔与里根都爱上了为了得到爵位而陷害父亲与哥哥的爱德蒙。最终，小女儿为救父亲，讨伐两个姐姐而死，两个姐姐由于彼此残杀相继而亡。李尔王过于悲伤，最后崩溃而死。通过描写王室和贵族的内乱以及李尔王的经历，莎士比亚批判了伪善的人伦关系，揭露了残酷的社会现实和人间罪恶，也肯定了人道主义关于仁爱和善良人性的思想观点。

《麦克白》根据苏格兰历史写成，是莎士比亚戏剧中心理描写的佳作，也是最阴沉可怕的一部，揭示了野心对人性的腐蚀毒害以至毁灭的作用。麦克白原是苏格兰的一位爱国英雄，由于个人野心及外界诱惑，犯下了弑君篡位的罪恶。弑君后的麦克白日益不安、恐惧，他只能从血腥走向更大的血腥，直至被讨伐战死，成为自己权欲的牺牲品。麦克白的悲剧就在于他的恶战胜了他的善，而他的自取灭亡又说明善终于战胜了恶。麦克白伦理道德的堕落，体现了邪恶欲望毁灭人性的主题。

19世纪英国文学评论家赫士列对上述四大悲剧的特点做过比

较。他说:《李尔王》在激情和深刻强烈方面占先;《麦克白》在想象的狂放和剧情进展迅速方面占先;《奥赛罗》在立意与有力的情感变换方面占先;《哈姆雷特》在思想和感情精致的发展方面占先。

这一时期,莎士比亚对世界的看法不再像以前那样乐观明朗,而是蒙上了一层忧郁的色彩。他的理想在客观现实面前正日益破灭,他逐步认识到人文主义的美好理想在现实社会里难以实现。《雅典的泰门》就探讨了金钱与友谊的关系,揭示了金钱使人性异化的社会现实,提出了金钱与罪恶的问题。《雅典的泰门》是莎士比亚的最后一部悲剧,创作于1607—1608年间。雅典富有的贵族泰门慷慨大方,他的身边聚集了一群阿谀奉承的"朋友",无论是市井小民还是达官显贵都愿意成为他的随从和食客。他整日在家盛宴招待朋友,友人对他凡有所求,无不施舍。泰门很快倾家荡产,负债累累。当泰门家运没落,他求助于往日的朋友时,却遭到冷遇。他没想到他的那些"朋友"只是一些谄媚逐利、趋炎附势、奸险狡诈、见利忘义的人。他们骗取他的钱财,毫无友谊与信义。泰门发现他们的忘恩负义和贪婪后,变得日益愤世嫉俗。从此,泰门离开了他再也不能忍受的城市,躲进荒凉的洞穴,以树根充饥,过起野兽般的生活。残酷的现实终于使他认识到资本主义世界的种种伪善与罪恶。结果,他走向了另一个极端,他怀疑一切,他痛恨一切,甚至连普照万物的太阳、皎洁柔和的月亮、胸怀广阔的海洋以至孕育万物造福人类的大地,他都大肆咒骂:

  太阳是个贼,用他伟大的吸力掠夺海上潮水;
  月亮是个名声狼藉的贼,
  她的惨白的清辉,是从太阳那儿偷来的;

> 海是个贼，他的汹涌波涛溶月亮为咸泪；
>
> 大地是个贼，他偷了万物的粪便变成肥料
>
> 使自己肥沃繁殖……

（见贺祥麟著《莎士比亚》，辽宁人民出版社，1984年版，第18页）

有一天，他在挖树根时发现了一堆金子，他把金子发给过路的乞丐、妓女和窃贼。在他看来，虚伪的"朋友"比乞丐、妓女、窃贼更坏，他恶毒地诅咒黄金：

> 金子！黄黄的、发光的，宝贵的金子！不，天神们啊，我不是一个游手好闲的信徒；我只要你们给我一些树根！这东西，只这一点点儿，就可以使黑的变成白的，丑的变成美的，错的变成对的，卑贱变成尊贵，老人变成少年，懦夫变成勇士。

（见朱生豪译《莎士比亚全集（八）》，人民文学出版社，1978年版，第176页）

他认识到金钱是社会罪恶的根源，也认识到人文主义理想在现实生活中是无法实现的。他终于成为一个"恨世者"，他恨一切人，恨整个人类，最后泰门在绝望中孤独地死去。

莎士比亚对人物内心的挖掘极其到位，人物的塑造极具深刻性和精致性。他让鬼魂、女巫上场，直接参与舞台表演，制造气氛。剧中还出现大量的写意，如《哈姆雷特》中的"病"，《麦克白》中的"黑暗""鲜血""不合身的衬衫"，《罗密欧与朱丽叶》中的"光"，其含义无不深远。

（2）罗马悲剧，流血的社会和政治

莎士比亚创作的罗马悲剧有早期创作的《裘力斯·恺撒》（1599—1600）、中期创作的《安东尼和克莉奥佩特拉》（1606—1607）和《科利奥兰纳斯》（1607—1608），皆取材于普鲁塔克的《希腊罗马名人传》，经改编而成。

《安东尼和克莉奥佩特拉》写的是当时罗马的三大首领之一、罗马统帅安东尼因沉迷于埃及女王克莉奥佩特拉的美色而无暇于国家大事，终日与她在埃及亚历山大厮混，天天醉生梦死。之后罗马受到塞克斯特斯·庞贝的叛乱、海盗的骚扰和东方帕提亚人的入侵，安东尼的妻子因向恺撒挑战失败而死，这一切终于让安东尼重新振作起来，毅然回到罗马，为祖国效力。

安东尼、屋大维·恺撒和莱皮德斯组成了同盟。安东尼因与屋大维有隙，利用娶其妹为妻来巩固彼此的政治关系。这却让克莉奥佩特拉既伤心又愤怒。终于各种战事结束，莱皮德斯被留驻在罗马的屋大维废黜，导致安东尼和屋大维两虎对峙。安东尼迫不及待地回到了埃及女王身边。在与屋大维的海上对战中，安东尼跟随埃及女王船舰而战败，最终自刎。克莉奥佩特拉为此深深自责，终于看清屋大维的真面目，自杀身亡。

《科利奥兰纳斯》写于1607年，完成于1608年。莎士比亚逝世7年后即1623年才正式出版。它是一部

科利奥兰纳斯

可与莎士比亚的四大悲剧相媲美的古罗马历史悲剧。该剧以罗马共和国时代的卡厄斯·马歇斯的生涯为基础。马歇斯是古罗马公元前5世纪上半期的传奇英雄。罗马史传记作家普鲁塔克在他的《名人传》中记述了他的事迹。莎士比亚就是根据普鲁塔克的资料创作出此剧的。

故事情节是这样的：公元前5世纪罗马共和国时期，将军卡厄斯·马歇斯战功卓著，攻占伏尔斯人的科利奥城之后荣膺"科利奥兰纳斯"封号，是罗马共和国的英雄。由于出身贵族，他被推举竞选执政官。他脾气暴躁，向来蔑视群众，遭到平民群起反对，竞选失败，成了罗马的敌人，被放逐。他流亡至伏尔斯人的安息城投敌，旋即带兵围攻罗马报仇，后接受其母劝告，放弃攻打罗马，罗马因此得以保全。可这行为又背叛了伏尔斯人，最后在战乱中他被伏尔斯人杀死。

《裘力斯·恺撒》一剧也是围绕古罗马两个政治党派之间的斗争展开的，是一部流血的政治悲剧。

上述3个罗马历史悲剧是社会悲剧和政治悲剧，其真谛无非在于政治机体的官能失调。

（3）悲剧时期的阴暗喜剧

莎士比亚的中期创作和初期创作恰好相反，早期创作中他以浪漫主义的目光看待世界，乐观而开朗，甚至连悲剧《罗密欧与朱丽叶》都充满阳光和乐观的情绪。而中期的作品，就连喜剧也充满了悲剧气氛，对社会有着深刻看法。这期间的3部喜剧《特洛伊罗斯与克瑞西达》（1601—1602）、《终成眷属》（1602—1603）、《一报还一报》（又名《量罪记》）（1604—1605），因弥漫在早期喜剧中的欢乐气氛和乐观情绪已经消失，相反出现了背信弃义、尔虞我诈的罪恶阴影，具有明显的悲剧情调，被称为"阴暗的喜剧"。

《特洛伊罗斯与克瑞西达》以特洛伊战争为背景，一方面描写战争的"毫无意义"，战斗双方仅为争夺一个女人（海伦）而无休止地互相杀戮，战争既野蛮残酷，又祸国殃民。另一方面，描写了特洛伊罗斯与克瑞西达之间的"变质爱情"情节，反映出时代、人性和价值观念的变化。作品所提出的是战争与爱情的问题。在"第一对开本"中它被放在历史剧和悲剧之间，但它却具有冷峻讥诮的喜剧性。

《终成眷属》写出身卑微的美丽而有才华的少女海丽娜对年轻伯爵勃特拉姆的钟情与追求。由于社会地位的不同，思想观念的对立，后者一再拒绝前者的爱情。作品所提出的是人们普遍关心的门第与爱情的问题。

《一报还一报》反映了法律与反人道性质问题，揭露了法制的腐败和伪君子的丑恶。莎士比亚写了一对恋人仅仅因为婚前发生了男女关系，女方怀孕，男方克劳狄奥便被判了死刑。克劳狄奥的姐姐向代理摄政王的安哲鲁求情，这个反动统治者竟提出要这位青年妇女把贞操献给他才能释放其弟的无理要求。最后微服私访的维也纳公爵用计对抗安哲鲁滥用权威、执法犯法的行径，挽救了受害的姐弟。整个剧本格调忧郁、气氛低沉，罪恶在光天化日之下趾高气扬，令人义愤填膺。莎士比亚对资本主义原始积累时期社会的丑恶面貌的认识加深了，对社会不合理性的批判加强了，他严肃地提出了"强权与苛政"的社会问题。

3.晚期创作（1608—1612）

莎士比亚晚期创作思想是：调和现实矛盾，转向梦幻世界。他的创作倾向于妥协和幻想的传奇剧，充满浪漫情调，富有传奇色彩，宣扬宽恕和解。

（1）宁静深邃的意境与浪漫空幻的寻求

1608年以后，莎士比亚的创作进入最后时期。这一时期，詹姆士一世王朝的专制加剧，政治更加腐败，社会矛盾更加尖锐。莎士比亚看到人文主义的理想在现实社会中无法实现，而又不愿放弃自己的理想、追求以及对人的信任，就采用宽恕、宽容方式解决社会和生活中的矛盾，这是莎士比亚传奇剧最重要的思想特征，其创作风格也随之表现为浪漫空幻，从揭露批判现实社会的黑暗转向寻求梦幻世界。因此，这一时期被称为莎士比亚的传奇剧时期，又称悲喜剧时期。他的作品对现实的黑暗虽有所揭露，但不再是抗议、批判的态度，而是和解、宽容的态度，通过神话式的幻想和道德的感化，甚至借助超自然的力量来解决理想与现实之间的矛盾，促使坏人悔改。他的反教会、反封建斗争的锋芒减弱了，他把希望寄托在乌托邦式的理想社会上。他的作品没有了前期的欢乐，也没有了中期的阴郁。剧中人物带有传奇色彩，情节离奇曲折，情调浪漫浓郁，充满对美好生活的幻想，展现了莎士比亚思想上的宁静深邃与艺术上的甜美圆熟。

这一时期，莎士比亚写了4部传奇剧本、1部历史剧本、1部与人合作的传奇剧本。

4部传奇剧为《泰尔亲王配力克里斯》(1608—1609)、《辛白林》(1609—1610)、《冬天的故事》(1610—1611)、《暴风雨》(1611—1612)。1部历史剧为《亨利八世》(1612—1613)。有的学者认为，《亨利八世》的结尾部分是由小莎士比亚15岁的剧作家约翰·弗莱彻续写的，另有学者认为全剧都是莎士比亚完成的。莎士比亚确实与弗莱彻于1611—1612年合写了一部传奇剧《两位贵亲》，因署名在约翰·弗莱彻之后，所以这部剧一般不计入莎士比亚作品集中。

这些剧作从真实生活出发，偏重曲折离奇的情节和浓郁浪漫的情趣，尽管仍写谋害篡位、欺凌妄断等罪恶，但多以上天干涉、恶人忏悔、施展魔法、失而复得等情节来实现大团圆的结局。

（2）瑰丽多姿的传奇剧

4部传奇剧与中期创作的悲剧相比没有了那么多的阴郁，与早期创作的喜剧相比更严肃一些。它潜在的悲剧往往是以和解与宽恕的方式结束的。

《泰尔亲王配力克里斯》中的主人公配力克里斯识破安提奥克斯父女的乱伦隐私，因惧其权势，远航逃离本国。此后他颠沛流离，屡遭厄运。得知妻子和爱女相继离世，他变得万念俱灰，命在旦夕。然而他又奇迹般地发现妻女都还活着，最终与她们团圆。这部以悲剧开始、以喜剧作结的传奇剧富有道德感化意义。

《辛白林》主要讲的是英国古代国王辛白林，因女儿与青梅竹马的恋人普修默私订终身，一气之下将普修默放逐到遥远的罗马。普修默的朋友埃契摩认为公主会改嫁，他与普修默打赌，自己若能取到公主手上的手镯，普修默便认输并将戴在自己手上象征爱情的戒指送给他。奸诈的埃契摩为了赢得那只手镯，使出了各种谎言与骗术，甚至还厚颜向公主求爱。聪明的公主识破了埃契摩所有的骗局，证实了自己纯洁的心意。最后，辛白林在早年失散的两个儿子以及女儿女婿的帮助下战胜了罗马入侵者。剧终时父子团圆，女儿女婿也解除了误会，破镜重圆。

《冬天的故事》写西西里的国王莱昂特斯怀疑怀孕的妻子与波希米亚国王波利克塞尼斯有暧昧关系，认定孩子是私生子，从而发生的一系列弃婴、囚禁和追杀的故事。后受上天与良心惩处，最后以昭雪、和解的大团圆结局收尾。

《暴风雨》是这一时期的代表作，被视为莎士比亚向戏剧告别的作品，也是全部莎剧中最短的一部，是充满了浪漫幻想的戏剧。剧中提出了理想国的主张，仿佛是莎士比亚总结自己的一生后对生活的观察，该戏剧被称为"用诗歌写的遗嘱"。

故事发生在15世纪的意大利北部，普洛斯彼洛是意大利北部米兰城邦的公爵，由于他潜心研究魔法，向往隐居生活，就委托他的弟弟安东尼奥代理国事。结果野心勃勃的安东尼奥篡夺了爵位，普洛斯彼洛被驱逐。普洛斯彼洛抱着年仅3岁的女儿米兰达历尽艰险漂流到一个荒岛上，精通魔法的他用法术征服了岛上的精灵鬼怪，使岛屿变成了神奇的童话世界。十多年后，普洛斯彼洛用魔法呼风唤雨，掀起了一场大风暴，使其弟弟安东尼奥和那不

《暴风雨》

勒斯国王父子乘的船碰碎在这个岛的礁石上。船上的人安然无恙，落难到岛上后，依然钩心斗角、互相倾轧。只有那不勒斯王子菲迪南不同流合污，并对米兰达一见钟情。经过道德感化，安东尼奥良心发现，为自己的罪恶忏悔，归还了普洛斯彼洛的爵位。普洛斯彼洛也宽恕了安东尼奥，米兰达嫁给了那不勒斯王子菲迪南，其他的恶人也都一一改邪归正，最后大家一起回到意大利，全剧在大团圆中结束。一场类似《哈姆雷特》的政治风暴，在宽恕感化中变得风平浪静。此剧还歌颂了纯真的爱情、友谊和人与人之间的亲善关系。

莎士比亚时代，英国历史上为了争夺王位、爵位，兄弟互相残杀并不鲜见。《暴风雨》所写的弟弟篡夺哥哥之位，弟弟准备杀害自己的胞兄，都是很现实的，但解决矛盾的办法却是非现实的。普洛斯彼洛的智慧和包容寄托了莎士比亚对人类前途的梦想，莎士比亚强调了理性和智慧的伟大，描绘了想象中的理想国，这是莎士比亚最后的人文主义理想了。在《暴风雨》中，这种你死我活的矛盾斗争却被仁爱和宽恕顷刻化解了，其说服力是很小的。尽管如此，从幻想丰富、故事情节曲折、人物形象鲜明、充满浪漫主义情趣以及诗歌的艺术技巧来说，《暴风雨》仍不失为莎士比亚第一流的作品。

在《暴风雨》这部最后的作品中，莎士比亚表达了人间最美好的主题——爱情、友谊、宽恕。他认为，人与人之间的和睦是人间最美好的东西。剧中普洛斯彼洛让米兰达和菲迪南王子看了幻景以后对他们说了这样一段话，似乎是莎士比亚的告别词："我们的狂欢已经终止了。我们的这一些演员们，我曾经告诉过你，原是一群精灵，都已化成淡烟而消散了。如同这段幻景的虚妄的构成一样，入云的楼阁、瑰伟的宫殿、庄严的庙堂，甚至地球自身，以及地球上所有的一切，都将同样消散，就像这一场幻景，连一点烟云的影子都不曾留下。我们都是梦中的人物，我们的一生是在酣睡之中。"（见朱生豪译《莎士比亚悲剧喜剧全集：喜剧Ⅲ》，青岛出版社，2020年版，第483～484页）

莎士比亚的传奇剧，是以童话或传奇的手法处理喜剧人物和他们的遭遇。这些作品的现实主义成分大大减弱，对社会的批判性也被削弱了，尖锐的社会矛盾常常用非现实的方法解决。但其特有的瑰丽多姿充分展示了莎士比亚后期创作思想上的宁静深邃与艺术上的甜美圆熟，标志着他创作生涯的又一境界。

第三部分 ｜艺术特色与艺术成就

青春时代是一个短暂的美梦,
当你醒来时,这早已消失得无影无踪了。

一、艺术特色

莎士比亚是西方最伟大的诗人和戏剧家，是文艺复兴时期剧坛上的"巨人"，是世界戏剧史上的泰斗。他的戏剧创作体现了人文主义精神，他的戏剧作品承继了古希腊古罗马文化的传统，延续了希伯来－基督教文化的血脉。由此，西方文学中"人"的观念步入了新的境界。

莎士比亚擅长表现人物内心世界的复杂，肯定人的自然欲望的合理性，浪漫派评论家、现代派评论家都对他倍加推崇。他在作品中尽情描述自然欲求与社会道德、原欲与理性、出世与入世、个体与群体、人与社会、人与自然等方面的关系。他的作品不仅具有深刻的思想内容，而且有着精湛的艺术技巧、独特的艺术风格，在世界戏剧发展史上占有极为重要的地位。他的作品已被译成世界各种文字，几百年来一直在流传；他的戏剧经久不衰，不断地被搬上银幕和舞台，受到许多国家读者的热爱。他以及他的作品早已成为世界文学宝库中的无上珍宝，在世界文学史上具有崇高的地位和深远的影响。

莎士比亚的艺术特色体现在四个元素上：思想、人物、剧情和语言。

1.作品的思想性、艺术性和现实性

莎士比亚的作品反映了人类先进的世界观——人文主义思想。莎士比亚生活和创作的年代，正是16世纪下半叶和17世纪初。

这时的英国正处于一个大转变的时期，一方面旧的、封建的生产方式正在迅速瓦解，贵族阶级正在分化，封建大贵族的权力和势力正在丧失和减弱，愚昧的、以神为中心的世界观正在毁灭；另一方面新的资本主义的生产方式正在形成，从市民阶级中间分裂出来的资产阶级虽然在政治上没有独立，但其清醒的、世俗的、以个人为中心的世界观正在被越来越多的人接受。由于统一的君主专制国家已经形成，以及工业、航海业的发展，英国经济发展的黄金时代已经到来，资产阶级的狂热情绪、爱国激情和人文主义思想活动正弥漫全国。同时由于圈地运动，农民背井离乡，社会矛盾和阶级斗争也日益尖锐。莎士比亚的创作思想在这一系列的大变革中也在变化和发展着。

（1）莎士比亚的社会政治思想

创作初期的莎士比亚反对分裂、拥护集权。因为当时的王权代表了一种进步力量，它是资产阶级反对封建割据和发展经济贸易的保护伞。莎士比亚在肯定王权的同时，注意君主的个人品质，这也造成了他思想上的矛盾，因为合乎"道德""理想"的君主是不存在的。在莎士比亚的时代，或者说伊丽莎白时代，在强盛的外表下，社会矛盾极其尖锐，社会现实远不是人文主义者所幻想的那么和谐和诗意，莎士比亚希望通过历史剧的创作，来表达对现实的态度。他要对阻止历史前进的丑恶的历史事件予以揭露，对现实社会的统治者予以警示，对促进历史前进的光明的事件给予颂扬，为现实社会的统治者树立样板。在他的历史剧中，一方面谴责那些封建大贵族的分裂、叛乱行为，肯定君权和国家的完整，另一方面对具体的君主进行一定的揭露和批判。例如他在《亨利六世》中对亨利六世的软弱无能进行谴责，对约翰王的贪欲专横进行揭露，对理查二世的放纵奢侈、理查三世的阴险暴虐进行批判。他的历史剧中，只有亨利五世是他理想中的君王。他赋予亨利五世英明君主的形象和浓厚的人文主义色彩，朝气勃勃、健康阳光的精神状态，善理朝政、外安内定的能力。其实，他创作的亨利五世形象也与历史上的亨利五世有相当大的距离，是被他理想化了的君主形象，是在矛盾混乱的现实面前所做的一个资产阶级式、人文主义式的回答。

创作中期的莎士比亚开始对暴君政治进行抨击。因为统治者从历史到当代都是专横、残暴、卑鄙的君王，这时期的他对现实的君主专制制度产生了怀疑，进而给予了否定。这时他的写作思想发展到了一个新的阶段——反对暴政、反对暴君阶段。他创作了一系列的悲剧，他不再反对弑君，他剧中的主人公悲剧性凸显，情节触及着人们的灵魂。在《裘力斯·恺撒》中，恺撒是一个独裁的暴君，而以凯歇斯为首的共和派是反对个人专权的，由于力量薄弱，于是他们撺掇德高望重的布鲁托斯参与了他们铲除恺撒势力的行动，杀死了恺撒，建立了民主政治。在《哈姆雷特》中，克劳狄斯是贪欲无耻、阴险残忍的人，他杀死了老国王，篡位把持最高权力，把国家变成了一座可怕的监狱。哈姆雷特杀死了他，不仅仅是为父复仇，更是对专制的暴君、暴政的出击。如果说《哈姆雷特》中，克劳狄斯的阴险残忍还披有一件伪善的外衣，那么《麦克白》中，麦克白的疯狂凶残就是赤裸裸的了。为了统治别人的政治野心，为了得到至高无上的权力，他利令智昏，亲手谋杀了国王邓肯和国家栋梁班柯。可见，权力的贪欲将导致人性的丧失，必然产生暴君，导致暴政。

莎士比亚意识到暴政、暴君是社会矛盾的源头，弑君行为是时代的产物，只是《裘力斯·恺撒》中的布鲁托斯和凯歇斯由于没有得到人民的支持，也得到了悲剧性的结果。《哈姆雷特》中的哈姆雷特由于是一个人复仇反抗，其悲剧性的结局也是不可避免的。他们都是时代造就的悲剧，但是在他们的身上都寄托了莎士比亚的人文主义理想。

在悲剧《科利奥兰纳斯》中，莎士比亚写出市民暴动的原因是"没有面包"，而政府"仓库里却堆满了谷粒，颁布保护高利贷的命令，每天都在忙着取消那些不利于富人的正当的法律，重新制定束缚穷人的苛酷的条文"，人民"不死在战争里，也会死在他们手里"。一个暴动的市民说："我们的痛苦饥寒，我们的枯瘦憔悴，就像是列载着他们的富裕的一张清单；我们的受难就是他们的享福，让我们举起我们的武器来复仇，趁我们还没有瘦得只剩几根骨头"。（见朱生豪译《莎士比亚全集》中，中国戏剧出版社，1998年版，第502～503页）可见，莎士比亚也认识到人民群众是一种社会力量，只是他笔下的人民是盲目的，他们愚昧地轰走了英雄科利奥兰纳斯，所以惨遭杀戮，表达了莎士比亚对人民的悲悯情怀。

（2）莎士比亚的伦理道德思想

人文主义作为初期资产阶级的社会文化思想，是和中世纪的禁欲主义、神学思想相对立的。莎士比亚站在新兴的资产阶级的写作立场，在反映资产阶级的个人主义思想的同时，幻想着人类社会生活的普遍"幸福"与"和谐"。作为一个人文主义者，莎士比亚有着自己的伦理道德思想，他主张个性、自由、平等，推崇所谓合乎自然的"人性"和"道德"，这些思想主要是通过对家庭、爱情和金钱等问题的描写来表现出来的。

在莎士比亚的早期创作中，其倾向是明朗的、乐观的、浪漫的、满怀信心的。作品中的人物大多是朝气蓬勃的、真诚的、纯朴的，体现着人性的善良、田园的诗意。莎士比亚在喜剧《皆大欢喜》中，以亚登森林为背景，描绘了一个"世外桃源"般的世界，青年男女主人公罗瑟琳和奥兰多在这里远离了恶势力的逼迫，幸福地生活着。即使是悲剧《罗密欧与朱丽叶》，其创作主题也是乐观的，悲剧的产生是一种"误会"，一种偶然性，他们的殉情，是对爱情的忠贞，是对封建礼教的抗议，是对社会生活的改造，最后的结局是两家的和解。可见，莎士比亚不论是在喜剧还是悲剧中皆体现了爱情至上、仇者和解的人文主义的伦理道德思想。

在莎士比亚的中期创作中，其对现实的批判精神和否定力量加强了。他的剧中，理想人物少了，诗意的形象没有了，象征着美与崇高的女性形象也不见了，呈现在舞台上的是《李尔王》中高纳里尔的虚伪贪婪、《麦克白》中麦克白夫人的阴险残忍，这体现了他心中人文主义关于"人性"的破灭。莎士比亚在喜剧《一报还一报》中，展示了一幅道德沦丧和社会混乱的画面，监狱、妓院、绞架、窃贼比比皆是。犯罪的人飞黄腾达，正直的人含冤受屈，十恶不赦的人逍遥法外，一时失足的人反而在劫难逃，而所谓道德的维护者、法律的执行人，正是最无道德的人——安哲鲁，他的虚伪正压倒着别人的真实。莎士比亚在悲剧《哈姆雷特》中，借哈姆雷特之口对克劳狄斯的卑鄙无耻的行为给予了鞭挞和否定，展现了克劳狄斯的毫无人性，同时也对王后道德的沦丧进行了讨伐和否定。《李尔王》虽然反映的是宫廷生活，实则揭露的是国王李尔及大臣葛罗斯特家庭内部的伦理关系。《奥赛罗》虽然是以战争为背景，实则反映的是人与人之间的利害关系及对家庭关系的侵蚀。可见，创作中期的戏剧，无论是喜剧还是悲剧，都表达了莎士比亚对现实中的虚伪和罪恶的仇恨。莎士比亚揭露了以克劳狄斯、高纳里尔、伊阿古等为代表的王室及资产阶级人物对权力和金钱的追逐和贪欲，可见，他的人文主义思想并不等于资产阶级的思想体系，尽管他是资产阶级作家，但他对其阶级的抨击是从道德的角度、从金钱腐蚀人的方面进行的。如《雅典的泰门》里的一段精彩台词：

> 这东西，只这一点点儿，就可以使黑的变成白的，丑的变成美的，错的变成对的，卑贱变成尊贵，老人变成少年，懦夫变成勇士。嘿！你们这些天神们啊，为什么要给我这东西呢？嘿，这东西会把你们的祭司和仆人从你们的身旁拉走，把健汉头颅底下的枕垫抽去。这黄色的奴隶可以使异教联盟，同宗分裂；它可以使受诅咒的人得福，使害着灰白色的癞病的人为众人所敬爱；它可以使窃贼得到高爵显位，和元老们分庭抗礼；它可以使鸡皮黄脸的寡妇重做新娘，即使她的尊容会使身染恶疮的人见了呕吐，有了这东西也会恢复三春的娇艳。来，该死的土块，你这人尽可夫的娼妇，你惯会在乱七八糟的列国之间挑起纷争，我倒要让你去施展一下你的神通。

（见朱生豪译《莎士比亚悲剧喜剧全集：悲剧Ⅰ》，青岛出版社，2020年版，第346～347页）

莎士比亚在这里通过泰门之口，对资本主义社会"金钱万能""钱能通神"的种种罪恶进行了控诉，体现了作品的思想性、艺术性和现实性，表达了他对资本主义现实社会的深切痛恨。

在莎士比亚的晚期创作中，他对现实的批判力度减弱了，更多的是以道德感化、消极安慰和人性宽恕的笔触写作，这是他在发现人文主义理想在国内的矛盾尖锐的社会下没有实现的可能后而采取的妥协态度，尽管这一时期他仍然创作出具有斗争精神的现实主义作品。在他的笔下，《泰尔亲王配力克里斯》中的国王安提奥克斯"乱伦灭性"；《冬天的故事》中的国王莱昂特斯因怀疑怀孕的妻子与波希米亚国王波利克塞尼斯有暧昧关系而导致了一系列的弃婴、囚禁和追杀的惨剧，该故事最后竟有一个以"善有善报"为导向的团圆结局；《暴风雨》中的安东尼奥代理哥哥普洛斯彼洛公爵的国事并趁机篡夺了爵位，一场类似《哈姆雷特》的政治风暴，在宽恕感化中变得风平浪静。这些都是莎士比亚的人文主义思想的表达，是其理想化的幻想图景，是其对现实的批判力度较其悲剧时期的明显回落，属于传奇喜剧类。

  莎士比亚所写的剧本虽大部分是陈旧的题材，但一经他改编制作，加工推新，就变成了带有莎士比亚深刻印记的作品，具有了鲜明的现实生活的光泽，展现出浓郁的时代风貌。李尔王在暴风雨中对当时社会罪恶的控诉，哈姆雷特在生死问题上的独白，泰门对资本主义社会黄金罪恶的谴责，这些具体生动的情节、丰富多彩的语言，体现着人物鲜明的个性，形象化地反映了社会生活的本质，揭示时代发展的动向。同时，这些著名诗句都是人文主义思想的精彩表达，深刻地揭露了社会的丑恶和金钱的罪恶。

  莎士比亚运用高超的艺术手法，创造了一个充满了辩证冲突的戏剧舞台世界，表达了一个人文主义者的理想。他文笔生动、感情深刻、语言犀利，高度艺术化地体现了他所处的时代和时代精神。

  莎士比亚通过自己的作品艺术地再现了人文主义者的爱情、友谊、生活、理想，歌颂了他心目中的理想君主和理想人物，谴责了封建暴君和各种社会罪恶，反映了文艺复兴时期英国社会的现实。他通过自己的剧中的人物探究人性，揭示悲剧和历史剧中人性的高尚与卑劣，表达喜剧中人性的光明与可笑，批评悲剧中人性的自私、阴险、野心和残酷，总之，莎士比亚的人文主义的思想和主张贯穿在他不同阶段戏剧创作的始终。

2.作品的典型人物形象

莎士比亚塑造了一系列具有独特个性并且在矛盾中发展的典型人物形象。他塑造的人物不是从概念出发，而是严格地遵循生活的真实，无论是正面人物还是反面人物，无论是主要人物还是次要人物，都具有鲜明的性格特征，都忠实于自己的个性，给人们留下了难以磨灭的深刻印象。

（1）相互对立的一组人物形象

莎士比亚在剧中虽然没有直接表达过对于某一事件或人物的态度和观点，但是他的每一部作品都出现了一组相互对立的人物或集团。有思想深刻、忧郁沉思的哈姆雷特，就有阴险毒辣、丧尽天良的克劳狄斯；有刚正不阿、单纯轻信的奥赛罗，就有搬弄是非、贪权逐利的伊阿古；有含冤负屈、悲苦无助的李尔王，就有忘恩负义、虐待父王的高纳里尔和里根；有权势熏心、傲慢残酷的麦克白，就有胸怀正义、光复国家的王子马尔康和贵族麦克德夫。

在这两大阵营的斗争中，莎士比亚塑造的人物形象是泾渭分明的，是相当合理的。比如在《哈姆雷特》中，主人公哈姆雷特的性格是在同克劳狄斯的对立斗争中表现出来的。克劳狄斯表面上对人宽厚、善待臣僚，实际上笑里藏刀、贪权狡诈，哈姆雷特同这样的人进行斗争，复仇艰难，这就显示出他性格上的延宕和犹豫。在《亨利四世》中，哈尔王子的性格是在同骑士霍茨波的比较中逐渐丰满起来的。霍茨波表面奋发有为，实则鲁莽自负、有勇无谋，是一个封建枭雄式人物，而哈尔王子表面行为放荡，实则智勇双全、深谋远略，是一个有理想的储君，最后成为一代明主。

在相互对立的人物形象中，正面主人公一般都是些具有人文主义思想的青年男女，或是愉快乐观、聪明机智的，或是疾恶如仇、宁死不屈。反面人物则大都是些荒淫邪恶的封建宫廷人物，或是资本原始积累时期损人利己的极端个人主义者。不论是正面人物还是反面人物，都各有其独特的性格特征，既不是简单化的、概念化的，也不是单一的、平面的固化形象，而是具有多面性和复杂性的。比如《威尼斯商人》中的犹太人夏洛克是一个具有立体感的人物，他不是剧中的主人公，但却是剧中最光彩夺目的人物形象，是一个有着复杂性格的人物形象。要正确理解夏洛克这一人物的悲喜性，就必须清楚作品表达的主题思想。莎士比亚在这部喜剧里通过安东尼奥、鲍西亚等人和夏洛克的冲突，反映的是文艺复兴时期的两种生活观、世界观的斗争。莎士比亚塑造了以安东尼奥等人为代表的拥有人文主义思想的正面人物形象，又极力刻画了吝啬和贪婪的夏洛克这一反面人物形象，前者是被肯定和赞美的，后者是被批判和谴责的。莎士比亚通过一磅肉的故事写出夏洛克的报复心理和贪婪行为，通过他女儿的携款离家出走，写出他爱金钱胜于爱子女的资产者嘴脸："我希望我的女儿死在我的脚下，那些珠宝都挂在她的耳朵上，我希望她就在我的脚下入土安葬，那些银钱都放在她的棺材里。"他的仆人受不了他的虐待要另找新的主人，他的亲生女儿也羞于做他的孩子。

如果我们把剧本的主题理解为种族歧视问题，那么夏洛克就是一个在基督教社会中受到歧视的不幸者，而同他处于敌对地位的安东尼奥、巴萨、罗兰佐等人，便都是欺侮良善的、人品卑下的人物了。但是莎士比亚并没有把夏洛克写成一个简单的恶人，而是将他塑造成一个盘剥他人的高利贷者和一个在基督教社会里受欺负的犹太人。在中世纪的欧洲，犹太人是基督教的死敌，大批的聪明的犹太人从事金融行业，因此，不论基于宗教的还是经济的原因，犹太人都是当时欧洲社会中受歧视、被迫害的对象。莎士比亚对于夏洛克这样一个犹太籍的高利贷者，既谴责他的残酷盘剥行为，又同情他所受的种族歧视，这样，夏洛克对安东尼奥的一磅肉的报复行为就有了一个经济的、种族的、宗教的起因，人物存在的真实性和人物性格的合理性就顺理成章了。在第一幕第三场中夏洛克有一段独白，把他内心对于安东尼奥的仇恨和根源说得很清楚："我恨他因为他是个基督徒，可是尤其因为他是个傻子，借钱给人不取利钱，把咱们在威尼斯城里干放债这一行的利息都压低了。"（见朱生豪译《威尼斯商人》，中译出版社，2016年版，第32页）表现出与安东尼奥的仁义、重情形象相对立的夏洛克的凶狠、贪婪。

（2）人物性格的多样性、单面性及鲜明性

莎士比亚塑造的人物具有单面性与多样性的性格特征。在早期的创作中，他剧中的人物性格比较简单，特别是喜剧人物，其性格缺少发展，展现出单一性、片面性的性格特征。如《理查三世》中的理查三世是莎士比亚作品中人物性格单一性的代表。在篡夺王位的过程中，他不择手段、巧于安排、勇于执行，一个封建阶级政客

的形象跃然纸上，表现出他精于算计、机智谨慎、凶狠毒辣的性格特点。在中期的创作中，他剧中的人物性格比较复杂，主要人物在戏剧冲突中展现出复杂多样的性格特征。夏洛克是莎士比亚作品中人物性格复杂性的代表，悭吝、贪婪、凶狠、敏锐、多智是他的多样性格的表现。

在莎士比亚的笔下，人物性格的多样性与单面性有时又是统一的，比如在夏洛克的人物性格中，起主导和支配作用的是对金钱的无比贪婪，这是他性格的单一性。作为高利贷资产者，他的聪明机智是为追求财富服务的，他对子女的爱也附属于对财物的爱，即使是他的复仇，也是基于对获取财富的执念，这使得夏洛克的形象十分精彩。可见，夏洛克既是一个凶狠吝啬的旧式高利贷者，又是一个受歧视的虔诚犹太教徒。再如奥赛罗的人物性格也是单一性与复杂性统一的代表。爱和轻信是他性格的本质，是他性格的单一性；而恨和嫉妒则是他受奸人愚弄后表现出的多样性性格。他的温柔与残酷、勇敢与软弱的性格特点，在对自己深爱的苔丝德蒙娜身上表现得尤为突出。他对苔丝德蒙娜的感情，可谓爱之深，恨之也深，寄托在所爱的人身上的理想越大，理想破灭后内心的痛苦也就越大，他的悲剧性已是必然。可见，他既是一个忠于爱情的情种、奋勇杀敌的勇士，又是一个脾气暴躁的统帅、猜疑轻信、杀害无辜的凶手。

莎士比亚笔下的人物性格是鲜明的，无论是主要人物还是次要人物，都形象清晰、个性鲜明，且具有唯一性。比如，哈姆雷特是一个脱离群众的封建王子，但他身上散发出的是一个满怀抱负的人文主义者的气息。还有野心勃勃的麦克白、情真意切的罗密欧与朱丽叶、纯洁美丽的奥菲利娅等，他们都被莎士比亚赋予了丰富的思想感情和鲜明的性格特征。甚至一些着墨不多的次要人物，例如

《罗密欧与朱丽叶》里的老乳母、《哈姆雷特》里的掘墓人、《第十二夜》里的托比·塔尔契爵士、《仲夏夜之梦》里的织工波顿，以及《威尼斯商人》里的小丑朗斯洛特·高波等人物形象，都被刻画得异常逼真，体现出各自的人物性格。

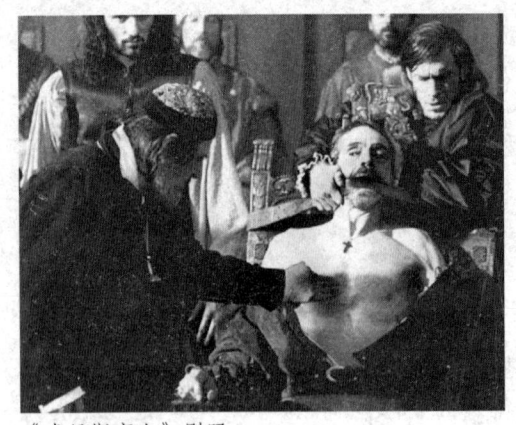

《威尼斯商人》剧照

即使是同一阶层的人物，也有其不同的个性特点，如理查三世、亨利四世、亨利五世、李尔王等，其人物形象没有一个是雷同的、相似的。女性也是个性鲜明的，如朱丽叶、鲍西娅、苔丝狄蒙娜、奥菲利娅等，也绝非用善良、真挚、热情等词语就能概括。

即使是剧中的同一人物，在不同的环境及发展中也有不同的性格表现，如《哈姆雷特》中的哈姆雷特从一个抱有崇高信念的快乐王子到对人和社会悲观失望的忧郁王子；《罗密欧与朱丽叶》中的朱丽叶从少不更事的姑娘到因爱殉情而死；《麦克白》中的麦克白从民族英雄到弑君的野心家；《李尔王》中的李尔从拥有无上地位的国王到身无分文的乞丐，都是在情节发展中呈现出的变化着的人物形象，这让人物性格更加真实，剧情更加贴近时代。

在同一剧中拥有相同使命的不同人物，形象、性格、思想也各不相同。如《哈姆雷特》中的哈姆雷特、雷欧提斯、福丁布拉斯同是担负复仇使命，但三人对待复仇的态度有着鲜明的不同，突出了哈姆雷特作为先进人文主义者的特点。哈姆雷特与霍拉旭同样都是人文主义者，但是遭遇不同、地位不同，表现也不相同。霍拉旭理智冷静，哈姆雷特热情深沉，更加反衬出哈姆雷特精神世界的深刻性。

莎士比亚剧中的人物形象个性鲜明、栩栩如生，上自高贵的国王大臣，下至普通的平民百姓，不论是心胸坦荡、动机纯良的布鲁特斯，还是勇敢坚强、品质高尚的安东尼奥，都给人留下了难以磨灭的深刻印象，体现了人物性格的多样性、单面性及鲜明性。

（3）不同性质的戏剧冲突中的人物形象

莎士比亚在喜剧中歌颂具有新思想的阳光人物，在历史剧中揭露封建暴君、宣传统一王权的政治人物，在悲剧中表现具有人文主义思想的悲情人物，在悲喜剧中宣扬具有仁爱、宽恕思想的代表人物。

莎士比亚的喜剧不同于阿里斯托芬的政治喜剧和古罗马的世态喜剧，而是一种抒情喜剧。前人剧中的主人公常常是被讽刺和嘲笑的对象，而他喜剧中的主人公大多是积极向上的正面人物，是被赞美和肯定的对象，是被赋予新的进步思想的人。莎士比亚的喜剧在对新思想、新人物肯定的同时也包含着对旧思想、旧人物的批判。因此莎士比亚的喜剧并不缺少对封建制度，甚至对早期资本主义社会的鞭挞。比如《第十二夜》中伪善的清教主义者马优里奥，《威尼斯商人》中贪婪的高利贷者夏洛克等，都是被讽刺的人物，也是被批判的对象。莎士比亚的喜剧创作宣扬的是文艺复兴时期人文主义者所追求的坚贞的爱情、崇高的友谊、幸福的生活等主题。

莎士比亚塑造了一系列具有新兴资产阶级世界观的青年男女典型形象，特别是女性形象。他剧中的新型妇女人物有《驯悍记》中的凯瑟琳娜、《威尼斯商人》中的鲍西娅、《无事生非》中的贝特丽丝和《第十二夜》中的薇奥拉、奥丽维娅等等。她们既温柔美丽，又坚毅勇敢，冲破了封建制度的重重阻碍，获得了爱情的胜利和生活的幸福，充分体现出资产阶级人文主义思想的胜利。

莎士比亚在历史剧创作中集中反映了十四、十五世纪英国的历史，反映了英王室由于城乡广大人民和资产阶级的支持，逐步巩固了其统治地位，阐明了国家的统一和王权的建立是历史发展的必然。为此，他塑造了他理想中的正面形象主人公——国家元首，希望国家元首在政治上对内能统一国家，对外能远扬国威，在品德上又能公而忘私，为民表率。可这样的理想人物在封建社会的历史中是无法找到的，他的历史剧中的主人公无论是理查二世、亨利六世、理查三世还是约翰王，都只能成为他笔下被谴责、揭露和批判的对象。但莎士比亚并没有放弃在历史剧中塑造国王的正面形象的念头，在1597—1598年，他历史剧创作的最后两年，他写出了《亨利四世》上下篇和《亨利五世》。在这里，莎士比亚描述了亨利五世这位理想君王的基本品质和成长过程，叙述了亨利五世一生中的两件大事：即位前平定北方大贵族的叛乱和即位后对法战争的胜利，塑造了他即位前的热爱自由、朝气蓬勃、蔑视等级、接近平民的青年形象和即位后的雄才大略、远征异域、亲临战阵、鼓舞士气的英雄人物形象。亨利五世是莎士比亚笔下的理想君王，与历史上真实的人物是有出入的，这说明莎士比亚在完成对历史上专制君主的揭露、批判之后，希望有一个统治者来体现他的人文主义理想，不得不在一定程度上牺牲历史真实来满足他的艺术需要。

可见，莎士比亚在历史剧中一方面塑造出不少封建昏君和暴主，对他们进行无情批判，另一方面又精心刻画出一个理想君王的形象，对他热情歌颂以宣传自己的人文主义政治理想。

莎士比亚的悲剧创作以 1605 年初为界，可分前后两个阶段：

前一阶段（1594—1604）主要描写新旧两种势力、两种思想的斗争。虽然新的思想和力量在强大的旧势力打击下被毁灭了，但却以悲剧的死来取得对旧制度、旧势力在道义上的胜利，从而鼓舞着后继者的斗志，剧情悲壮而不悲观。从主人公的悲剧性上来看，悲剧的形成与人物的性格有些关联，如《罗密欧与朱丽叶》中罗密欧的急躁，《裘力斯·恺撒》中布鲁托斯的轻信，《哈姆雷特》中哈姆雷特的犹豫，《奥赛罗》中奥赛罗的嫉妒等，但根本原因还是旧势力的强大，人物本身新思想的基础不牢，以及当时社会客观条件不好。罗密欧的被放逐是因为封建家庭之间的械斗；布鲁托斯的失败是因为罗马市民的觉悟性不高；哈姆雷特的犹豫在很大程度上是因为克劳狄斯权力的强大，奥赛罗的嫉妒则主要是由于伊阿古的挑拨，这导致了悲剧的形成。他们是莎士比亚同情的人物，是被肯定的正面人物。这体现了莎士比亚的人性向善的人文主义思想，只是这种思想在当时的社会现实中举步维艰。

后一阶段（1605—1607）在描写新旧两种势力、两种思想的斗争中，莎士比亚不再同情悲剧中的悲剧主人公了，也不再视其为正面人物了。他指出主人公的个人悲剧在很大程度上是他们性格上的弱点造成的，而不是社会邪恶势力造成的。《麦克白》中麦克白的野心，《安东尼与克莉奥佩特拉》中安东尼与克莉奥佩特拉的纵欲，《科利奥兰纳斯》中科利奥兰纳斯的傲慢，都可以说是造成他们悲剧的主要原因。莎士比亚把批判的笔锋更多指向主人公本人，把这些人物作为被否定的形象来处理。由于《李尔王》完成于 1605 年，可以说是一种过渡性的阶段中的作品。李尔悲剧的形成，既是由于他的刚愎自用，也是由于里根、高纳里尔、爱德蒙等为代表的邪恶势力，因而李尔的人物形象是既被批判又被同情的。

前一阶段，莎士比亚塑造出了具有人文主义世界观的英雄形象，他们为了争取爱情和政治的自由，争取道德和人格的尊严，同封建的或资本主义的恶势力进行了斗争，尽管在斗争中付出了生命的代价，却在人们的心中留下了鼓舞的力量和对未来的信心。而后一阶段，莎士比亚集中笔墨，揭露了主人公对情欲的迷恋，对权势、地位的追求，以及给国家和人民带来的危害。前后阶段创作思想的转变，表明莎士比亚对日趋反动的君主专制制度的态度的变化和对腐败的上层社会的整体的失望。

莎士比亚在悲喜剧的创作中有着以仁爱感化邪恶，以宽恕求得和解的思想倾向。这是因为1603年詹姆士继位以来执行了更加反动的政策，引起了资产阶级和广大人民的不满。作为资产阶级作家，他不可能与统治阶级彻底决裂，所以他无法创作出早期喜剧中那样愉快乐观、正义战胜邪恶的作品，又不能将他悲剧作品中的批判精神更进一步深入。在他1608—1612年间写的4部传奇剧中，其斗争的锋芒明显少了，仁爱和宽恕成为他创作的主要思想。在《暴风雨》中，他通过普洛斯彼洛的嘴说："我宁愿压服我的愤恨而听从我更高尚的理性，道德的行动较之复仇要可贵得多。"（见朱生豪、孙法理译《莎士比亚全集》增订本 第7卷，译林出版社，1998年版，第364页）这一时期的作品，在人物的塑造上，虽然在《冬天的故事》里出现了弗罗利泽和帕迪塔、在《暴风雨》中出现了米兰达和菲迪南这样一些纯真可爱的青年男女形象，让他们表达人文主义生活理想，但这些人物已没有了早期喜剧人物那阳光、善良、质朴的鲜明个性，也没有了悲剧时期悲剧人物的热情、无畏、勇敢的突出性格，这些人物的圆满结局在很大程度上不得不借助于偶然的因素或者超自然的力量。

（4）人性论观点下的人物形象

莎士比亚的创作有一点是始终不变的，那就是人性论的观点。

人性在中世纪思想家看来即自然或本性，其概念源于古希腊哲学，指的是万物发生和成长的过程中，万物的起始和事物的始基。本性是一种生成力，根植于所有事物中，所有事物都有其本性，本性是生存的原则。人性是一个复杂的论题，在中国传统文化中有性善、性恶之说，而西方古希腊哲学家柏拉图认为人的灵魂或心灵是脱离肉体而存在的一种非物质实体，有欲望或情欲、理性、愤慨或意志的意识存在，人的理想状态应当是灵魂的欲望、理性、意志和谐一致，且理性控制一切。基督教认为人的先天本性是善的，只是违背上帝的意愿才导致行为堕落而变恶。人的本性是善恶两重的，一方面，人的现实本性是恶的，另一方面，人的先天本性是善的，这两个方面构成了基督教人性论的基本内容。人性论是资产阶级人文主义思想的核心，它宣扬的就是所谓"人类之爱"。

莎士比亚相信人性善良，相信"爱"可以解决人与人之间的矛盾。在他早期的创作中，他真诚地认为人文主义理想是可以实现的，所以，他剧中的一些恶人在戏剧冲突中能悔改成好人，戏剧矛盾也因好人宽恕了恶人而得到解决。如《皆大欢喜》中的亚登森林，就是一个疗伤的理想王国，在这里，人们的思想得到净化。在他悲剧创作时期，他对社会现实的丑恶有了更加清醒、更加深刻的认识，但他还是没有放弃人性论的观点，没有忘记给一些反面人物，如麦克白以忏悔的言行，借以引起观众对这些人物一定程度的同情。也正因为如此，初始的人物性格发生了偏离，作品的批判力度被削弱了。特别是在他晚期的创作中，他坚信人的本性是善的，试图以道德去感化邪恶，以宽恕去求得和谐，这与现实社会有些脱离。如在《泰尔亲王配力克里斯》中，少女马丽娜被塑造成一个道德的化身，道德在她身上显示出神奇的力量，她落入妓院却没有失身，还用道德力量感化了几个邪恶的浪荡公子，甚至还感化了淫荡的总督。在《辛白林》中，普修默对陷害他的埃契摩予以宽恕，辛白林以胜利者身份向入侵者恺撒和罗马帝国屈服，以求得荣誉的和平。可见，莎士比亚的宽恕的美德不仅能化解人们之间的仇恨，也能化解两个交战国之间的问题，它成为医治人类和社会疾病的一剂良药。道德的结果是人间美好，宽恕的结果是人间和谐，这里展示的是一种理想化的社会，而不是现实。

总之，莎士比亚的生花之笔，描绘、刻画出了几百个性格不一、面貌各异的人物形象，有的已成为世界文学中千古不朽的艺术典型形象，甚至有一些人物形象已远远超出文学作品典型人物的范围，如夏洛克的名字成为欧洲多种语言辞典中的一个名词，"福斯塔夫式的"一词也被收录到英语辞典中，可见莎士比亚作品中人物形象影响之大。

3.戏剧情节的丰富和生动，戏剧结构的完整与缜密

莎士比亚的戏剧情节丰富生动，他打破了古代希腊悲剧中关于"情节"完整性的限制。亚里士多德在《诗学》一书中总结性地指出："情节既然是行动的模仿，它所模仿的就只限于一个完整的行动，里面的事件要有紧密的组织，任何部分一经挪动或删削，就会使整

体松动脱节。要是某一部分可有可无，并不引起显著的差异，那就不是整体中的有机部分。"（见中国社会科学院文学研究所编《现代文艺理论译丛 第五辑》，知识产权出版社，2006年版，第125页）在亚里士多德看来，在各种情节中，"插入"式的为最劣，而莎士比亚的剧情多是由两个或两个以上平行的情节发展为多层次的戏剧冲突，还有开放性的或者插入"戏中戏"的情节。这样的戏剧，故事情节曲折，场面精彩纷呈，构成现实社会、古典世界和神仙仙境的多重画面，把幻想和现实、高雅和鄙俗、诗意和诙谐有序地结合，形成多样化的戏剧风格和完整的戏剧结构。

（1）情节线的延伸与人物的戏剧冲突

莎士比亚的戏剧情节大多来自前人的历史资料或传记著作、旧剧改编、传统故事或民间传奇。比如《麦克白》《辛白林》取材于霍林斯赫德《英格兰、苏格兰与爱尔兰编年史》中的部分情节和内容；《哈姆雷特》《李尔王》《驯悍记》是根据当时伦敦舞台演出的旧剧改编的；《罗密欧与朱丽叶》《奥赛罗》取材于诗体或散文体的传奇故事。莎士比亚将这些素材进行重新组合、精心安排，把幻想与现实统一起来，让旧有的情节线或改变过的情节线在事物矛盾的发展中发生戏剧冲突，使得一段普通的史实或故事成为一部主题突出、人物形象鲜明、故事生动有趣、剧情丰富多彩的新剧。

比如在《哈姆雷特》中有三条为父复仇的情节线，以哈姆雷特的为父复仇为主线，雷欧提斯和挪威王子福丁布拉斯的复仇为副线。雷欧提斯的复仇是尽孝道，为家庭复仇，福丁布拉斯王子的复仇是为争得骑士荣誉，为国家复仇，这两人的复仇行动都带着浓厚的封建色彩。不同目的的复仇情节相互映衬，彼此对照，不仅突出了人物个性，更凸显了哈姆雷特复仇的社会意义。

在悲剧《李尔王》中，有两条平行的情节：李尔的故事和葛罗斯特的故事。李尔的故事情节主要来自旧剧《李尔王》，但穿插进霍林斯赫德的《英格兰、苏格兰与爱尔兰编年史》中的部分故事及当时流行的一部名为《州官明镜》作品中的材料；葛罗斯特的故事情节来自锡德尼的小说《阿卡迪亚》。为了更深刻地揭露现实，突出主题，莎士比亚还增加了暴风雨的场面、弄人的形象、真疯装疯的情节。

《李尔王》剧照

在《李尔王》中，有两条情节线索。在主情节线中，让位前的李尔王因年事已高，决定摆脱"一切世务"，听信大女儿高纳里尔和二女儿里根的花言巧语，误解了小女儿考狄利娅的真情，固执地剥夺了她的继承权，将其远嫁法兰西；让位后的李尔受尽了大女儿和二女儿的虐待而沦落野外。在副情节线中，葛罗斯特听信了私生子爱德蒙的谗言，误以为嫡生子爱德伽窥视他的爵位和家产，迫使爱德伽流落他乡；后因他同情李尔，被爱德蒙告密，惨遭挖去双目，也流落旷野荒郊。这两条平行的线索交错进行，最后，两个情节合成一个，两位老人的悲惨命运叠加，增强了人间悲凉的气氛。这发生在国王李尔和大臣葛罗斯特身上的亲情悲剧，强烈地控诉了封建社会的制度和人们对权力、土地的追逐。戏剧冲突集中在以考狄利娅和爱德伽等人为代表的正义与以李尔的长女、次女和爱德蒙等人为代表的罪恶的斗争上面。通过这两个互相烘托而且紧密联系的故事，广泛深入地反映出十六、十七世纪之交英国原始积累时期资产阶级见利忘义的丑恶嘴脸，既展现出现实主义风格，又展现出浓厚的浪漫主义气息。

喜剧《威尼斯商人》包括三个平行而又交叉的故事，即一磅肉的故事、三匣选亲的故事和杰西卡私奔的故事。这三个故事都各有出处。在原有的材料中，其情节是各自独立的，体现出的社会意义也不深刻。莎士比亚对三个故事进行整合和艺术加工，形成了一部生动完整且讽刺性极强的抒情喜剧。

历史剧《亨利四世》则是在剧中插入喜剧人物和场面。历史部分主要根据霍林斯赫德的《英格兰、苏格兰与爱尔兰编年史》，喜剧场面则采用旧剧《亨利五世的辉煌胜利》，莎士比亚通过哈尔王子与福斯塔夫等人的关系和冲突，为理想君王亨利五世的成长提供了一幅"福斯塔夫式的背景"。

（2）"福斯塔夫式的背景"的广阔性，悲喜兼容的情节特征

莎士比亚的作品描绘了各种各样的社会生活场景，如宫廷贵族的花天酒地、失业穷人的饥寒交迫、战场上的金戈铁马、朝廷里的腐朽生活等画面，反映了贵族与农民、贵族与资产阶级、资产阶级与农民之间的矛盾及其构成的社会关系；呈现了各种各样的时空场景，如古代和当代、宫廷和市井、战争与和平、山林与孤岛等场面；反映了三教九流形形色色的人物，如国王、大臣、将军、商人、酒保、掘墓人等人物形象。作品真实反映了各种人物的生活状况，为戏剧中的人物提供了广阔的五光十色的社会背景。

莎士比亚创作的戏剧，无论是悲剧还是喜剧，都很好地将悲喜情节穿插运用，使悲喜因素得以结合，丰富了戏剧结构，加强了戏

剧效果，这堪称是莎士比亚的一种写作风格。他打破了当时戏剧文学中悲剧、喜剧的明显界限，赋予戏剧悲喜兼容的情节，使剧情具有了独特的艺术魅力。如悲剧《李尔王》中李尔受冷落时弄人歌唱的嬉戏语言，实则智慧之语，让李尔逐步认识到自己的错误；《哈姆雷特》中奥菲利娅落水淹死后两个掘墓人的插科打诨；《麦克白》中麦克白行凶后的深夜敲门声等，这些喜剧情节和因素，起到了以喜缓悲和以喜衬悲的作用；抒情悲剧《罗密欧与朱丽叶》中主人公在悲剧的结局中却获得了理想的爱情；喜剧《威尼斯商人》中夏洛克得到复仇机会，洋洋得意之后随即迎来"割肉"条约上的风险，该剧同时还包含了种族歧视的严肃问题；传奇剧《一报还一报》中的"皆大欢喜"的喜剧结局却揭示了上层社会之间的尔虞我诈。悲喜兼容的艺术手法，不仅让戏剧达到跌宕起伏的以喜促悲、以悲喻理的作用，而且使莎士比亚的戏剧更贴近社会现实生活。恩格斯盛赞其作品中的现实主义精神与情节的生动性、丰富性。

莎士比亚还非常善于在剧情中安排紧张尖锐的戏剧冲突，让冲突的双方在斗争的过程中地位不断变化，形成波澜起伏的戏剧性反转。如从哈姆雷特与奸王克劳狄斯开始的互相试探、"戏中戏"的正面交锋，到哈姆雷特因误杀波洛涅斯被遣送英国，识破奸王借刀杀人的阴谋回到丹麦后，又落入"友谊比剑"的阴谋。剧情跌宕起伏，冲突不断，曲折复杂，扣人心弦。

（3）戏剧结构的完整与巧妙

戏剧结构是为实现戏剧的某种主题，将舞台上人物之间的冲突，即冲突的发生、发展、激化和解决进行的合理布局。戏剧结构一般有开端、发展、转折、高潮、收场等部分。莎士比亚是按照情节发展的自然顺序来安排剧本结构的，同时非常注意故事叙述的戏剧性。他的戏剧一般都是五幕的，相当于冲突过程的五个阶段。每一幕的场次较多，最多的《安东尼与克里奥佩特拉》有42场。尽管场次多，但他都能根据剧作的主题思想和人物性格，将事件和人物合理安排，使得戏剧结构完整且统一。

无论是单一情节还是复杂情节的戏剧，莎士比亚都会按照矛盾冲突的发生、发展、激化及解决的顺序，纳入开端、发展、转折、高潮和收场的戏剧结构中，合理布局。

在单一情节的剧作创作上，莎士比亚的戏剧结构是完整的。第一幕一般是戏剧的开端，用于交代人物，引出矛盾。莎士比亚对戏剧的开端很重视，往往以热闹、神秘的场面，如械斗、鬼魂或女巫出现等寓意深刻的场景开始，意在能快速吸引观众进入戏剧的情境中。

《罗密欧与朱丽叶》的戏剧结构为：

第一幕：剧情的开端。第一场写了两家械斗的场景，指出该剧产生的社会背景；第二、三场罗密欧、朱丽叶分别出场；第四场介绍了两家的主要人物；第五场罗密欧与朱丽叶在舞会上一见钟情，引出了矛盾，为双双殉情埋下伏笔。第二幕：剧情的发展，通常是矛盾进一步发展阶段。由男女主人公阳台相会到两人私订终身。第三幕：剧情的转折，即矛盾进一步激化导致剧情的逆转。罗密欧为报朋友之仇而杀死提伯尔特，被亲王下令放逐。第四、五幕：剧情的高潮和收尾阶段。罗密欧被放逐后虽经神父设法挽救，但因送信人误事，最后与朱丽叶双双殉情而死。

《哈姆雷特》的戏剧结构为：

第一幕：剧情的开端。第一场鬼魂出现，指出悲剧产生的背景；

第二、三场分别介绍中心人物；第四、五场哈姆雷特夜见父魂，领命复仇，立志重整乾坤，点明主题，引出矛盾。第二幕：剧情的发展。克劳狄斯与哈姆雷特相互试探，哈姆雷特安排"戏中戏"。第三幕：剧情的转折。哈姆雷特在"戏中戏"中影射克劳狄斯谋害国王的恶行，使得克劳狄斯坐立不安，坐实了奸王之罪；克劳狄斯计划借英王之手杀害哈姆雷特。第四幕：剧情的高潮。哈姆雷特被奸王克劳狄斯遣送英国，虽设计逃脱，又遭奸王利用雷欧提斯设计决斗的阴谋。第五幕：剧情的结局。克劳狄斯利用雷欧提斯对其父亲和妹妹惨死的内心愤怒，唆使雷欧提斯向哈姆雷特发起比剑挑战，并备毒酒欲加害哈姆雷特。最后哈姆雷特与奸王同归于尽。

《麦克白》的戏剧结构为：

第一幕：剧情的开端。介绍了人物，引出了矛盾。麦克白胜利班师途中，遇见女巫，得到女巫预言，又在夫人怂恿下野心膨胀，趁国王邓肯驾幸他家之机产生弑君的念头。第二幕：剧情的发展。麦克白夫妇谋杀了国王。第三幕：剧情的转折。麦克白设计害死了班柯。班柯灵魂出现，麦克白的神情大变，引起众人的怀疑，出现转折点。第四幕：剧情的高潮。麦克白的叛逆行为受到贵族们的反对，他对妨碍自己的人残酷杀戮。第五幕：剧情的结局。麦克白在邓肯的长子马尔康和苏格兰贵族麦克德夫的进攻下，遭到了女巫预言那样的毁灭。

在多情节的剧作创作上，莎士比亚的戏剧结构更具技巧。如《亨利四世》上篇，包含两个情节，即哈尔王子平定贵族叛乱的情节和他同福斯塔夫等人共事的情节；有3组人物，即以亨利四世为首的宫廷人物，以霍茨波为代表的叛乱集团和以福斯塔夫为中心的市井酒徒。哈尔王子则贯穿其间。其戏剧结构为：

第一幕：剧情的开端。介绍了人物，叙述了福斯塔夫与霍茨波的论荣誉之争，展现了霍茨波与亨利四世之间的矛盾，点明了哈尔王子在协助父王平定北方贵族叛乱中的转变和成长的主题。第二、三幕：剧情的发展。揭示霍茨波与福斯塔夫的对立性格，表现了霍茨波与亨利四世之间矛盾的进一步发展，以及亨利四世与哈尔和解，这预示了平叛大业的胜利。第四幕：剧情的转折。福斯塔夫参战，两条线索、两股力量结合在一起。第五幕：剧情的高潮和收尾。索鲁斯伯雷之战，霍茨波阵亡，福斯塔夫论荣誉，哈尔王子成长。

《威尼斯商人》是一部多情节的喜剧，有一磅肉借约、三匣择婚和杰西卡私奔的情节，表现了同为商人不同生活观念带来的社会问题，歌颂了人文主义理想的胜利。其戏剧结构为：

第一幕：剧情的开端，共三场，分别介绍主要人物安东尼奥、巴萨尼奥、鲍西亚、夏洛克，初步展开了一磅肉借约的情节。第二幕：剧情的发展。展开了三匣择婚情节，并插进了私奔情节。私奔情节，一是弥补了借约期间所需的时间，因为夏洛克同安东尼奥订立的借约是三个月；二是进一步刻画夏洛克贪婪的性格。第三幕：剧情的转折。巴萨尼奥求婚圆满，安东尼奥船只遇难，两个情节线靠拢集中，剧情发生了转折。第四幕：剧情的高潮。法庭判案是全剧的高潮，一磅肉借约一案得以完美解决。第五幕：剧情的收尾。安东尼奥的商船平安抵港，三对有情人终成眷属，最后的结局皆大欢喜。

《李尔王》一剧以社会意义深刻著称，其情节复杂，有两条平行而又交叉的情节线。人物虽众多，但相互紧密关联。其戏剧结构为：

第一幕：全剧的开端。介绍两个情节中所有的主要人物，以及李尔分封国土的愚蠢行为，葛罗斯特伯爵轻信私生子爱德蒙搬弄是非。第二幕：剧情的发展。李尔被大女儿和二女儿虐待，被逼走上荒野；葛罗斯特伯爵抓捕嫡长子爱德伽，迫使爱德伽背井离乡。第三幕：剧情的转折。李尔呈疯癫状态，控诉这个世界的种种罪恶；葛罗斯特同情并帮助李尔王，被私生子爱德蒙告密，惨遭里根和康华尔的挖眼酷刑。第四幕：剧情的高潮。考狄利娅勤王，拯救了李尔王，李尔与考狄利娅父女相见；爱德伽挽回葛罗斯特懊悔和求死的内心，葛罗斯特和爱德伽父子相见。第五幕：剧情的结局。李尔悲伤致死，与第一幕李尔的愚蠢行为形成因果；葛罗斯特得到爱德伽的谅解和爱，含笑而死。

　　莎士比亚对两条平行情节中的人物进行巧妙的安排。葛罗斯特的经历与李尔的经历相似，可以说是李尔或一代人的影子，以此衬托出时代的悲歌；葛罗斯特因为李尔的处境在英法两国之间活动，是国王的忠仆，从而使两条情节线交叉在一起。爱得伽是葛罗斯特的嫡长子，遭私生子身份的弟弟爱德蒙的陷害，只能以装疯求得生存的他与李尔的真疯交织在一起，体现这个世界的真假难辨。爱德蒙是副情节线上的主要人物，又是主线中两个主要人物高纳里尔和里根的情夫。为了权力和爵位，他的身上发生了一系列的"大逆不道"行为，陷害父兄、玩弄权色，是这个世界最丑恶的人性代表。莎士比亚对情节进行巧妙安排，从而使得剧本情节复杂，但戏剧结构是完整和巧妙的。

4.形象化、个性化的语言范例

　　莎士比亚的戏剧语言生动活泼、丰富多彩，具有个性化、形象化的特点。他的戏剧语言主要为无韵诗，也有散文式语言、有韵诗及抒情歌谣，不同的语言在剧中代表着不同的人物形象及人物的心理活动。莎士比亚还按照人物身份与语境的不同使用不同的个性语言，或文雅或粗俗，或哲理或抒情，目的都是为了更有助于表现人物的性格。

　　莎士比亚的戏剧描绘了当时英国社会的广阔生活图景，刻画了个性突出、生动活泼的几百个人物形象。这些大都是通过极其形象化、个性化的语言来表达的，其中有极富艺术魅力的、激动人心的抒情诗，有振聋发聩的格言警句，有寓意深刻、给人以巨大教益的人生哲学。如《奥赛罗》中的主人公奥赛罗在处死苔丝狄蒙娜前的那段独白，可以说是语言形象化、抒情化的典型范例。

　　　　融融的灯光啊，我把你吹熄以后，要是我心生后悔，仍旧可以把你重新点亮；可是你，造化最精美的样本啊，你的火焰一旦熄灭，我不知道什么地方有那天上的神火，能够燃起你原来的光彩！我摘下了蔷薇，就不能再给它已失的生机，只好让它枯萎凋谢；当它还在枝头的时候，我要嗅一嗅它的芳香。（吻苔丝狄蒙娜）啊，甘美的气息！你几乎诱动公道的心，使她折断她的利剑了！再一个吻，再一个吻。愿你到死都是这样；我要杀死你，然后再爱你。

（见朱生豪译《莎士比亚喜剧悲剧集》，译林出版社，2019年版，第478～479页）

　　这一段话之精彩，在于抒情的语言是与奥赛罗内心的感情融为一体的，表达了奥赛罗对苔丝狄蒙娜的爱与恨——爱自己的妻子，恨自己妻子的"不忠"。他不忍杀她，又必须杀她；即使杀她，还要爱她。最大的爱、最大的痛苦在这十几行诗里表达无遗，诗句散

《麦克白》剧照

发着极强的艺术感染力,可以说,这样的诗句是千古不朽的。

莎士比亚的戏剧语言词汇特别丰富,据统计,他的剧本中所用词汇达2万多,远远超过了同时代的其他作家。他的人物语言,不仅符合人物的身份和性格,而且贴合人物当时所处的特定环境,且和人物的戏剧动作相衬相依。如哈姆雷特清醒时是典雅的语言,符合王子的身份;在装疯时用的是逻辑混乱、晦涩难解的语言,符合疯子的特点。他的戏剧,文体、语体、辞格丰富;诗歌、散文、雅言、俗语熔为一炉;排比、比喻、双关手法信手拈来,形象而生动,意象纷至沓来,美感度高。他还善于使用成语和谐语,不仅增强了表现力,而且有浓郁的生活气息。如麦克白在谋杀了国王邓肯后,寝食不安,备受失眠痛苦之折磨。他对妻子说:

> 我仿佛听见一个声音喊着,"不要再睡了!麦克白已经杀害了睡眠。"那清白的睡眠,把忧虑的乱丝编织起来的睡眠,那日常的死亡、疲劳者的沐浴、受伤心灵的油膏、大自然最丰盛的肴馔、生命盛筵上主要的营养……
>
> (见朱生豪译《莎士比亚喜剧悲剧集》,译林出版社,2019年版,第604页)

这里,莎士比亚通过种种形象化的比喻,把麦克白这个被失眠折磨得痛苦不堪的人写得生动而具体。在善与恶的搏斗中，体现了他内心极度的矛盾和痛苦。是的，他不仅杀死了睡眠中的邓肯王，也杀害了自己的睡眠，更杀死了自己内心的平静。

莎士比亚戏剧中的人物语言，都是符合各自性格特点的，但其个性化的语言又不是一成不变的，而是随着人物思想性格的发展，随着场合的更迭、际遇的变化而变化的。如夏洛克的语言粗鲁、庸俗、尖刻，常常用令人憎恶的事物打比方，而鲍西娅的语言文雅、优美、含蓄，与夏洛克恰成对照；哈姆雷特的语言有时温文尔雅，有时明白晓畅，有时妙语连珠，有时语无伦次，这一切均取决于他内心矛盾的斗争和思想性格的发展。

莎士比亚擅长用独白手法直接揭示人物的内心活动，丰富和深化人物性格。独白是戏剧语言的一种传统手法，是用来补充交代剧中人物和情节的，更能让剧中人物吐露内心思想活动，便于观众对人物性格的了解。莎士比亚剧中的独白，会因为人物的性格不同而性质各异。如《奥赛罗》中的伊阿古貌似忠诚，实则奸诈，是一个口蜜腹剑的阴险小人，他的独白展示了他内心活动与口头表白的不一致，展现了他心口不一、言行不一的行为特征，表现了他多疑、嫉妒的性格特点。

《罗密欧与朱丽叶》中的男女主人公的独白是一种抒情性的独白，这独白透露着他们内心隐秘的情感，同时也起着揭示人物性格、推动剧情发展的作用。如在花园定情之后，发生了罗密欧被放逐、朱丽叶服药、墓园殉情三件大事。在这剧情发展的关键时刻，男女主人公都有长长的独白，反映了主人公在这些大事面前的内心反应，刻画出经历大事后主人公性格方面的成长，体现了他们的性格特点。

在莎士比亚戏剧中最著名的那些独白，大都是出自他的悲剧中的主人公之口。这些独白在揭示人物内心活动的同时，有的推动剧情的发展，有的引起情节的转折，有的蕴含深刻的哲理。如《麦克白》中麦克白在剧中前半部的独白，由于他犯罪初期内心进行着激烈的斗争，因而几次独白都充分揭示出他心中的"我想"和"我不敢"之间的矛盾；等到他杀死班柯、决心为恶到底之后，我们再也听不到他的独白了，因为他的思想之恶已经不可救药。《哈姆雷特》中的哈姆雷特的重要独白有6处之多，每次都推动了剧情发展，完成了人物性格的塑造。如第三幕第一场中的那段独白：

生存还是毁灭，这是一个值得考虑的问题。默默忍受命运的暴虐的毒箭，或是挺身反抗人世的无涯的苦难，通过斗争把它们扫清，这两种行为，哪一种更高贵？

（见朱生豪译《哈姆莱特》，大众文艺出版社，2010年版，第66～67页）

这段著名独白，闪耀着哲理之光，揭示了哈姆雷特的心境，表现了他对人生的思索以及内心的苦闷与彷徨。

《雅典的泰门》中的泰门关于黄金的独白，表达了莎士比亚对现实对人生的深刻认识：

"这东西，只这一点点儿，就可以使黑的变成白的，丑的变成美的，错的变成对的，卑贱变成尊贵，老人变成少年，懦夫变成勇士。"

这独白高度概括了货币的本质，且具有深刻的哲理性。

还有一些已经成为经典的格言，如"全世界是一个舞台，所有的男男女女不过是一些演员，他们都有下场的时候，也都有上场的时候。"（见朱生豪译《皆大欢喜》，燕山大学出版社，2018年版，第81页);"人生不过是一个行走的影子,一个在舞台上指手画脚的拙劣的伶人,登场片刻,就在无声无息中悄然退下;它是一个愚人所讲的故事,充满着喧哗和骚动,却找不到一点意义。"(见朱生豪译《莎士比亚四大悲剧》全译本,四川文艺出版社,2017年版,第388页)都是莎士比亚形象化、个性化的语言范例。

莎士比亚的形象化语言,是不能与其作品内容和人物分开的。那些形象化语言表达了其作品的深刻思想,让莎翁的作品有着震撼人心、感人肺腑的极大的艺术感染力。总之,莎士比亚的戏剧,无论是在思想的人文性、人物的完整性、剧情的戏剧性,还是语言的丰富性上,都很好地反映了当时新兴资产阶级的情绪和要求。他提倡个性解放和爱情自由,反对禁欲主义,他提倡男女平等,反对等级观念,他提倡国家统一,反对封建割据,他揭露了资本原始积累时期损人利己的极端个人主义,在一定程度上反映了广大人民的情绪和愿望。

二、艺术成就

莎士比亚的戏剧,内容博大精深,形式瑰丽唯美,艺术成就斐然。历代诠释者和评论者的观点层出不穷,固有"说不尽的莎士比亚"一说,真可谓既是"时代的灵魂",又"属于所有的世纪"。

1.追求诗意的剧场艺术

莎士比亚在剧团20余年的职业生涯里,做过编剧,也曾演戏和导戏。作为演员，他在本·琼森的成名剧作《个性互异》中扮演过角色，也在自己的作品中扮演过角色，传说他饰演过老哈姆雷特的鬼魂和老仆人亚当；作为导演，他重视台词的声调、表演的姿势，强调语言和行动的相互配合，反对表演过火或平淡不足，强调自然与适度，据说指导过约翰·罗文表演亨利八世；作为编剧，他创作了大量的历史剧、喜剧、悲剧和传奇剧，他写戏时会想到演员的形象和性格特征，他的脚本上有用演员的名字代替剧中角色的标记。

莎士比亚塑造了大量不同的具有鲜明性格和复杂内心世界的悲喜剧角色，不仅为当代和后代演员施展艺术才能提供了角色和表演语境，也是在孜孜不倦地追求诗意的剧场艺术、诗意的现实主义戏剧的思想表达。

在《哈姆雷特》中，有一段哈姆雷特对演员进行演戏的指导："演戏的目的，从前也好，现在也好，都是仿佛要给自然照一面镜子；给德行看一看自己的面貌，给荒唐看一看自己的姿态，给时代和社会看一看自己的形象和印记。"（见卞之琳译《哈姆雷特》，河北人民出版社，1996年版，第95页）这就是要求演员在舞台上真实地反映当时的英国社会生活面貌，这也是莎士比亚现实主义戏剧的创作原则，既有明确的演戏目的，又有严格的演剧观念。

莎士比亚写戏不忘剧场的演出效果。从剧作的情节结构、场景更替上，可以看出他善于利用当时剧场多种表演区（外台、内台、高台、左右两侧的楼窗、天顶和台板活门等）以及几道帷幕的启闭来保持戏剧表演的流动性和连贯性，充分发挥时空自由而又加以控制的手法。他的剧本常有少而精的舞台指示，台词也常包含着动作和调度等导演指示。他用诗文描绘景色、渲染气氛，并以多种乐器音响和抒情歌曲、舞蹈和哑剧等来加强或深化戏剧效果，增强舞台美感视觉。他把悲剧场面与喜剧场面，诗意语言与日常口语等有机地结合并呈现，使观众产生或紧张的，或松弛的，或欣慰的，或伤感的，或期待的情绪，给人以丰富的艺术享受。

莎士比亚力求吸引各类观众，特别是有教养的观众。他继承已有的通俗戏剧传统，同时汲取意大利田园剧的抒情手法，追求诗意的剧场艺术，满足了英国宫廷贵族的艺术趣味。

后来，莎士比亚的剧作传到美国和世界各地，在世界范围内掀起了巨大的戏剧热潮。莎士比亚的演剧观念和剧场艺术表现形式也是风靡世界各地，为同行争相效仿。

2.跨越时空的戏剧成就

莎士比亚是文艺复兴时期最伟大的作家，他的戏剧人文内涵丰富，洋溢着文艺复兴时期的创造灵性和充沛激情，成就是惊人的。他在文坛刚刚出现时，出版商亨利·切特尔在著作《好心人的梦想》一书中说莎士比亚不仅演技高超，而且温文尔雅、为人公正、文笔典雅。评论家米尔斯把他和当时享有盛名的诗人和剧作家相提并论，并说他可媲美古人。剧作家本·琼森在"第一对开本"献诗中毫不吝啬对莎士比亚的赞美："得意吧，我的不列颠，你拿得出一个人，他可以折服欧罗巴全部的戏文。他不属于一个时代而属于所有的世纪！"（见卞之琳译《英国诗选》，湖南人民出版社，1983年版，第35页）革命导师马克思曾对莎士比亚予以充分肯定和高度赞扬，称他为"人类最伟大的天才之一"，提出创作要"莎士比亚化"。

莎士比亚的创作完美地再现了大千世界社会生活的真实，表现了宏大的历史背景和复杂的社会关系。他所写的人物，上至贵族社会、国王，下到社会底层、乞丐；他所写的环境，从城市到乡村。他的作品构成了一幅16世纪英国社会生活的画面。这画面既是历史故事的呈现，各阶层人们生存状况的提炼，更是时代演变发展的挂图。恩格斯称颂莎士比亚的名剧《温莎的风流娘儿们》的第一幕几乎"比全德国文学包含着更多的生活气息和现实性"，单是兰斯和他的狗克莱勃也"比全部德国喜剧加在一起更具有价值"。(见《马克思恩格斯论艺术》第二卷，中国社会科学出版社，1983年版，第113页)在该剧中，莎士比亚一反传统偏见，把女性地位提到了惊人的高度，在旧的故事框架中填入现实生活，注入了时代的灵魂。

莎士比亚遵循着现实主义戏剧创作原则，广泛而真实地反映了当时的英国和欧洲其他国家五光十色的社会生活，其作品不仅具有高度的思想性和艺术性，还包含着大量的浪漫主义因素。他那富于诗意的想象和虚构，大大丰富了他的现实主义创作内容。别林斯基称他是一位"现实主义诗人"。

莎士比亚塑造了众多丰富多彩的人物形象和不朽的艺术典型。他塑造的人物不是从概念出发，而是严格地遵循生活的真实，无论是正面人物还是反面人物，无论是"顺转"人物还是"逆转"人物，人物形象都具有鲜明的性格特征，始终忠实于自己的个性，都有着丰富的内心世界和复杂的内在矛盾，具有不能彼此相通的认知世界。比如高贵而忧郁的哈姆雷特，浪漫多情的罗密欧与朱丽叶，心黑手辣的理查三世，贪婪阴狠的夏洛克，慵懒放诞的福斯塔夫，每个形象都栩栩如生，意态天成，成为世界文学中千古不朽的典型艺术形象，绝不会在观众心里造成任何的混淆不清。

莎士比亚在戏剧形式、表现手法和技巧方面做了可贵的探索和创新，在戏剧艺术的发展史上做出了独特的贡献。他的戏剧构思精妙，结构完整，各种历史传说、民间故事经他信手拈来，皆成妙谛。他把悲剧场面与喜剧场面、现实主义与浪漫主义、主要情节与次要情节、抒情与讽刺、诗意语言与日常语言等有机地结合起来，构成绚丽多彩的画面，给人以丰富的艺术享受。他突破了传统的戏剧情节的限制，使剧情更具生动性和丰富性。他通过人物关系的纠葛、运用戏剧矛盾来推动人物性格的发展，并在人物的对比中突出人物的个性面貌，真实地反映了人们的生活，展现了现实中纷纭繁杂的社会现象。

莎士比亚的戏剧语言无比丰富，在欧洲戏剧史上是一个奇迹。他是一位杰出的语言大师，他把古代语言和当代语言创造性地运用，极大地丰富和发展了英国的戏剧语言。他既运用优美的诗，也运用粗俗的民间话语，双关语、幽默语、明喻、暗喻、讽喻、俚语应有尽有，很好地表现和烘托了不同场合、不同时期的人物性格特征。

莎士比亚的戏剧崇尚美德、善良、真诚，导引人的灵魂攀缘上升到新的境界。他的戏剧像一面镜子，让生与死、爱与恨、真与假、善与恶、美与丑呈现在人们面前，警醒人类消除穷奢极欲和野蛮冲动，呈现自然的天性的人类社会的美好。

莎士比亚逝世至今已有400余年，但他的影响是深远的。他的作品跨越时空，展现着过去，影响着未来；他的戏剧跨越时空，在世界各国的舞台上久演不衰。

3.卓越的地位和世界性的传播

莎士比亚为世界人民所热爱，他的作品影响了一代又一代的人们对生活的热爱、对真理的执着。读者对他的兴趣不减，学者对他的研究不断,"莎学"已经成为世界显学。歌德称他为"说不尽的莎士比亚",海涅称他为照耀英国国土的"精神上的太阳"。

(1) 莎士比亚其人及其作品

在莎士比亚生活和创作的年代,是没有人为作家撰写传记的,因为当时作家的地位并不高。因此,莎士比亚的生平事迹,在同时代没有什么人记载。莎士比亚从家乡斯特拉特福到伦敦后的第5年,即1592年,剧作家罗伯特·格林发表了对莎士比亚攻击性的评论后,对莎士比亚的为人和剧作表示褒贬的便不乏其人。对莎士比亚进行全面而又中肯评价的是他的文坛劲敌和好友、剧作家本·琼森在他逝世7年后写的献诗。之后,人们开始对他的剧本进行认真整理。

在莎士比亚生前和逝世之初,就出现了莎剧的两种版本,即四开本和对开本。在当时,剧作家将戏剧脚本卖给剧团供演出之用,版权就不属于作者了,剧团也不得将剧本交出版商出版。由于某种原因,剧团将一部分剧本卖给出版商印成四开本,即所谓"善本"。除此之外,市面上流传的剧本都是些盗印本,即所谓"劣本"。

1623年,莎士比亚逝世后的第7年,他的剧团同事约翰·赫明斯和亨利·康德尔以剧团保存的"提词本"为基础,编订出版了对开本的《威廉·莎士比亚先生的喜剧、历史剧和悲剧》,收有36种莎剧(《泰尔亲王配力克里斯》不在内),分为喜剧、历史剧、悲剧,这就是第一对开本。以后又印行了第二(1632)、第三(1663)、第四(1685)对开本等。

17世纪末18世纪初,一位名叫贝特顿的著名莎剧演员对莎士比亚的生平事迹进行了收集整理,这是莎士比亚逝世近百年后的事了。可以想象,贝特顿所收集的材料,残缺不全,真伪并存,这些材料于1708年公开发表。第二年,即1709年,剧作家尼古拉斯·罗伊以第四对开本为基础,编订了一部《莎士比亚全集》,还根据贝特顿的材料撰写了一篇莎士比亚的传记,附在该《莎士比亚全集》里面,其中包含了不少传说性质的材料,一直流传到后世。

罗伊之后,莎士比亚的剧本大量出版,有4开本的,也有8开本的。1733年,莎剧学者路易·席遏博德编订《莎士比亚全集》,指出了莎剧的题材来源,探究了莎剧的编年。1765年,萨缪尔·约翰逊编莎剧集,校勘价值不高,但该书的序言在莎评史上占有很高地位。1790年,爱德华·马隆确定了莎剧的编年顺序,并首次编写出一部剧场史。在1821年出版的第三集注本前3卷的绪论中,包括了马隆的《莎士比亚传》《莎剧编年初探》,以及小鲍士威尔续成的《莎士比亚用语和韵律论》等。

由于第一手的传记材料较少,也由于贵族及资产阶级的偏见,即认为这些思想深刻、艺术高超的作品是不可能出自一个出身低微的演员之手的,所以18世纪末到19世纪中叶一直有人怀疑莎士比亚著作权问题。

在莎士比亚去世200多年的时候,即1857年,美国一位名叫德莉娅·培根的女作家写了一本书《莎士比亚剧本的哲学思想剖析》,认为当时莎士比亚名下的全部作品都是出自她的前辈、莎士比亚同时代的大学者、哲学家弗兰西斯·培根的手笔,或者以社会活动家沃脱·拉里为首的一个小组集体创作的。此后,不少人围绕着莎士比亚作品的著作权问题,写了大量的文章,提出各种各样的著作候选人,多达30余人。这些候选人包括当时有名的贵族,甚至包括伊丽莎白女王本人。莎士比亚同时代的著名的剧作家克里斯托弗·马洛也被某些人认为是莎剧的作者。事实上,这些看法是没有根据的。因为自尼古拉斯·罗伊于1709年写的第一篇莎士比亚传记以来，无数学者专家已收集到大量的确凿可靠的有关莎士比亚生平事迹的材料，包括他的亲笔签名，他的各种活动的档案文献，比如在伦敦出版商工会的名册里登记的《维纳斯与阿多尼斯》和《鲁克丽丝受辱记》两首长诗的出版日期为1593年4月18日和1594年5月9日，和一些剧作上演的日期等；还有同时代剧作家罗伯特·格林临终前写的《无限悔恨赢得的一点聪明》中影射莎士比亚的文字，乃至有一份可以肯定为莎士比亚笔迹的修改安东尼·蒙地为首的写作小组的作品《托马斯·摩尔爵士》的材料，其数量之丰富，几乎超过了他同时代任何一个剧作家的生平资料。根据这些资料，我们完全可以肯定莎士比亚确有其人，他名下的那些作品全部是他创作的。

　　关于这场莎士比亚著作权问题的纷争，充分说明了莎士比亚作品的重要价值和莎士比亚在剧坛上的重要地位。他得到了当代及后世人们的拥戴和敬仰。19世纪英国著名作家托马斯·卡莱尔(1795—1881)虔诚地崇拜莎士比亚，称赞他是人类最伟大的智者，是先知，他的历史剧是英国的史诗。卡莱尔在《英雄与英雄崇拜》一书中说："请想一想：有人问我们：你们英国人愿意放弃印度帝国还是愿意放弃莎士比亚？你们宁愿从来不曾有个印度帝国还是从来不曾有一个莎士比亚？说真的，这是一个关系严重的问题。不用说，官方人士会用官腔回答；但是我们，从我们的立场说话，不是只能作出这样的回答吗：印度帝国有也好，没有也好，我们不能没有莎士比亚！"（见许国璋《许国璋文集2》，商务印书馆，1999年版，第294页）可见，莎士比亚在英国人心目中的崇高地位。

（2）莎士比亚在世界文坛上的地位及其作品的世界性传播

莎士比亚不仅是英国最杰出的戏剧家和诗人，也是世界文学史上最著名的作家。四百多年以来，他的作品被翻译成各种文字在世界各地出版；他的戏剧在全世界演出；他的诗句广泛流传。

世界各国学者纷纷研究莎士比亚的作品，其作品的各种译本解读、演出评介以及不同派别的莎学理论相继出版。其中以莎士比亚诗句为书名的文学作品，在英、美两国就有一百多种，例如毛姆的《寻欢作乐》，赫胥黎的《短暂的烛光》和《啊，艳丽的新世界》，福克纳的《喧哗和骚动》，陶乐赛·派克的《没有一口井深》等小说题目；以他的名字为书名的规模宏大的作品集和工具书，如《莎士比亚集注》《莎士比亚大辞典》《莎士比亚剧本内容提要》《莎士比亚剧作人名地名读音辞典》；还有以莎士比亚的戏剧舞台效果为依据创作的音乐、美术、舞蹈、歌剧等作品，成为世界文化交流发展的重要纽带。莎士比亚诗意的创作思想和戏剧表现形式也成为世界上多种艺术形式创作的灵感的源泉。

从17世纪起，莎士比亚戏剧就传入了德、法、意、俄等国家，引起了强烈的反响，然后相继传入美国及其他国家。18—19世纪的诸多大作家，比如伏尔泰、歌德、席勒、雪莱、巴尔扎克、普希金、雨果、狄更斯、屠格涅夫、罗曼·罗兰等人的创作都受到了莎士比亚的影响，在他们的作品里或多或少都能看到莎士比亚作品的影子。歌德曾说："我们对莎士比亚简直谈不出什么来，谈得出的全不恰当，我在《威廉·麦斯特》里已谈过一些，可是都算不了什么。莎士比亚并不是一个适合在舞台上演的剧体诗人，他从来不考虑舞台，对他的伟大心灵来说，舞台太狭窄了，甚至这整个可以眼见的世界也太狭窄了。""他太丰富了,太雄壮了,一个创作家每年只应读一种莎士比亚的剧本,否则他的创作才能就会被莎士比亚压垮。"(见爱克曼辑录,朱光潜译《歌德谈话录》,译林出版社,2020年版,第99页)。莎士比亚的戏剧对于音乐家们的影响也不容小觑,几乎所有的大音乐家,包括贝多芬、罗西尼、舒伯特、柏辽兹、门德尔松、李斯特、瓦格纳、勃拉姆斯、柴可夫斯基等,都以莎士比亚的戏剧为题材创作过音乐作品。可见,莎士比亚的戏剧具有摄人心魄的魅力,是人们永远谈不完的话题。人们心中永远驻留着莎士比亚情结。

19世纪,莎士比亚更是风靡欧洲。法国浪漫主义作家雨果、批判现实主义作家司汤达等在与古典主义做斗争的时候,都是高举着莎士比亚的大旗。英国浪漫派诗人柯勒律治和华兹华斯都将莎士比亚视为浪漫派诗人的最高典范。雨果曾用抒情诗的语言这样盛赞莎士比亚的作品:"莎士比亚丰富、有力、繁茂,是丰满的乳房、泡沫满溢的酒杯、盛满了的酒桶、充沛的汁液、汹涌的岩浆、成簇的萌芽、普赐生命的甘露,他的一切都以千计、以百万计,毫不吞吞吐吐,毫不牵强凑合,毫不吝啬,像创造主那样坦然自若而又挥霍无度。……莎士比亚是播种'眩晕'的人。他的每一个字都有形象;每一个字都有对照;每一个字都有白昼和黑夜。"(见郑土生主编《莎士比亚全集 下》,中国戏剧出版社,1997年版,第599页)

(3)莎士比亚作品在中国的传播

莎士比亚是中国人民喜爱的诗人和剧作家。早在1839年,中国近代维新思想的先驱者林则徐在主持编译《四洲志》的"英吉利国"记略中,曾提到了英国戏剧家"沙士比阿"(即莎士比亚)和弥尔顿。这是莎士比亚的名字在中国首次出现。1856年(咸丰六年),

英国的传教士慕威廉在其所译《大英国志》中介绍过"舌克斯毕"(即莎士比亚)。这是莎士比亚首次被介绍到中国。1879年(光绪五年),曾纪泽出使英国,在伦敦观看过《哈姆雷特》,有关情形记载在他的《使西日记》中。1894年,中国思想家严复在其译介的《天演论》中提到的"词人狭斯丕尔"(即莎士比亚)。由于《天演论》的影响力很大,莎士比亚渐为国人所知。1897年,严复在其翻译的《群学肄言》中,也多次提到莎士比亚。1902年,梁启超在《新民丛报》五月号上发表的《饮冰室诗话》中说:"近世诗家,如莎士比亚、弥儿敦、田尼逊等,其诗动亦数万言,伟哉!"1907年,鲁迅也在译作中提到莎士比亚。

莎士比亚的戏剧作品传入中国,最初是通过移译英国兰姆姐弟改写的《莎士比亚戏剧故事集》同我国读者见面的。1903年(光绪二十九年),上海达文社出版了该书的文言文译本《澥外奇谭》,原著署名为英国索士比亚,无译者署名。1904年7月,上海商务印书馆出版了《英国诗人吟边燕语》,原著署名为(英)兰姆,译者为林纾和魏易。这两个译本都是以小说的形式出现的,是依据兰姆姐弟改写的《莎士比亚戏剧故事集》翻译的。

从此,莎士比亚的作品陆续被翻译成中文出版。1916年林纾、陈家麟合作用文言译述了莎士比亚的五个剧本,分别是《雷差得纪》(即《理查二世》)、《亨利第四纪》(即《亨利四世》)、《亨利第六遗事》(即《亨利六世》)、《恺撒遗事》(即《裘力斯·恺撒》)、《亨利第五纪》(即《亨利五世》)。1921年到1924年间,田汉用白话文和原剧的形式翻译出版了《哈姆雷特》和《罗密欧与朱丽叶》。20世纪30年代,梁宗岱等人翻译了莎士比亚的154首十四行诗。1934年到1935年间,孙大雨用韵文体翻译了出《黎琊王》(即《李尔王》)。1935年至1944年间，朱生豪翻译了莎剧31种，1947年由世界书局出版了《莎士比亚戏剧全集》3卷27种，1954年由作家出版社重新出版了《莎士比亚戏剧集》12卷31种。1936年至1967年间，梁实秋历经数十年的劳作，在台湾出版了《莎士比亚全集》译本37册，其中在1936年翻译了《哈姆雷特》。1942年到1944年间，曹未风翻译出版了莎剧11种，1955年到1962年间，经过修订重新出版了莎剧12种。1978年，人民文学出版社出版了以朱生豪译的莎剧为主体，其他翻译家补译的《莎士比亚全集》11卷本，包括莎士比亚的全部戏剧和诗歌。20世纪90年代末，河北教育出版社出版了方平等翻译的《莎士比亚全集》。

还有一些文坛高手翻译的诗体译本，有卞之琳翻译的《莎士比亚悲剧四种》，曹禺翻译的《柔蜜欧与幽立叶》(即《罗密欧与朱丽叶》)，吴兴华翻译的《亨利四世》，方重翻译的《理查三世》，方平翻译的《莎士比亚喜剧五种》，屠岸以清新的文笔翻译的《莎士比亚十四行诗集》等。

莎士比亚的戏剧在中国的演出，始于20世纪初。1902年，一批上海学生演出英语版的《威尼斯商人》；1911年，上海春柳社演出了《女律师》(即《一磅肉》)和《奥赛罗》；1913年，上海新民社、民鸣社先后上演了《女律师》(即《威尼斯商人》)。1921年，北京燕京大学女校青年会在协和医院礼堂演出了《第十二夜》。1930年，上海戏剧协会公演了《威尼斯商人》。1937年6月，上海业余实验剧团采用田汉译本公演了《罗密欧与朱丽叶》。1938年，南京国立戏剧学校采用梁实秋译本公演了《奥赛罗》等。中华人民共和国成立以来，全国各地先后演出了《威尼斯商人》《罗密欧与朱丽叶》《哈姆雷特》《李尔王》《奥赛罗》等。1984年12月3日至5日，中国莎士比亚研究会成立，其后，各省市相继成立了"莎士比亚学会"。1986年4月，京、沪两地成功举办了中国首届莎士比亚戏剧节，共演出了20多台莎剧。

莎士比亚的戏剧屡屡被搬上我国的戏剧舞台，且形式多样。除了话剧外，还有京剧、越剧、梆子、昆曲、黄梅戏等各剧种的莎剧演出，真是精彩纷呈。这对于提高我国的戏剧创作、剧场艺术以及观众的欣赏水平，起到了很好的作用。

莎士比亚作品在中国的传播，已有百年的历史了，莎士比亚成为被中国人研究最多的外国作家之一。自五四运动前到现在，我国发表有关莎士比亚的文章近2000篇，出版莎士比亚专著百种左右。他的戏剧在中国各地久演不衰，特别是在纪念莎士比亚诞辰452周年之际，《罗密欧与朱丽叶》在进行了本土化改编后于全国巡演。《威尼斯商人》、《大将军寇流兰》(莎士比亚晚年作品)、《驯悍记》也穿越了时空，呈现在人们面前，不论是悲剧人物还是喜剧人物，都显现了细节的真实性和存在的典型性。

第四部分 ｜主要作品介绍

适当的悲哀可以表示感情的深切,
过度的伤心却可以证明智慧的欠缺。

《罗密欧与朱丽叶》

《罗密欧与朱丽叶》(1594—1595)是一部闻名于世的爱情悲剧,是莎士比亚获得成功的最早的一部悲剧。它是莎士比亚在创作了几部戏剧之后写就的。故事取材于意大利,讲的是1303年发生在意大利维罗纳城有着家族世仇的两个封建家庭中的子女罗密欧与朱丽叶的相爱、结婚和殉情的故事。人们在剧中看到了爱情的胜利,也看到了由于社会黑暗而难以避免的悲剧。该剧体现了莎士比亚的创作思想和艺术风格。

罗密欧与朱丽叶的反抗斗争和殉情自杀,具有强烈的悲剧性,而两青年以生命为代价的相爱和结婚,两个世仇之家在他们的子女双双殉情后的言归于好,又充满喜剧性。所以与其说它是悲剧,倒不如说它是悲喜剧。雨果说它是一场"黎明的爱",海德尔说它是一出"甜蜜的爱情剧"。著名译者朱生豪先生在1944年曾说过:"《罗密欧与朱丽叶》是莎士比亚早期的抒情悲剧,也是继《所罗门雅歌》以后最美丽悱恻的恋歌。这里并没有对于人性的深刻的解剖,只是真挚地道出了全世界青年男女的心声……爱情不但战胜了死亡,并且使两族的世仇消弭于无形;从这一个意义上看来,它无疑是一本讴歌爱情至上的喜剧。"(见郑克鲁编《欧美文学名著导读》修订版,复旦大学出版社,2014年版,第66页)

罗密欧与朱丽叶是莎士比亚心目中庄严、高尚、美好的人文主义理想形象,他们对美好人生和浪漫爱情的追求是对死气沉沉的旧制度和旧生活的反抗改造,是用生命谱写的一曲浪漫主义思想的悲歌。

《罗密欧与朱丽叶》一剧是莎剧中最为人们所熟知的戏剧之一。

1.时代背景

《罗密欧与朱丽叶》是根据意大利民间故事写成的一部悲剧。当时的意大利和欧洲的许多国家正相继开展一场思想文化运动，即文艺复兴运动。这是欧洲封建社会逐渐解体，资本主义生产方式在封建社会母体内孕育的时期，人文主义是文艺复兴时期资产阶级反封建斗争的思想武器，也是这一时期资产阶级进步文学的中心思想。其主要内容：第一，用人性反对神权；第二，用个性解放反对禁欲主义；第三，用理性反对蒙昧主义。其中个性解放是针对封建社会宣扬的禁欲主义，即要求劳动人民克制欲望、放弃斗争、放弃现世的幸福而提出的。它肯定现世生活，认为现世幸福高于一切，人生的目的就是追求个人自由和个人幸福。莎士比亚的早期作品主要是宣扬这种人文主义思想，《罗密欧与朱丽叶》就是在这一背景下产生的一部具有反封建意识的爱情悲剧。

罗密欧与朱丽叶的真实故事发生在1303年意大利维罗纳城，最早被记录在意大利作家科尔太的《维罗纳的故事》一书中。英国诗人亚当·布鲁克根据这个故事的法文译本写成了长诗《罗密欧与朱丽叶哀史》，1566年威廉·潘特又把这个故事从法文译成英文，收录在《快乐之宫》故事集中。莎士比亚据此创作了《罗密欧与朱丽叶》。

2.剧情梗概

第一幕

故事发生在意大利半岛上的维罗纳城。很久以前，维罗纳城中有两大贵族——蒙太古家族和凯普莱特家族。这两大家族积怨深重，势不两立，两族的人不论主仆，只要碰面轻则动口，重则动武，经常造成双方伤亡，闹得维罗纳城不得安宁。两大家族中唯一没有卷入这场争斗的，只有蒙太古家里的儿子罗密欧了。

罗密欧是一个英俊青年，年轻的他爱上了一个名叫罗瑟琳的傲慢姑娘，遗憾的是罗瑟琳对他的单相思并不动心，根本不爱他。罗密欧终日沉浸在不被心爱的人所理解的痛苦之中。

有一天，凯普莱特家要举办一次盛大晚宴，邀请了除蒙太古家族之外的所有名流贵客。罗密欧听朋友班伏里奥说，宴会上还有戴面具的舞会，罗瑟琳将参加此宴会。班伏里奥劝他也去参加，说他只要到那儿，把她的容貌跟别人比较一下，他就可以知道他的天鹅不过是一只乌鸦罢了。罗密欧为了能见到罗瑟琳，就决定和好友班伏里奥、茂丘西奥头戴假面具混入凯普莱特家参加宴会。一到舞厅，罗密欧就被老凯普莱特的女儿朱丽叶的绝世之美和温文尔雅吸引住了视线，罗密欧失声赞叹："啊！火炬远不及她的明亮"，即刻爱上了她，把罗瑟琳忘得干干净净。罗密欧向一个仆人打听这个可爱的小姐是谁，这一问不打紧，却引起了老凯普莱特夫人的内侄、性格鲁莽的年轻人提伯尔特的注意。提伯尔特发现罗密欧是不请自来的仇家之人，怒不可遏，拔剑出来，准备动武。老凯普莱特见罗密欧举止端庄，阻拦了提伯尔特的行为。他认为既然罗密欧已来到自己家,就不应在这儿伤害他,不要破坏大家的兴致。提伯尔特只好耐住性子,发誓一定要找罗密欧算这笔账。这样,罗密欧才得以继续留在舞会上,他走到使他怦然心动的小姐身边与她攀谈,并得到允许吻了一下她的手,倾吐自己的爱慕之情。朱丽叶对罗密欧也是一见倾心。后来,朱丽叶的奶妈来叫小姐说她母亲找她,罗密欧问朱丽叶的奶妈,谁是小姐的母亲,得知原来自己所热爱的小姐竟是自己仇家凯普莱特的女儿朱丽叶。感叹道:"我的生死现在操在我的仇人的手里了。"朱丽叶在罗密欧走后,也知道了这个青年是自己仇家蒙太古的独子罗密欧,不由得感叹道:"恨灰中燃起了爱火融融,要是不该相识,何必相逢!昨天的仇敌,今日的情人,这场恋爱怕要种下祸根。"在那个封建社会,有着家族世仇的两个家庭是绝对禁止他们子女恋爱结婚的,两个仇家子女的相爱,已然埋下了他们悲剧结局的种子。

第二幕

半夜舞会散去,罗密欧为爱情所驱使,避着同伴,不顾被人发现的危险,跳墙进入凯普莱特家的花园,守在朱丽叶的窗下痴情地望着楼上的卧室,久久不愿离去。

此时朱丽叶却在窗口出现。她也对罗密欧思念不已,想到他竟是自己家的仇人,不禁满怀忧郁,可爱情的力量又使她情不自禁自言自语地呼唤着情人的名字:"罗密欧,罗密欧,为什么你偏偏是罗密欧呢?否认你的父亲,抛弃你的姓名吧;也许你不愿意这样做,那么只要你宣誓做我的爱人,我也不愿再姓凯普莱特了。"朱丽叶不知罗密欧就在自己阳台下的花园里,她怪他为什么偏偏姓蒙太古,成了自己家族的仇敌。她说:"只有你的名字才是我的仇敌;你即使不姓蒙太古，仍然是这样的一个你。姓不姓蒙太古又有什么关系呢？它又不是手，又不是脚，又不是手臂，又不是脸，又不是身体上任何其他的部分。啊！换一个姓名吧！姓名本来是没有意义的；我们叫作玫瑰的这一种花，要是换了个名字，它的香味还是同样的芬芳；罗密欧要是换了别的名字，他的可爱、完美也绝不会有丝毫改变。罗密欧，抛弃你的名字吧；我愿意把我整个的心灵，赔偿你这一个身外的空名。"

此时，一直在侧耳倾听的罗密欧再也忍不住了，他向朱丽叶倾诉衷肠，说："那么我就听你的话，你只要和我相爱，我就重新受洗，重新命名；从今以后，永远不再叫罗密欧了。"朱丽叶突然听到半夜里有人答话，先是大惊失色，继而发现偷听自己话的就是罗密欧，不由得惊喜万分。按当时欧洲封建社会习俗，女孩子必须矜持庄重，不露真情，但她既已说出自己内心的隐秘，再掩饰也已无用，于是干脆直言自己对罗密欧之爱。两人相互用诗一般的语言表白爱情，海誓山盟难舍难分：

朱丽叶　告诉我，你怎么会到这儿来？为什么到这儿来？花园的墙这么高，不是容易爬得上的；要是我家里的人瞧见你在这儿，他们一定不让你活命。

罗密欧　我借着爱的轻翼飞过园墙，因为瓦石的墙垣是不能把爱情阻隔的；爱情的力量所能够做到的事，它都会冒险尝试，所以我不怕你家里人的干涉。

朱丽叶　要是他们瞧见了你，一定会把你杀死的。

罗密欧　唉！你的眼睛比他们二十柄刀剑还厉害；只要你用温柔的眼光看着我，他们就不能伤害我的身体。

朱丽叶　我怎么也不愿让他们瞧见你在这儿。

罗密欧　朦胧的夜色可以替我遮过他们的眼睛。只要你爱我，就让他们瞧见我吧；与其因为得不到你的爱情而在这世上挨命，还不如在仇人的刀剑下丧生。

朱丽叶　谁叫你找到这儿来的？

罗密欧　爱情怂恿我探听出这一个地方；他替我出主意，我借给他眼睛。我不会操舟驾舵，可是倘使你在辽远辽远的海滨，我也会冒着风波把你寻访。

朱丽叶　幸亏黑夜替我罩上了一重面幕，否则为了我刚才被你听去的话，你一定可以看见我脸上羞愧的红晕。我真想遵守礼法，否认已经说过的言语，可是这些虚文俗礼，现在只好一切置之不顾了！你爱我吗？我知道你一定会说"是的"，我也一定会相信你的话；可是也许你起的誓只是一个谎，人家说，对于恋人们的寒盟背信，上苍是一笑置之的。温柔的罗密欧啊！你要是真的爱我，就请你诚意告诉我；你要是嫌我太容易降心相从，我也会堆起怒容，装出倔强的神气，拒绝你的好意，好让你向我宛转求情，否则我是无论如何不会拒绝你的。俊秀的蒙太古啊，我真的太痴心了，所以也许你会觉得我的举动有点轻浮；可是相信我，朋友，总有一天你会知道我的忠心远胜过那些善于矜持作态的人。我必须承认，倘不是你趁我不备的时候偷听去了我的真情的表白，我一定会更加矜持一点的；所以原谅我吧，是黑夜泄露了我心底的秘密，不要把我的允诺看作了轻狂。

罗密欧　姑娘，凭着这一轮皎洁的月亮，它的银光涂染着这些果树的梢端,我发誓——

朱丽叶　啊!不要指着月亮起誓,它是变化无常的,每个月都有盈亏圆缺;你要是指着它起誓,也许你的爱情也会像它一样无常。

罗密欧　那么我指着什么起誓呢?

朱丽叶　不用起誓吧;或者要是你愿意的话,就凭着你优美的自身起誓,那是我所崇拜的偶像,我一定会相信你的。

罗密欧　要是我的出自深心的爱情——

朱丽叶　好,别起誓啦。我虽然喜欢你,却不喜欢今天晚上的密约;它是太仓促,太轻率,太出人意外了,正像一闪电光,等不及人家开一声口,已经消隐了下去。好人,再会吧!这一朵爱的蓓蕾,靠着夏天的暖风的吹嘘,也许会在我们下次相见的时候,开出鲜艳的花来。晚安,晚安!但愿恬静的安息同样降临到你我两人的心头!

罗密欧　啊!你就这样离我而去,不给我一点满足吗?

朱丽叶　你今夜还要什么满足呢?

罗密欧　你还没有把你的爱情的忠实的盟誓跟我交换。

朱丽叶　在你没有要求以前,我已经把我的爱给了你了;可是我很愿意再把它重新收回转来。

罗密欧　你要把它收回去吗?为什么呢,爱人!

朱丽叶　为了表示我的慷慨,我要把它重新给你。可是这样等于希望得到自己拥有的东西:我的慷慨像海一样浩渺,我的爱情也像海一样深沉;我给你的越多,我自己也越是富有,因为这两者都是没有穷尽的。

（见朱生豪译《莎士比亚喜剧悲剧集》，译林出版社，2001年版，第295～297页）

不知不觉天快亮了，奶妈喊朱丽叶去睡觉。分手之前，朱丽叶当场同意了婚约，并决定次日上午九时带信给他，安排两人婚礼。

天已大亮，罗密欧离开朱丽叶之后，便直接赶往教堂去找好心的劳伦斯神父，恳请他的帮助，当天就替他们举行婚礼。神父被罗密欧的至诚所感动，他认为罗、朱二人结合必将有助于消除两大家族间的世仇，遂欣然同意为二人主婚。九时，朱丽叶派自己的奶妈来找罗密欧，罗密欧请老乳母转告朱丽叶，自己已和劳伦斯神父约好，叫她当天下午赶到劳伦斯神父的寺院里忏悔，并秘密举行婚礼。朱丽叶闻讯，下午从家中悄悄来到寺院，这一对恋人便在约定时间在老神父面前匆匆完成了婚礼。朱丽叶回到家中热切地等待着夜间与罗密欧幽会的时刻。

第三幕

同一天，罗密欧的两个朋友茂丘西奥与班伏里奥在街上漫步，遇到敌对家族提伯尔特等人，提伯尔特气势汹汹，质问茂丘西奥为什么陪着罗密欧到处乱闯，于是双方便吵了起来。当时，罗密欧刚完成婚礼回来，深感既然自己和朱丽叶结了婚，而提伯尔特是自己新婚妻子的表兄，故极力避免冲突，便好言相劝。但蛮横的提伯尔特咄咄逼人，竟然和茂丘西奥斗剑，且刺死了茂丘西奥。罗密欧见好友被害，自己又被提伯尔特骂为"恶贼"。在忍无可忍的情况下，拔剑与提伯尔特交手，结果刺死了提伯尔特。罗密欧因此犯了罪，被亲王宣布放逐出境，并警告他不许再回来，如罗密欧敢违反此令，便将处以死刑。

亲王的决定意味着罗密欧将长期和朱丽叶分离，他极度痛楚，赶往教堂求教于劳伦斯神父。在劳伦斯神父的规劝和安慰下，他才平静下来。神父劝他当晚先去与朱丽叶告别，然后于天亮前逃往曼多亚，神父将于适当时候公布二人已婚之消息，再为他们进一步帮忙，等待与朱丽叶重逢的那天。

夜晚，罗密欧偷偷地来会他的新婚妻子，两人极度欢爱又极度忧伤，报晓的云雀叫了，虽然朱丽叶竭力想让罗密欧相信那是夜莺的歌声，罗密欧还是要走了，因为天亮之后被人发现他还在维罗纳城，就会被处死的。一对情人依依惜别。

朱丽叶的父亲老凯普莱特对罗密欧与自己女儿的爱情毫无所知，竟为女儿定了亲事。他不顾女儿的反对执意要朱丽叶嫁给年少英俊的帕里斯伯爵。而朱丽叶，由于自己表兄提伯尔特刚被罗密欧杀死，哪里还敢触怒父亲，泄露她和罗密欧结婚的消息。

第四幕

无奈之中的朱丽叶只好去向劳伦斯神父请求帮助。善良的劳伦斯给她出了个极好的主意：他拿出一小瓶药，叫她回去假意答应结婚，然后在婚礼前一天晚上服用此药，药服下后，她便会像死去一样，之后人们会以为她死了，按照常规，家里人必然将她下葬，会被立即葬在本族的墓穴里。实际上，药性在一两天之后减弱，她就会醒来，而神父会通知罗密欧火速赶回，罗密欧将在墓地等她，二人一同逃离维罗纳城到曼多亚去。这无疑是一个十分冒险的计划，万一服药后真的死了呢？万一罗密欧没来她就先醒了呢？与一堆尸骨躺在一起多可怕呀。但朱丽叶出于对罗密欧的爱，决心接受这可怕的尝试，她勇敢地同意了。

凯普莱特家张灯结彩，为朱丽叶筹办婚礼。老凯普莱特夫妇怎么也想不到，由于女儿服了药水，次日一早奶妈首先发现新娘已"死"。婚礼竟成了葬礼，轻快的乐曲变成了丧钟的沉重声音，新娘手里的鲜花变成了朱丽叶的殉葬物。在极度悲痛中，老凯普莱特一家把朱丽叶的"尸体"送到墓场下葬。

如果一切都按劳伦斯神父和朱丽叶商定的计划进行，罗密欧与朱丽叶便能成为一对幸福的夫妻。然而，世上事总有一些意外，总有一些当初根本没料到的事突然发生，使人们猝不及防。劳伦斯神父写给罗密欧的信（信上详述朱丽叶服药假死一事，要罗密欧准时去等朱丽叶醒来，一同逃跑），由于送信人约翰神父中途被巡夜人疑为染有瘟疫，不许他出城而耽误了，信始终未送到罗密欧手中。

第五幕

罗密欧在曼多亚听说了爱妻已逝的噩耗。他买了毒药赶往埋葬朱丽叶的墓地，准备服药自尽，以身殉情。罗密欧来到墓场，想要再好好看看亲爱的朱丽叶，将墓门掘开，恰被来撒花凭吊的帕里斯撞见，暗夜里看不清人，他不知道这个男子是来悼念朱丽叶的帕里斯，而帕里斯又误以为罗密欧是来盗尸的，为了保卫自己未婚妻的遗体，拔剑刺向罗密欧。罗密欧奋起迎敌，两人争斗起来，罗密欧一剑刺死了帕里斯。他拿灯一照，才知死者竟是一心爱着朱丽叶的帕里斯，出于帕里斯临死前的要求，他把帕里斯的尸首也放入墓穴。朱丽叶躺在那里艳丽无比，栩栩如生。罗密欧深深吻别朱丽叶的双唇，然后一口吞下带来的毒药，追随他的爱人而去。

劳伦斯听说约翰的信没有送出，便带着灯笼和工具亲自赶来墓地将朱丽叶救出去。他做梦也没想到自己一到墓穴,发现罗密欧和帕里斯都躺倒在地,不禁大吃一惊。这时,朱丽叶醒来,看见神父恍然记起一切,问神父自己丈夫何在?神父明白一种超然的力量已挫败他的计划,就把真相告诉朱丽叶,力劝她快离开这里,并说巡夜人即将到来,再不逃跑,便来不及了。朱丽叶看见自己丈夫手中的杯子,明白是服毒殉情,她吻着罗密欧还有热气的嘴唇,看着那只毒汁一滴不剩的杯子道:"你一起喝干了,不留下一滴给我吗?我要吻着你的嘴唇,也许这上面还留着一些毒液,可以让我当作兴奋剂服下而死去。"她想从罗密欧的口中吻出残留的毒汁却未能够,便随手操起罗密欧的匕首刺入自己胸膛,扑在罗密欧身上死去。

巡夜的人来了,发现了墓穴里横陈的尸体,大惊失色。亲王与蒙太古、凯普莱特两家人也闻讯赶来。劳伦斯当着大家的面叙述了事情的经过。亲王听罢,责备蒙太古、凯普莱特两家不该因为这种毫无理性的仇恨害死了亲生儿女。这两个世仇人家的家长,看到儿女的悲剧万分懊悔,认识到正是由于两家的盲目仇恨,造成了一对情人——自己亲生儿女之死,悔恨和羞愧交集,表示从此结束仇恨,握手言和,永世修好。他们为罗密欧与朱丽叶各塑一尊金像,一对生死恋人并肩而立,永远纪念这段化解了世仇的爱情悲剧。

3.赏析

《罗密欧与朱丽叶》一剧讲述了在古老的意大利维罗纳城有两家名门望族,一是凯普莱特家族,一是蒙太古家族,这两大家族世世代代互相敌视,两族的人不仅在言辞上彼此詈骂,而且经常动武,造成伤亡。出身蒙太古家族的贵族青年罗密欧与出身凯普莱特家族的贵族少女朱丽叶一见钟情，互相爱慕，但横亘在他们之间的障碍是巨大的，于是他们只得瞒着父母在修道院长老劳伦斯的帮助下秘密举行了婚礼。后来朱丽叶的父亲强迫她嫁给帕里斯伯爵，罗密欧却因替朋友茂丘西奥报仇，在格斗中刺死了朱丽叶的表兄提伯尔特，被亲王宣布放逐出境。朱丽叶情急之下求救神父劳伦斯，神父设计朱丽叶在举行婚礼前喝药，以假死对抗。罗密欧误以为爱人已死，在朱丽叶墓地自杀殉情。朱丽叶醒来后，见罗密欧已死，也自杀而死。劳伦斯叙述罗密欧与朱丽叶双双殉情的原因和经过，两个家族的家长面对两青年人的生死相恋痛心不已，终于和解。

《罗密欧与朱丽叶》是莎士比亚早期创作的一部悲剧，但无论主题思想还是艺术风格，都与这一时期的喜剧接近，是莎士比亚在浪漫喜剧时期创作的一出爱情悲剧，是一部有音乐、有舞蹈，洋溢着诗情画意的爱情悲喜剧。剧中透示了一种向往光明的意象，有很多美丽动人的抒情诗，抒情气息极为浓郁。这部悲剧和莎翁其他悲剧有很大不同，其他悲剧的主人公，如李尔王的狂想和任性，奥赛罗的过于轻信别人，麦克白的野心等，而这一部是喜剧色彩很强的悲剧。

悲剧根源

在这出悲剧中，爱情与仇恨是该剧的主题。包含两个部分：一是男女主人公的恋爱，一是两大家族的纷争。罗密欧与朱丽叶的爱情是在他们两大家族互为仇敌的背景下诞生的，封建家族的世仇又吞噬了这一对青年美好的幸福和年轻的生命，成为一场旷世悲剧。

这是一部具有反封建意识的爱情悲剧，客观的社会环境、家族之间的仇恨和封建的婚姻制度以及人为的阻力，是这一悲剧的根源。罗密欧和朱丽叶是代表莎士比亚时代的有人文主义理想的贵族青年，他们冲破世仇恩怨，追求真正的爱情；反抗封建制家族观，秘密举行婚礼，向封建包办婚姻制度提出了挑战。但他们毕竟稚嫩，无力抗拒那个封建思想还有相当势力的时代，注定要碰壁，结局是殉情，这是时代的悲剧。

人文主义的悲剧是必然的。然而斗争是以人文主义在一定程度上的胜利而宣告结束，因为两位青年之死终于唤醒了顽固、守旧的贵族阶级的良知，两个结怨很深的家族终于和解了，全城和平安定了。两个原来武斗不断的家族，各自失去了心爱的儿女，深切地体会到了这血的代价。他们没有像过去那样发生械斗，而是显得非常冷静。亲王适时地劝导后，凯普莱特说："蒙太古大哥，把你的手给我，这就是你给我女儿的一份聘礼。"蒙太古也说道："我可以给你更多的，我要用纯金替她铸一座像，只要维罗纳城一天不改变它的名称，任何塑像都不会比忠贞的朱丽叶那一座更为卓越。"凯普莱特说："罗密欧也要有一座同样富丽的金像卧在他情人的身旁，这两个在我们的仇恨下惨遭牺牲的可怜的人儿！"结局并不像有些古典悲剧那样过分地渲染悲伤、死寂的气氛，而是带有一些乐观情调，说明爱情高于两个家族间的世仇，表达了人文主义者美好的愿望，也体现了莎士比亚剧作人文主义精神的乐观倾向。

戏剧冲突

悲剧的主要冲突是罗密欧与朱丽叶的爱情与两个家族间仇恨的对立。实际上是文艺复兴时期人道主义生活观与中世纪封建道德的冲突，是新世界与旧世界的冲突。

全剧还有多重的矛盾冲突和巧合。如罗密欧与帕里斯的矛盾，罗密欧与凯普莱特家族的矛盾，朱丽叶与自己家族的矛盾，蒙太古与凯普莱特两大家族的矛盾等，这么多的矛盾在一场戏里同时发生，具有很好的戏剧性效果。戏剧性的巧合是矛盾冲突发生的契机。比如帕里斯、罗密欧和劳伦斯三者不约而同地来到朱丽叶的墓地；罗密欧与朱丽叶差点儿可以活着相逢，可惜生离死别，有情人终不能成眷属；帕里斯和罗密欧两方的仆人恰好目睹了两人的格斗，成为惨案的见证人；劳伦斯目睹了罗、朱二人的爱情婚姻的全过程，成为罗、朱爱情故事大白于天下的见证人；亲王、蒙太古和凯普莱特同时赶到惨案现场，这些都是巧合，也是矛盾冲突得以发生的基础。

人物形象分析

罗密欧出身于名门贵族，他热爱生活，渴望爱情，富于幻想，具有罗曼蒂克气质。他没有继承封建传统和思想，而是顺应时代发展，成为一个具有人文主义生活理想的新时代青年。他疯狂地爱上只见了一面的朱丽叶。为了追求个人的幸福生活，他敢于挣脱封建伦理观念，敢于反抗封建制度。不顾家庭的敌对，与朱丽叶秘密结婚，最后以死殉情。他的性格热烈而大胆，敢爱敢恨，敢作敢为，洋溢着阳刚之美。他那丰富的内心世界是那么温柔，充满激情，把凯普莱特的家人当作自己的亲人，一心期望化解宿怨；他注重友情，朋友被仇人所杀，出于无奈而拔刀相助，刺死了凯普莱特家族的人，被流放到曼多亚，使自己的爱情遭遇了一场"灾难"，显示了他的高尚品格。他的性格既直率，又不乏多样性，直率的本性和残酷的现实使他走向极端。闻知朱丽叶自杀的噩耗，罗密欧悲痛欲绝，他用粗暴甚至威吓的语言指使仆人，如"把火把给我""听好我的吩咐""要是动一动，我就要你的命"；当仆人顺从他之后，他的语言马上平和起来,"这才像个朋友,这些钱你拿去,愿你一生幸福"。而对于所谓的"情敌",他的语言也是忽野蛮、忽友好。通过这些语言,我们可以看到一个内心十分激动的、几乎要失去理智的罗密欧。罗密欧要和朱丽叶死在一起,不料又碰到了帕里斯。或是忍无可忍,或是出于自卫,或是爱的执着,他杀死帕里斯。之后他又十分悲伤。他对爱情忠贞不渝,正是在家族矛盾、爱情磨难和朋友情谊等一系列故事发展中,他那人文主义者的精神和风采得到了充分的展示。他是为了美好的爱情而死的,抱着与爱人相会的视死如归之信念,死得壮烈,可歌可泣。他是一个勇敢而不成熟的理想主义青年。

朱丽叶出身名门世族,14岁的她美丽纯情,善良温和,个性鲜明。在恋爱之前,她是一个循规蹈矩的贤淑少女,她深爱着从小照料自己的乳母。与罗密欧相爱后,灼热的爱情火焰立刻化成了一股不可遏制的力量。她变得聪明机智、勇敢果断、忠贞不屈。为了追求幸福的爱情,敢于冲破封建贵族观念的束缚,蔑视传统的清规戒律,不顾家族的宿怨,大胆地接受罗密欧的爱情。在和罗密欧的热恋中,她爱情的力量似乎没有枯竭的时候,"我的慷慨像海一样浩渺,我的爱情也像海一样深沉;我给你的越多,我自己也越是富有,因为这两者都是没有穷尽的"。为实现美满的婚姻,她勇敢、智慧地与所爱的人私下在教堂结成良缘。在父亲逼婚时,她能机智地逃避过去,表现了她"离经叛道"的精神。当她得知罗密欧被放逐时,她没有任性地留下罗密欧,因为她知道这样会令罗密欧被捕,面临更悲惨的命运;当她知道罗密欧"回归"无望,也决不愿与贵族帕里斯伯爵再结姻缘。她用心良苦,靠假死躲过与帕里斯的婚姻,冒着生命危险服下安眠药水。她从"死亡"中醒来的第一句话是询问自己的"夫君",当她发现罗密欧为她服毒而死,便毫不犹豫地拔出匕首刺向自己的心脏,以死殉情,决不苟活。她把爱情看得高于生命,是一个灵魂深刻的理想主义青年。

罗密欧与朱丽叶的生死恋情,真是惊天地、泣鬼神。这种纯洁、高尚、悲壮的爱情,使无数世俗的爱情黯然失色。该剧一方面歌颂了纯真的爱情和友谊,另一方面批判了中世纪衰朽而野蛮的伦理观念,强烈地控诉了封建伦理观念的罪恶,批判了陈旧腐朽的封建意识,表现人文主义的爱情理想和封建观念、封建势力之间形成的尖锐的矛盾冲突。反映了当时英国社会封建和反封建两种社会力量的矛盾斗争。

艺术特色

莎士比亚极尽一切美好的词汇来讴歌罗密欧与朱丽叶的爱情,如罗密欧的热情如狂,富于幻想,爱情至高无上;朱丽叶的纯洁美丽,温柔甜蜜,勇敢机智敏捷。并设计了许多如诗如画的场面。如把青年的美丽与炽热的爱情看成是黑暗世界里耀眼的太阳光和星光;罗密欧看朱丽叶是东方升起的太阳,她的眼睛比天上的星星还亮;朱丽叶说罗密欧是夜里的白昼,这些意象反映了恋人心中强烈的感情。在这个迅速而悲哀的美丽故事中,爱情的突起和瞬间的消逝,用"光"意象比喻,很好地表达出感情的勃发和急遽的结局。

全剧语言生动精练,丰富广博,灵活有力,富于形象。运用大量书面语和口语,广泛采用民间谚语和俚语,运用大段独白,表现人物、性格、身份、地位及心理活动。如在罗密欧服毒自杀前为了表达自己为追求自由生活的复杂情感和乐观态度时,他说:"来,苦味的向导,绝望的领港人,现在赶快把你的厌倦于风涛的船舶向那巉岩上冲撞过去吧！""这是一个灯塔，因为朱丽叶睡在这里，她的美貌使这一个墓窟变成一座充满光明的欢宴的华堂。"他把坟墓比喻为"灯塔"，因为"灯塔"能指引"航向"，把帕里斯与他指引到这里，并且与朱丽叶同死。同时也说明朱丽叶在罗密欧心目中的地位。"我要把你葬在一个胜利的坟墓里"可看出朱丽叶的死使他悲痛欲绝，加上帕里斯追随朱丽叶而死，更坚定了他殉情的决心，他认为能冲破一切樊篱与朱丽叶永远在一起是一种胜利，这充分展示了他为爱情疯狂而又不失理智的性格特点。莎翁的戏剧主要用诗体写成，结合散文和有韵诗的形式，不仅有音韵节奏之美，而且善于形象譬喻，抒写大胆热烈。他的剧本中许多佳句已经成为英国语言的精华，经常被人引用。

《罗密欧与朱丽叶》这部伟大的悲剧，一直为世界人民所喜爱，在各国舞台上演，还被改编成电影、舞剧、歌剧等艺术形式，其经典性经久不衰。

罗密欧与朱丽叶是坚贞不渝爱情的化身和象征，世世代代广为传颂。海德尔说："《罗密欧与朱丽叶》是一出甜蜜的爱情剧。"认为它充满了诗和梦的美好。它不同于莎翁的四大悲剧，没有阴郁悲怆的格调，更多的是轻松愉快浪漫抒情。其中的原因，在于创作该剧时，莎士比亚刚从乡村来到伦敦，对生活抱有乐观的看法，况且涉世不深，对社会的罪恶了解不深，处于莎翁的创作早期。因此，整个创作基调明朗欢快，即便是悲剧也被披上喜剧的色彩，这是一部讴歌个性解放和自由爱情、反对封建、宣扬博爱宽容的作品。

《哈姆雷特》

《哈姆雷特》(1601) 是莎士比亚的代表作,是莎士比亚戏剧创作中篇幅最长的作品,也是莎士比亚一生创作中成就最高的作品。《哈姆雷特》在英国文学上是最富震撼力和影响力的戏剧作品之一,也是世界文学史上著名的悲剧之一。它代表着整个西方文艺复兴时期文学的最高成就。

《哈姆雷特》剧本取材于丹麦历史,其渊源可追溯到 12 世纪前后丹麦编年史学家沙克逊·格莱姆克编写的《哈姆雷特传说》。书中叙述了克劳狄斯谋害其兄、篡夺王位,哈姆雷特为父王报仇的故事。在莎士比亚之前和同时代,有许多人曾据此改编成戏剧,但成就都不及莎士比亚。1601 年,莎士比亚对这个中世纪的封建复仇故事重新进行改编,把它写成一部反映时代面貌的惊天动地的悲剧,哈姆雷特的形象随之成为著名的文学艺术典型。

1.时代背景

16 世纪末至 17 世纪初,英国正处在封建制度向资本主义制度过渡时期,是英国历史进程中的一个巨大转折时期。伊丽莎白一世的统治正处于上升阶段,资产阶级支持王权,而王权也正好利用资产阶级,两方面不仅不对立,还结成了暂时的同盟。由于政局比较稳定,社会生产力获得了迅速的发展。这种新兴资本主义生产关系的发展,虽然加速了封建社会的崩溃,却仍然是依靠残酷地剥削农民来进行的。詹姆士一世继位以后,专制集权加剧,资产阶级和劳动人民的反抗遭到了大肆镇压，社会矛盾进一步激化。这种动荡从根本上动摇了封建秩序，同时为17世纪英国资产阶级革命准备了条件。《哈姆雷特》借丹麦8世纪的历史反映了当时的英国社会现实。当时的英国，如前所述，是一个"颠倒混乱的时代"，而《哈姆雷特》正是"这个时代的缩影"，是对这个现实社会的深刻反映。

剧中哈姆雷特与克劳狄斯的斗争，象征着新兴资产阶级人文主义者与反动的封建王室统治者的斗争，展现了人文主义理想同英国封建社会现实的矛盾，揭示了英国封建贵族地主阶级与新兴资产阶级之间为了争夺权力而进行的殊死较量，批判了王权与封建邪恶势力的罪恶行径。

2.剧情梗概

第一幕

故事发生在丹麦的艾尔西诺。哈姆雷特是丹麦王国一位年轻有为的王子，他有魄力、好思索、接近人民、对人类抱有美好的希望。他正在德国的威登堡大学学习，国内传来噩耗，父王突然去世。王子哈姆雷特匆匆地从德国威登堡大学赶回来奔丧，却看到了叔父克劳狄斯已继任为王。老国王葬礼后一个月，克劳狄斯就娶了自己的嫂嫂即哈姆雷特之母乔特鲁德为妻。哈姆雷特对此充满了疑惑和悲伤。

哈姆雷特总是把他的父亲当作偶像来崇拜，所以最令他难受的不是没能继承应由他继承的王位，而是母后乔特鲁德很快就忘记了和老国王的恩爱。悲痛和郁闷使他从一个"快乐王子"变成了"忧郁王子"。哈姆雷特穿着黑色的丧服来表示他的哀悼，甚至在新国王举行结婚大礼的那一天，他仍旧身着丧服以示鄙视。

宫廷警卫马西勒斯和勃那多夜半站岗时，在艾尔西诺城堡的城头上看见一个鬼魂，鬼魂从顶至踵全身甲胄，很像已故国王的人形。鬼魂悲哀而愤怒地走过城堡的露台，这情形连续了两个夜晚。第三个晚上，勃那多请来了有学问和见识的霍拉旭陪着他们一起守夜站岗。子时，那个酷似国王的鬼魂又来了。霍拉旭战战兢兢地问："鬼魂！要是你能出声，会开口，对我说话吧；要是我有可以为你效劳之处，使你的灵魂得到安息，那么对我说话吧；要是你预知祖国的命运，靠着你的指示，也许可以及时避免未来的灾祸，那么对我说话吧。"那个鬼魂好像要说什么，但这时鸡鸣了，天亮了，鬼魂就消失了。

霍拉旭是哈姆雷特的好朋友。第二天，他向哈姆雷特讲起此事，困惑中的王子立刻相信了。哈姆雷特断定这一定是父王的鬼魂，尽管鬼魂一直没开口，但哈姆雷特认为父亲会对儿子说的。于是，王子决定当天晚上和哨兵一起去守夜，想见到父王的鬼魂。

哈姆雷特焦急地等待黑夜的到来。天刚黑，霍拉旭带着哈姆雷特、马西勒斯等人登上了鬼魂经常出没的露台，等候着老国王亡魂的显现。深夜12点，鬼魂果然来了。父王的鬼魂悲哀地望着哈姆雷特，好像很想跟他说话。哈姆雷特情不自禁地上前喊道："国王，父亲！"他恳求地说："您为什么不在坟墓里安息，却要出现在月光底下的露台上？"鬼魂向哈姆雷特招手，示意哈姆雷特跟他去人少僻静的地方。霍拉旭他们竭力劝阻哈姆雷特不要跟鬼魂去，生怕鬼魂露出狰狞的面目吓坏了年轻的王子。但哈姆雷特太想揭开父王暴毙的秘密了。他挣脱了霍拉旭的手，跟着鬼魂走了。

当四处无人的时候，鬼魂说，自己正是哈姆雷特父亲的亡魂。

"要是你曾经爱过你的亲爱的父亲,你必须替他报复那逆伦惨恶的杀身的仇恨。""这是一件谋杀惨案,更是骇人听闻而逆天害理的罪行。"鬼魂对王子诉说了老国王死亡的真相。原来,老国王的死并不像传闻中说的那样,是在御花园睡午觉时被毒蛇咬死的,而是被自己的亲兄弟即哈姆雷特之叔父克劳狄斯毒害死的。那天,老国王按照老习惯,午后在花园里睡觉,歹毒的克劳狄斯趁他熟睡的时候,悄悄溜了进来,拿着一个盛着毒草汁的小瓶,把一种使人麻痹的药水注入国王的耳腔里。那致命的毒汁像水银泻地一样流进了他全身的血管里,血液凝结了,皮肤立刻出现无数疱疹,布满了可怕的鳞片。老国王的鬼魂接着说:"我的生命、皇冠及皇后就在如此的一瞬间在睡梦中被我弟弟夺去,使我没有机会在临终前忏悔生前之罪孽,或接受圣礼之祝福,而毫无准备地戴罪赴阴曹受审。"鬼魂还说,克劳狄斯不仅犯了弑君之罪,还霸占了王嫂,犯了奸淫和乱伦之罪(因为当时风俗认为弟弟与嫂嫂结婚是乱伦)。鬼魂又喟叹说,没想到恩爱多年的妻子居然如此寡廉鲜耻,轻易地就投入谋杀她丈夫的人的怀抱。但鬼魂又嘱咐哈姆雷特在复仇时千万不可伤害到他的母亲,让上帝去裁决她,让她不安的良心时时刺痛就够了。哈姆雷特听完了鬼魂的控诉,答应鬼魂一切都按吩咐去办。天要亮了,鬼魂这才消逝了。

哈姆雷特发誓要把他的所有事情,包括他从书本学到的知识,生活中的往事统统忘掉,只记得鬼魂告诉他的话和要求他做的事。这些事情已经支配着他的大脑和身体。他吩咐马西勒斯等人对那天晚上所看到的一切都要绝对地保守秘密。哈姆雷特把鬼魂说的话只告诉了好朋友霍拉旭一个人。

第二幕

　　哈姆雷特由德国回来奔丧，对父亲突然之死有许多不解，对母亲匆匆改嫁也甚为不满，他忧伤、积郁、怀疑，难以排遣心头的愁绪；现在听了父亲亡灵诉说的真情，更是悲愤满腔，极度痛楚。他要伸张正义，为父报仇，将凶手处死。但是，他迟疑不决的是：半夜显灵的鬼魂究竟是自己父亲的亡魂呢，还是伪装的魔鬼故意来折磨和欺骗自己呢？哈姆雷特是个好思考的人，他决心先弄清事实，然后再采取行动。他开始装疯，以便更好地侦察敌人和保护自己。他给御前大臣波洛涅斯之女奥菲利娅写了一封热情、晦涩而又不连贯的情书，还以衣着邋遢、行为怪异恐怖的样子来到奥菲利娅房间，让奥菲利娅和她的父亲御前大臣波洛涅斯都以为他疯了是因为爱情。母后乔特鲁德倒是真心希望哈姆雷特是为了奥菲利娅才发起疯来的，那样的话，姑娘的温柔是可以让哈姆雷特恢复到原样的。

　　克劳狄斯虽然不知道老国王鬼魂出现的事，但他心中是有鬼的。杀兄娶嫂后，沉重的罪恶感使他精神沮丧，再加上哈姆雷特的"疯癫"也使他不安，因为他知道哈姆雷特对他匆匆和乔特鲁德结婚是不满的。克劳狄斯思虑重重，一方面，他看到哈姆雷特行为反常、说话乖张，怀疑哈姆雷特的"疯癫"；另一方面，他也担心哈姆雷特会取代自己，登上王位宝座。他派了两个朝臣罗森格兰兹和吉尔登斯吞专门负责侦察王子的言行，探究哈姆雷特是真疯还是装疯。罗森格兰兹和吉尔登斯吞是哈姆雷特年幼时的朋友，哈姆雷特看穿了克劳狄斯的用心，便在他俩面前继续装疯，还用各种办法戏弄他们，把这两个人弄得糊里糊涂。波洛涅斯认为哈姆雷特的反常行为是因为热恋自己的女儿奥菲利娅。哈姆雷特确实喜爱奥菲利娅，但是他发现，不仅波洛涅斯、罗森格兰兹和吉尔登斯吞在观察自己，奥菲利娅也在不自觉地做了她父亲的工具。这时，一个江湖戏班子来到了城堡，哈姆雷特命戏班子排演《捕鼠机》，决定给国王、王后和朝臣们演一出戏。他在剧中加入一个跟他父亲被谋杀的场面相类似的情节，他自己加编了台词，再现了鬼魂所说的那个谋杀场面，意在发掘国王内心的隐秘，以获得最确凿的证据。

第三幕

罗森格兰兹和吉尔登斯吞向克劳狄斯汇报哈姆雷特近况，并说哈姆雷特跟戏班子在排戏。波洛涅斯也说哈姆雷特叫他邀国王和王后一同观赏此剧。克劳狄斯要进一步利用哈姆雷特的恋人奥菲利娅试探哈姆雷特，他设计让哈姆雷特与奥菲利娅相见，自己和波洛涅斯藏匿于隐秘之处观察哈姆雷特的举止，看他所患的是否是相思病。

哈姆雷特看透了丹麦宫廷里的种种恶德丑行，也看透了当时社会的黑暗，在极度悲愤抑郁中，他想到了生与死、反抗与屈辱，想到社会的罪恶，人世之不平以及其他一系列重大的问题，他的内心进行了深刻的斗争，他独白：

生存还是毁灭，这是一个值得考虑的问题。默然忍受命运的暴虐的毒箭，或是挺身反抗人世的无涯的苦难，通过斗争把它们扫清，这两种行为，哪一种更高贵？死了，睡着了，就什么都完了。要是在这一种睡眠之中，我们心头的创痛，以及其他无数血肉之躯所不能避免的打击，都可以从此消失，那正是我们求之不得的结局。死了，睡着了——睡着了也许还会做梦！嗯，阻碍就在这儿：因为当我们摆脱了这一具朽腐的皮囊以后，在那死的睡眠里，究竟将要做些什么梦，那不能不使我们踌躇顾虑。人们甘心久困于患难之中，也就是为了这个缘故。谁愿意忍受人世的鞭挞和讥嘲、压迫者的凌辱、傲慢者的冷眼、被轻蔑的爱情的惨痛、法律的迁延、官吏的横暴和费尽辛勤所换来的小人的鄙视？要是他只要用一柄小小的刀子，就可以清算他自己的一生，谁愿意负着这样的重担，在烦劳的生命的压迫下呻吟流汗？谁不是因为惧怕不可知的死后，惧怕那从来不曾有一个旅人回来过的神秘之国，是它迷惑了我们的意志，使我们宁愿忍受目前的磨折，不敢向我们所不知道的痛苦飞去？这样，重重的顾虑使我们全变成了懦夫，决心的赤热的光彩，被审慎的思维盖上了一层灰色，伟大的事业在这一种考虑之下，也会逆流而退，失去了行动的意义。

（见朱生豪译《哈姆莱特》，大众文艺出版社，2010年版，第66～67页）

这一段话是《哈姆雷特》剧中最著名的独白，也是所有莎士比亚戏剧中最著名的一段独白。在这里，哈姆雷特沉痛控诉了他所处的社会的种种罪恶，探索人生的意义，他想到自杀，但最后终于克服了这一想法，决定活下去。活下去，就必须伸张正义，为民除害。

这时，哈姆雷特看到了奥菲利娅，他脱口说道："美丽的奥菲利娅，女神，在你的祈祷中可别忘了我的罪孽。"

哈姆雷特佯装疯癫与奥菲利娅交谈着。克劳狄斯和波洛涅斯没有听出哈姆雷特和奥菲利娅交谈中的破绽，就商定将哈姆雷特派往英国，去追索应纳的贡物。

国王和王后应邀前来看戏。克劳狄斯压根儿不知道他上了哈姆雷特的当。当他和大臣们坐下来看戏时，哈姆雷特便坐在他旁边，和霍拉旭仔细观察他看戏的反应。这场戏是按哈姆雷特吩咐准备的，讲的是发生在维也纳的一件谋杀公爵的案件。公爵叫贡扎古，他的妻子叫白普蒂丝姐。故事情节为公爵的近亲侄儿琉西安纳斯为了霸占贡扎古的家产，便在花园里毒死了公爵，并骗取了公爵夫人的爱情。那出戏的开头便是贡扎古和白普蒂丝姐的一场谈话。白普蒂丝姐说假如贡扎古先死了，她决不会再嫁，如果哪一天她再嫁了，便会招致报应。还说除了那些谋杀亲夫的毒妇，没有哪个女人会再嫁的。哈姆雷特发现国王和王后听到这段话时脸色顿时就变了。而当剧情发展到琉西安纳斯把毒药灌进在花园里熟睡的贡扎古的耳朵里时，克劳狄斯神色不宁，精神紧张，终于支持不下去，戏未演完，便在极度惶恐不安中匆匆退席。现在哈姆雷特终于能断定他的父王是被克劳狄斯谋害了。于是他下定决心要实现他曾经发誓的复仇计划。

克劳狄斯私下命令罗森格兰兹和吉尔登斯吞将哈姆雷特禁锢起来送往英格兰。

正当哈姆雷特盘算着该如何去报仇时，王后却派人叫他去后宫谈话。乔特鲁德是奉克劳狄斯之命去叫哈姆雷特的。克劳狄斯让王后向哈姆雷特表示，哈姆雷特刚才的举止让他俩都很不高兴。篡位的国王生怕乔特鲁德偏袒儿子，所以就吩咐御前大臣波洛涅斯躲在王后内宫的帷幕后面偷听。

克劳狄斯深感自己罪孽深重，向天堂仰望，罪行既犯，那应如何去祈祷才能获得赦免？克劳狄斯跪下祈祷，试图用忏悔来化解杀人的罪恶。

哈姆雷特奉命前往后宫，遇到克劳狄斯一人在祷告，身旁再无别人，他只要举剑出手便可为父报仇雪恨，除去窃国大盗。但是，当时基督教的说法是一个人如果在祷告时死去，他的灵魂必升天堂。哈姆雷特想：现在他正在祈祷，我若要动手杀他，那他死后就升了天堂。这个恶棍杀死了我的父亲，而我呢，作为父亲的独生子，却把这恶棍送入天堂。啊，这简直是报恩了，绝不是报仇。哈姆雷特放过了这次复仇的机会。

哈姆雷特来见母后，看出母后也为该剧所震惊。母后先是很温婉地责备了他的举止行为，说王子已经得罪他的"父亲"了。哈姆雷特听到她把"父亲"这样一个听起来令人肃然起敬的称呼用在一个卑污之徒身上时非常吃惊和生气，冲着乔特鲁德说："母亲，我想是你大大地得罪了我的父亲。"母后恼怒地说："你莫非忘了你在和谁说话！"哈姆雷特一声冷笑，说："我但愿能忘记，但我又不能忘记，你确确实实是母后，你丈夫的弟弟的妻子兼我的母亲。"母后勃然大怒："你竟敢对我如此无礼。我只好去找那些会说话的人来了。"她的意思是要去找克劳狄斯或波洛涅斯。

哈姆雷特想起亡父鬼魂对自己讲过的话，怒火中烧，言谈中对母后极为无礼。母后惊呼"救命"，此时躲在帷幕后面的波洛涅斯惊恐万状地大喊道："救命啊！快来人救王后啊！"哈姆雷特误以为是国王躲在幕后，于是拔出佩剑向幕布后刺去，幕布后的喊叫声戛然而止。当他把尸体拖出来一看，却是波洛涅斯。

母后大声嚷着："你干了一件多么残忍的事啊！"哈姆雷特指责母亲道："但不比杀了一个国王又嫁了他弟弟的行为更残忍！"将母后陷于羞耻和自责的尴尬境地。

哈姆雷特问母后怎么还能跟那个谋害了先王、窃取了王位的凶手继续生活下去时，他父亲的鬼魂出现了。哈姆雷特告诉母后父亲亡魂所站的地方，王后却不能看见，她很害怕地看着哈姆雷特对着空中说话，以为哈姆雷特仍旧在发疯。哈姆雷特问鬼魂来干什么，鬼魂说他是来提醒哈姆雷特不要忘记替他报仇的诺言的。鬼魂走后，哈姆雷特恳求母后对上帝承认过去的罪孽，离开国王。要是母后以真正母亲的样子来对待他，那他也会以真正儿子的态度来祈求上苍保佑她。母后终于感动了，答应照他说的做。

哈姆雷特看到不幸被他莽撞杀死的波洛涅斯的尸体时，他伤心地哭了，因为这是他心爱的姑娘奥菲利娅的父亲啊！

第四幕

克劳狄斯担心哈姆雷特会杀害自己，波洛涅斯的死给了他对付哈姆雷特的借口，他匆匆命令罗森格兰兹和吉尔登斯吞陪伴王子哈姆雷特坐船到英格兰去，以平息所谓的杀人事件。当时的英格兰是向北欧强国丹麦纳贡的属国，所以克劳狄斯给英国朝廷写了封信，作为公文交给罗森格兰兹和吉尔登斯吞携带，其中编造了一些理由，请英国当局立即处死哈姆雷特。哈姆雷特识破克劳狄斯的阴谋，于是在夜里偷偷从那两个大臣处拿到那封信，又另外伪造一份公文，请英国国王在两个丹麦使者到达时，立即将他们处死。

哈姆雷特所乘的船只受到海盗的袭击，他勇敢地拿着剑杀上了敌人的船，不料他自己乘坐的船却溜之大吉。那两个大臣把他丢下，带着改过的信件急急忙忙跑到英国去接受应得的惩罚了。海盗俘虏了哈姆雷特以后，对这个高贵的敌人十分客气，不久就把他放了，希望他在朝中替他们说些好话。

就在哈姆雷特离开丹麦赴英格兰时，哈姆雷特的女友奥菲利娅因哈姆雷特的离开和父亲的死亡而精神失常，终致发疯，失足落水身亡。奥菲利娅的胞兄雷欧提斯性格狂暴急躁，刚从法国回来，一听到父亲波洛涅斯被杀，就以为是国王干的。他就纠集了一伙暴徒，准备复仇，去找国王算账。

哈姆雷特修书一封，通过传信人交给克劳狄斯，信中写道：巍巍大王，此信是让您知道，我已赤身返回陛下国境，明日我将要求觐见陛下御容，那时，我要先乞求陛下谅解，然后，我将告诉您我这次突然归国之缘由。克劳狄斯惊慌不已，为了借刀杀人，他对雷欧提斯说其父是哈姆雷特杀的，而且鼓动雷欧提斯报杀父之仇，还替他设计杀害哈姆雷特的圈套，要他和王子比剑时，选用无护盖的开刃的剑。因为比剑一般都用钝剑，以免伤人。克劳狄斯要雷欧提斯先把一柄利剑混在钝剑中，趁哈姆雷特不注意，拿起此利剑刺杀哈姆雷特。雷欧提斯说他不但要偷用利剑，还要在利剑上涂上毒药，即使只刺伤一点皮肤，也能使对方丧命。老奸巨猾的克劳狄斯还有毒计，他准备了一杯毒酒，即便雷欧提斯的毒剑没能刺死哈姆雷特，这杯下了烈性毒药的酒也足以要了哈姆雷特的性命。

第五幕

当哈姆雷特回到王城时，奥菲利娅的哥哥雷欧提斯正在为不幸夭亡的妹妹举行葬礼。国王克劳狄斯、王后乔特鲁德和所有重要的朝臣都到了。哈姆雷特看到奥菲利娅的坟上撒满了芬芳的鲜花。花是由王后乔特鲁德亲自撒的，她边撒花边说道："甜美的鲜花应归于甜美的女子。再会罢！我曾期望你是我儿哈姆雷特之妻，只想到将来用鲜花来布置你的新床，甜蜜的女郎啊，没想到却会把它们散布在你的坟中啊！"这时，一向挚爱妹妹的雷欧提斯发疯似的跳进了奥菲利娅的坟坑，悲恸得死去活来，并且吩咐侍从用土来埋他，让他和亲爱的妹妹奥菲利娅埋葬在一起。看着这一切，哈姆雷特对奥菲利娅的挚爱从心头涌起，因为他觉得自己对奥菲利娅的爱远远比所有人的爱加起来还要深。所以，哈姆雷特不能忍受有人比自己更痛苦，不顾一切也跳了进去。冲动的雷欧提斯认出这便是他全家的仇人哈姆雷特，因为他的老父和妹妹都是因为这个该死的哈姆雷特而死掉的，他冲上前去，死命地掐住哈姆雷特的脖子，众侍从赶紧上前才算把他们拉开。葬礼之后，哈姆雷特向大家道歉说，他刚才的举止太鲁莽了，他解释说他不能容忍竟然还有谁为了美丽的奥菲利娅的死而显得比他哈姆雷特更悲伤。这样一来，雷欧提斯的气愤似乎平和了些。

奥菲利娅的葬礼结束后，克劳狄斯用心险恶地从中挑拨，他利用雷欧提斯对其父亲和妹妹惨死的内心愤怒，设奸计来谋害哈姆雷特。他唆使雷欧提斯向哈姆雷特做出貌似友好的比剑挑战，并且约定了比赛的日子。哈姆雷特不明真相，接受了挑战。

比剑的那天，宫中所有重要人物都在场。因为大家知道哈姆雷特和雷欧提斯两人都擅长剑术，所以朝臣们都各自为两位剑客下了为数不小的赌注。克劳狄斯特意下了很大的赌注，以此让哈姆雷特掉以轻心。在克劳狄斯的安排下，雷欧提斯准备了一把开刃毒剑，哈姆雷特使用的却是一把圆头钝剑。雷欧提斯起先麻痹哈姆雷特，故意让哈姆雷特占些上风。这时国王克劳狄斯故意大声喝彩，频频为哈姆雷特的胜利干杯，分散哈姆雷特的注意力，雷欧提斯趁机用毒剑给哈姆雷特致命一击。哈姆雷特虽然还不知道克劳狄斯的全部阴谋，但雷欧提斯的这一击也激起了他的怒火和勇气。激烈的拼斗中，哈姆雷特终于夺过那把毒剑并用它回敬了雷欧提斯一下。就在这时，王后倒下了。原来，她无意中喝下了国王原本准备给哈姆雷特喝的毒酒。王后临死前，告诉哈姆雷特酒中有毒。

哈姆雷特顿时意识到这又是一个谋杀阴谋。于是他喝令关上宫门彻查凶手。这时雷欧提斯毒发倒地，良心未泯的雷欧提斯说出真相，他把这一切和盘托出，指出元凶是克劳狄斯，他自己也被克劳狄斯的奸计给害了。他请求哈姆雷特原谅并告诉哈姆雷特剑头涂了毒药，哈姆雷特已经活不过半个小时了，什么灵丹妙药都救不了。说完这一切，雷欧提斯便死去了。哈姆雷特知道自己快要死了，就拼起残存的力量猛地向奸诈的克劳狄斯扑去，把毒剑刺进了他的胸膛。这个卑污的凶手遭到了报应，哈姆雷特兑现了他答应父亲鬼魂的诺言。

重义气轻生死的霍拉旭痛不欲生，哈姆雷特用最后一口气要求亲眼看到这场悲剧的好朋友霍拉旭坚强地活下去，将真相大白于天下，任命年轻的挪威王子福丁布拉斯为他的王位继承人。霍拉旭含着眼泪答应了他，哈姆雷特闭上了眼睛，死在了霍拉旭的怀中。霍拉旭和其余人都流着泪祈祷天使保佑王子的灵魂。挪威王子福丁布拉斯带军队赶来，为哈姆雷特筹备隆重的葬礼。大家都觉得，要是哈姆雷特没死的话，他一定会成为一个最尊贵、最得人心、最仁慈宽厚的丹麦国王。

这出悲剧，在葬礼进行曲和鸣炮声中结束。

3.赏析

《哈姆雷特》描写的是丹麦王室一个王子复仇的悲剧故事。莎士比亚通过哈姆雷特为父复仇的故事，描绘了文艺复兴晚期英国和欧洲社会的真实面貌，反映了16世纪末至17世纪初人文主义思想的危机，体现了莎士比亚对文艺复兴运动的深刻反思以及对人类命运与前途的深切关怀。哈姆雷特的精神苦闷具有超越时空的意义，成为世界文学史中不朽的典型形象。

《哈姆雷特》是一部复仇悲剧，可贵的是哈姆雷特把为父报仇和重振乾坤统一起来，使时代的人文主义者的思想和形象跃然纸上，它的思想内容和意义远远超出了复仇剧的范畴。

哈姆雷特的人文主义思想

哈姆雷特这位丹麦王子是被作为一个人文主义者来写的，是一个处于理想与现实矛盾中的人物。年轻的哈姆雷特正直博学，在德国威登堡大学接受人文主义的教育，他对人类充满了理性的信念。他满怀诗情地讴歌天空是"一顶美好的帐幕"，大地是"一座美好的框架"。他用抒情诗般的美丽语言尽情地讴歌赞美"人"的伟大："人类是一件多么了不起的杰作！多么高贵的理性！多么伟大的力量！多么优美的仪表！多么文雅的举动！在行为上多么像一个天使！在智慧上多么像一个天神！宇宙之精华！万物之灵长！"

哈姆雷特爱他的父亲，爱他父亲身上的品格。父亲是他的偶像，是一位贤明的君王。他是一个"快乐王子"。

然而，一系列的变故接踵而来，哈姆雷特的父王暴卒，他的叔父克劳狄斯继承王位，而他热爱的母后在亡父尸骨未寒时，却匆匆地改嫁给新登基的他的叔父。这严酷的现实给无忧无虑的他带来了晴空霹雳般的打击，一夜间，他的性格发生了根本的改变，痛苦和忧虑使他成了一个"忧郁王子"。

当父王的冤魂告诉哈姆雷特自己被害的真相，并敦促他为父报仇时，这位深受人文主义理想熏陶的王子，难以相信也不愿相信这个事实。在他心中父王是人类完美贤明的代表，他父母之间的关系又是人类和谐圆满关系的象征。而这一连串叛逆与乱伦的丑行引起了哈姆雷特对美好世界的怀疑和对人类善良观念的动摇，感到理想的幻灭和现实的丑恶。在理想与现实之间，他陷入了深深的矛盾之中，他的人生观发生了改变，他的性格也变得复杂和多疑，同时又有满腔仇恨不能发泄。他感慨"丹麦是一座监狱"，"全世界是一座了不起的大监狱，里面有许多禁闭室、监房、暗牢，丹麦是其中最坏的一间"。重大的变故也使哈姆雷特看到了社会的现实和黑暗，他开始对亲情和爱情产生了疑问，变得彷徨和绝望。他开始变得偏激，内心阴暗而沉重，心中整日充满仇恨。他陷入了无法自拔的痛苦的深渊，离众人越来越远。于是，个人的悲剧演变成了社会的悲剧。

哈姆雷特在父亲死后的这段时间里，思想有了重要的转变，他努力克服自身的缺点，变得很坚定，他打算奋起反抗，不惜以生命为代价。他对生命开始有了真正的思考："生存还是毁灭"。对于死亡的"重重的顾虑使我们全变成了懦夫，决心的赤热的光彩，被审慎的思维盖上了一层灰色，伟大的事业在这一种考虑之下，也会逆流而退，失去了行动的意义"。哈姆雷特在生死问题上的疑惑也预示着他在未来复仇行动上的犹豫不决。

哈姆雷特最终以同归于尽的方式完成了自己的使命。他是一个悲剧性人物，他以自己的生命为代价赢得对旧制度、旧势力道义上的胜利，悲壮而不悲观。人们透过他感受到了一种新的生命、新的光明。

哈姆雷特的悲剧性

全剧从头至尾伴随着血腥和死亡,死亡在这出悲剧中如影随形。戏剧开始就是已死的国王的亡灵在城堡上徘徊。在剧中,波洛涅斯、奥菲利娅、罗森格兰兹、吉尔登斯吞接连死去了,最后在同一个场景先后死去的有王后乔特鲁德、雷欧提斯、国王克劳狄斯和王子哈姆雷特。凡是参与了悲剧的人都以死亡为归结,而且都死于非命。他们身体健康、风华正茂,而残酷的现实使美好的生命付诸死亡,悲剧万分沉重、震撼人心。《哈姆雷特》体现的不仅是哈姆雷特的性格悲剧,更是体现了一个时代的悲剧。

哈姆雷特身上集中体现着文艺复兴运动中人文主义者们的优点和缺点以及他们的迷惘、矛盾和痛苦。他不相信人民群众,只能孤军奋战。他固守文艺复兴早期人的理想,不能适应新的历史环境变化的现实。另外,他生活的时代封建力量还很强大,他只是朦胧地意识到作为王子要重建世界的任务,但看不到重建世界的道路,难以肩负"重整乾坤"的重任。哈姆雷特的悲剧,不是因为他主观方面的无能,而是那个时代的人们的思想意识形态上所存在的历史局限,是后期人文主义者的悲剧,是文艺复兴晚期特定时代的悲剧。

哈姆雷特性格的结构是多层次的。他有着深邃的思想且长于思考,却优柔寡断,延宕是其主要特征。在这种性格之下,复仇的意念让他备受煎熬,复仇成了他的全部。他敏感而犹豫不定,由于思索而拖延,反而失却了行动的力量。他耽于沉思、自责、自我怀疑,加之忧郁与孤独,于是一再拖延复仇计划。而这一切,导致他对母亲、对心爱的女子冷语相向,导致他亲手杀死心上人的父亲,导致他最终落入仇人布下的圈套。最后,复仇的愿望终于实现了,可是一切美好的东西也都破碎了。悲剧的根源就在于哈姆雷特的忧郁性格，使他在复仇问题上延宕蹉跎。

几百年来,西方学者说哈姆雷特的"悲剧"是他的"优柔寡断"。歌德认为延宕是因为哈姆雷特性格软弱、意志力不强，难以承担如此重大的复仇任务；柯勒律治认为哈姆雷特过分耽于思考；叔本华认为哈姆雷特的延宕与他的厌世情绪有关；弗洛伊德认为哈姆雷特的恋母情结是延宕的原因；还有人认为哈姆雷特所面对的邪恶势力过于强大，他不能一下胜任"重整乾坤"的重任；也有人找到文本外的原因，即莎士比亚影射伊丽莎白女王的宠臣埃塞克斯在图谋推翻女王时犹豫不决的长期延宕。

当然，最普遍的观点还是认为延宕源于哈姆雷特过分耽于思考，因其思想机敏深刻，考虑问题周密。最初，他不能肯定鬼魂是否真的是自己亡父的魂灵，他需要通过《捕鼠机》一剧来验证克劳狄斯的罪恶；接着是克劳狄斯在祷告，哈姆雷特不杀他是因为想到基督教的说法，即教徒在祷告的时候死去会升入天堂，认为这不是报仇。当他在母亲卧室以为克劳狄斯在幕帘后偷听，仓促间拔剑而起，却误杀了波洛涅斯。就这样复仇再三拖延，直至剧情高潮，哈姆雷特陷入克劳狄斯的圈套，自己中了毒剑，母亲误饮毒酒被毒死，真相大白时，生命垂危的他终于不顾克劳狄斯身边的众人，拼尽余力，结果了克劳狄斯的生命。

"一千个读者眼里，就有一千个哈姆雷特"，以上各家说法都有各自的角度和道理。要很好地理解哈姆雷特的"延宕"，必须寻绎哈姆雷特所处的时代和他的心路历程。

哈姆雷特的艺术形象

哈姆雷特是人文主义者的典型形象。他出身王室，贵为丹麦王子，从小受人尊敬，长大后在当时新文化中心的德国威登堡大学接受人文主义教育。他接受了许多与传统和宗教截然不同的人文主义新思想和新观念，成为一个单纯善良的理想主义和完美主义者。他肯定人性，赞美生活，追求真诚友谊，寻觅纯美爱情，渴望平等自由。而且他本人是"朝臣的眼睛、学者的辩舌、军人的利剑、国家瞩望的一朵娇花、时流的明镜、人伦的典范"，是具有完美品德的人。在他眼里一切都是美好的，他不知道世界的黑暗和丑陋，他相信生活的真善美并且向往这种生活。

哈姆雷特是一个悲情式的英雄。面对这突如其来的变故，引发了他对"生存还是毁灭，这是一个值得思考的问题"这一人生哲理的思考，这个问题可以说对全人类具有普遍的意义。他在磨难中变得坚强，变得不再犹豫，他要通过自己的奋斗来改变命运。最终他虽然为父亲报了仇，但还是被奸人所害。哈姆雷特为他所具有的人文主义气质所害，让人感到遗憾和惋惜。

哈姆雷特以他悲壮的死讴歌了人性的尊严，赢得了对封建制度和黑暗势力精神上的胜利，鼓舞了后世人文主义者的不屈的斗志。他那崇高的品格、忧国忧民的使命感和热情高昂的思想追求，作为一种永恒的精神财富，必将为爱好正义的人们所珍视。

《哈姆雷特》的戏剧情节

《哈姆雷特》作为一个复仇故事，剧中情节错综复杂，其主要的情节因素是复仇。这一出悲剧里有三条为父复仇的情节线。哈姆雷特由于父亲被克劳狄斯谋害，需要为父复仇，是主线；雷欧提斯的父亲波洛涅斯被哈姆雷特误杀，也需要为父复仇，为副线；挪威王子福丁布拉斯的父亲在战斗中被哈姆雷特的父亲打死，也需要为父复仇，为副线。3个人的父亲都是被别人杀死的，为父报仇是他们相同的任务。3位复仇者因各自的性格和生活观念不同，复仇方式大相径庭，但流血复仇的情绪笼罩全篇。雷欧提斯简单而鲁莽，他为了一己私利而置国家大局于不顾，率领人手围攻皇宫复仇；福丁布拉斯复仇是要夺回父王失去的国土，却因叔叔的几句斥责而放弃；而哈姆雷特在复仇前所考虑的问题绝不仅仅是个人的复仇，而是整个社会的情绪，是人文主义者的美好理想与当时社会黑暗现实之间的巨大矛盾，是怎样伸张正义、为民除害的重大问题。三条情节线交织发展而又主次分明，形成鲜明的对比，使哈姆雷特的个性更加饱满、鲜明。

在复仇情节之外，还写了哈姆雷特和奥菲利娅之间不幸的爱情，哈姆雷特和霍拉旭的真诚友谊以及罗森格兰兹、吉尔登斯吞对哈姆雷特的背叛，其中重点写了哈姆雷特和奥菲利娅一家人的种种纠葛。剧本还写到四组误杀：英国国王误杀丹麦国王派来的信使，哈姆雷特误杀波洛涅斯和雷欧提斯，克劳狄斯误杀王后。种种误杀导致了事物发展不以人的意志为转移而出现的阴差阳错的悲惨结局。这是古希腊悲剧中的基本主题：人无法抗拒命运。

复杂情节与社会场景的叠加，如从宫廷到民间，从国内到国外，从陆地到海上，从人的世界到鬼魂的世界，从外表世界到内心世界，从现实世界到戏剧世界，为我们展示了一幅幅宏伟壮丽的人世间的画面。

《哈姆雷特》的戏剧冲突

①在《哈姆雷特》中，戏剧冲突始终围绕哈姆雷特与克劳狄斯这个中心展开，其过程波澜起伏、险象环生。

哈姆雷特是个典型的学者型王子，他文武双全、光明磊落。他的人文主义人生观和道德观的先进性和局限性在其言行中得到了生动的体现。之前，他看到的只是人性光亮的一面，那时的生活无疑是美好的；之后，这场突如其来的悲剧迫使他正视生活阴暗的一面和人性丑陋的一面。他由个人的不幸想到人民普遍的苦难，由宫廷阴谋看到时代动乱，从而把个人复仇提到"重整乾坤"的高度。他在忧郁中逐步深入地认识了生活，在延宕过程中把握了社会现状。他曾多次问自己："除了我——倒霉的我以外，谁还能改变这'混乱颠倒'的世界？"这就是哈姆雷特改造社会的人文主义的世界观。他观察敏锐，长于思考和分析，但也过分相信自己，太重理想，脱离实际，始终使自己处于孤立的境地。延宕是哈姆雷特性格最典型的外在特征，一再延宕复仇计划，最终造成悲剧。

克劳狄斯是哈姆雷特的敌对面，他败坏伦常、嗜杀成性、阴险狡诈。他对哈姆雷特表面关心，暗地里要借英格兰国王之手除掉哈姆雷特。他鼓动雷欧提斯与哈姆雷特比剑，打算借雷欧提斯的手杀死哈姆雷特；他还备毒酒毒杀哈姆雷特，以掩盖自己的罪行。

在哈姆雷特与克劳狄斯的内外两重矛盾冲突中，敌对双方人物性格越发突出、形象越发丰满。哈姆雷特与克劳狄斯的斗争，构成剧中主人公的外部冲突；同时，哈姆雷特内心也进行着激烈的矛盾冲突。在这个过程中，他性格中优点和弱点的体现和演变，成为戏剧冲突发展的推动力。

②哈姆雷特与奥菲利娅的戏剧冲突，让哈姆雷特备受心灵的煎熬，欲哭无泪。装疯者与天真者的对话，残酷而决绝。

哈姆雷特是表面装疯，内心极度清醒和悲哀；奥菲利娅本是清醒的，由于受刺激过大，真正疯了。这个少女，像山泉一样清澈，像含苞待放的玫瑰一样鲜嫩，像出水的荷花一样纯净，却毫不知情地成了克劳狄斯的间接工具。哈姆雷特深爱奥菲利娅，奥菲利娅也深爱哈姆雷特，却因他的"疯癫"刺激和父亲被他杀死而疯掉。她唱着一首又一首美丽、悲惨的歌曲，最终落水而死。

③哈姆雷特与仓促改嫁、内心矛盾重重的母后乔特鲁德的戏剧冲突，与愚昧浅薄的波洛涅斯的戏剧冲突，与性情急躁、头脑单纯、容易受人利用的雷欧提斯等人的冲突，都刻画得惟妙惟肖。就连很不重要的两个掘墓人——小丑，作为悲剧中穿插的喜剧人物，也写得妙趣横生。

《哈姆雷特》的艺术手法

《哈姆雷特》剧情情节生动、人物语言丰富。其题材的典型性和人物的鲜明性是莎士比亚戏剧的最大艺术特色。

在剧情和人物性格发展的关键时刻，采用大量的独白来表现主人公的思想矛盾、行为动机和心理活动，起到了戏剧展示人物内心冲突和性格演变的作用。哈姆雷特是性格内向的"思考型"人物，且对许多人都存在戒备心理，不愿吐露真情，装疯后的独白是莎士比亚塑造哈姆雷特这一人物形象的重要艺术手段。其中那段"生存还是毁灭"的著名独白，不仅富有哲理，同时反映出主人公饱受痛苦煎熬的内心世界。

悲剧中的喜剧添加，是莎士比亚剧本的天然特色。比如《哈姆雷特》中波洛涅斯自私自利处世哲学的自我暴露和他的废话，哈姆雷特装疯和他巧妙的双关语穿插，添加了喜剧成分。

　　《哈姆雷特》一剧的创作，不仅显示了莎士比亚思想的深刻，还显示了其艺术上的成熟和才华。借哈姆雷特对"生存还是毁灭，是一个值得思考的问题"这一人生哲理的思考，展现了人文主义者对整个人类的思考，这种思考具有普遍的社会意义。《哈姆雷特》故事来自民间并汇编在古典作品里，莎士比亚以其独特的见解对其进行改编，把该剧锤炼得炉火纯青，直至今日，《哈姆雷特》在世界各地仍然有着广泛的影响。

《奥赛罗》

《奥赛罗》（1604—1605）是莎士比亚四大悲剧之一，它是根据16世纪意大利小说家钦提奥的短篇小说《威尼斯的摩尔人》改编，其思想性和艺术性大大超出了原作，突出了人文主义理想的破灭。这出戏由万圣节国王剧团于1604年11月初在伦敦国宴厅的白厅进行了首演。

1.时代背景

16世纪末17世纪初的英国正处于新旧交替阶段的封建王朝时期，当时的英国政局动荡，资本主义生产关系逐步发展，资产阶级利己主义思想侵蚀着人的灵魂。莎士比亚的思想情绪逐步由早期的乐观转为悲观，他更加清醒地认识到现实的社会矛盾和社会罪恶。《奥赛罗》反映的就是当时的这种社会现实。作者笔下的主人公奥赛罗是摩尔人贵族的后代，他是一个骁勇善战的威尼斯军队的主帅。他听信了手下的旗官、社会邪恶势力的代表伊阿古的谗言，将自己清白无辜、忠实纯洁的妻子苔丝狄蒙娜杀死，真相大白后，悔恨莫及而自刎。

莎士比亚在看似情节简单的作品中以满含悲愤之情控诉了当时社会的邪恶势力、邪恶者的自私与狡诈，揭露了社会极端利己主义者对人文主义者的迫害，抨击了英国主流社会对于异化民族乃至"下等人群"的不公平。通过男女主人公的爱情悲剧，表达了他们对封建等级制度的不满，对自由平等的渴望，对黑暗的封建社会罪恶进行了血泪控诉。同时，也说明在黑暗王国里的爱情必然会遭受到种种磨难，暴露了阻碍这种理想实现的丑恶现实。悲剧具有无比丰富的内涵，展现了真善美和假恶丑，给人们留下了无限的思考空间。与此同时，作家在奥赛罗和苔丝狄蒙娜身上寄托了人文主义的理想，它是一曲人文主义的新道德、新观念战胜封建主义旧道德、旧观念的时代凯歌。

2.剧情梗概

第一幕

故事发生在威尼斯和塞浦路斯岛这两个地方。剧中的主人公奥赛罗供职于威尼斯政府，统领着威尼斯武装部队的摩尔族（非洲西北部的一个种族）。虽然他出身异族，肤色黝黑，但是他为人高尚，作战骁勇，所以很受威尼斯元老院的器重，被提升为军队的将军。元老院的勃拉班修元老，对奥赛罗很友好，常常请他到家里做客，请他讲述他的过去，经历的战争，遭遇的意外。他也谈到了可怕的灾祸以及在海陆上惊人的奇遇。他曾在傲慢的敌人手中被俘为奴，又机智地逃脱等等。他还讲到旅途中的种种见闻，那些广大的岩窟、荒凉的沙漠、突兀的崖嶂、巍峨的峰岭、彼此相食的野蛮部落等。勃拉班修的女儿苔丝狄蒙娜总是出神倾听并被故事深深打动，往往忍不住掉下泪来。

苔丝狄蒙娜有着超人的才貌，许多威尼斯贵族青年都向她求婚，罗德利哥就是众多追求者中的一个。苔丝狄蒙娜看不上那些纨绔子弟，却把自己的一腔热情倾注在这位高贵而英勇的将军身上。她被奥赛罗讲的经历和见闻所感动，并对奥赛罗说，要是他的朋友爱上了她的话，只要奥赛罗教他的朋友讲述这样的故事，就可以得到她的爱情。奥赛罗就向苔丝狄蒙娜直白地表达自己的爱慕之情。奥赛罗虽然是个将领，但是以他的肤色和财产向苔丝狄蒙娜求婚是不可能得到勃拉班修同意的。可苔丝狄蒙娜认定奥赛罗是个品质高尚的人，她全然不顾他的黑色皮肤，勇敢地离开了家，私下和奥赛罗举行了婚礼。

奥赛罗选用了年轻的军官凯西奥作为副将辅佐自己，却没选自己的旗官伊阿古。伊阿古是一个阴险恶毒的小人，他忌恨奥赛罗没有提拔自己做副将，决定报仇泄愤。他便伙同自己的朋友、威尼斯绅士罗德利哥于半夜赶往威尼斯元老勃拉班修处报信，说勃拉班修的女儿苔丝狄蒙娜已于午夜私奔去奥赛罗那里，要和他结婚。躲在门外阴暗处的伊阿古用最粗野污秽的语言描述着这件事。勃拉班修听后，勃然大怒，命令仆人全部起床，到全城去搜寻苔丝狄蒙娜和奥赛罗。这时，伊阿古借机溜掉，罗德利哥带路领着勃拉班修和仆人等去搜寻。

此时，海外传来消息，土耳其人的船队正向威尼斯下属的塞浦路斯岛进发。威尼斯公爵得悉此讯，召集元老连夜开会，大家一致认为只有派奥赛罗指挥军队才能打退敌人。于是奥赛罗被召到元老院，一同来的还有勃拉班修元老。原来气势汹汹的勃拉班修在罗德利哥的带领下找到奥赛罗时，公爵的使者正在传令，双方就一起来到元老院。公爵叫奥赛罗统率军队前往塞浦路斯与土耳其人作战，勃拉班修却对公爵控告奥赛罗私自拐骗他的女儿。奥赛罗在元老们面前毫无惧色，他用朴实无华的言辞叙述了自己向苔丝狄蒙娜的求婚经过，他为自己辩护，说他根本未曾拐骗诱惑过苔丝狄蒙娜，而是他每次对她讲起自己过去的种种危险经历，苔丝狄蒙娜听了都从内心深处对他崇拜钦佩，这样便对他产生了爱情。他的申辩得到了在场人们的同情。公爵也认为，像这样的故事，自己的女儿听了也会着迷的。正说时，苔丝狄蒙娜也应召前来，证实了奥赛罗的说法。勃拉班修无奈地同意了他们的婚礼，却不肯原谅奥赛罗，也不肯再收留苔丝狄蒙娜。这时，由于情况紧急，奥赛罗决定当晚必须出发去塞浦路斯，苔丝狄蒙娜深明大义，请求随夫君一同出征。临行前，奥赛罗请他的"忠实"的伊阿古择日负责护送妻子苔丝狄蒙娜去塞浦路斯，并把苔丝狄蒙娜托付给伊阿古的妻子爱米利娅照料，爱米利娅则任苔丝狄蒙娜的侍女。

第二幕

前任总督蒙太诺、威尼斯绅士、副官、士官及岛上的男女青年聚集在塞浦路斯的海港码头，等待迎接从海上征战归来的将军奥赛罗。

奥赛罗率领出征的军队刚刚抵达塞浦路斯，就接到报告说土耳其舰队遭到海上风暴袭击，或沉或破，凌乱不堪，他们放弃了进攻的计划，不战自垮。而威尼斯的船只则没受什么损失，只是奥赛罗和凯西奥的船只被吹散了。凯西奥、伊阿古护送苔丝狄蒙娜的船队和奥赛罗率领的船队等先后都到达了塞浦路斯港口，奥赛罗与苔丝狄蒙娜团聚了。

塞浦路斯岛的威胁解除了，但是奥赛罗的身边却掀起了新的风浪。恶毒的伊阿古一直寻求机会报复奥赛罗，他利用罗德利哥对苔丝狄蒙娜痴心的爱和怨恨，预谋破坏奥赛罗的前程和爱情。他对罗德利哥造谣说，苔丝狄蒙娜和凯西奥发生了恋情。罗德利哥刚听到时不相信，他知道苔丝狄蒙娜为人纯洁，爱情专一。但阴险奸诈的伊阿古竟进一步说确有其事，说他可以举手发誓，证明自己当面看到了一切。伊阿古的造谣终于使罗德利哥相信了，伊阿古就利用罗德利哥对苔丝狄蒙娜痴情这一点，教唆他当晚去值班守夜，找个借口向凯西奥挑衅，激怒凯西奥。伊阿古知道凯西奥是个性情暴躁、易于发怒的人，若他们俩动武或打起架来，借着这个理由，伊阿古就在塞浦路斯人中间煽起一场暴动，奥赛罗只有把凯西奥解职才能平息当地人的愤怒。伊阿古哄骗罗德利哥说，做到这点，便能进一步帮助罗德利哥和苔丝狄蒙娜相好。

为了庆祝威尼斯军队的胜利，奥赛罗命令塞浦路斯岛港口全体军民当晚共同祝捷。大家同时还要祝贺主帅的新婚，庆祝活动计划从下午5时起，直到深夜11时，大家纵情饮酒宴乐。奥赛罗命令凯西奥留心警戒，随时谨慎，免得因为娱乐无度而造成意外。伊阿古知道凯西奥最爱"杯中之物"，一旦喝了酒，就无法控制自己。伊阿古便再三劝说，以祝福奥赛罗新婚为名，勾引凯西奥去喝酒。伊阿古让为情憔悴的罗德利哥也喝了几大杯的酒，派他守夜。守夜的还有三个心性高傲、重视荣誉的塞浦路斯少年，他们都是这座岛上数一数二的人物，也被灌得酩酊大醉。伊阿古谋划着在今晚让凯西奥做出激起当地军民公愤的事。凯西奥果然上了当，喝得大醉。罗德利哥借机前来挑衅，凯西奥就发起酒疯，动手打人。塞浦路斯总督蒙太诺劝他，他竟又和蒙太诺殴斗。奥赛罗闻声赶来，见到凯西奥擅离职守，违令酗酒，又动武伤了一些人，说道："凯西奥，你是我的好朋友，可是从此以后，你不是我的部属了。"就这样奥赛罗撤了凯西奥之职。

伊阿古略施小计，便使奥赛罗撤了其副将凯西奥之职。但他的阴谋诡计并不止于此。他又进一步利用凯西奥爱惜自己荣誉一事，假装同情凯西奥，劝他去向主帅夫人苔丝狄蒙娜忏悔，由苔丝狄蒙娜代他向奥赛罗求情。他对凯西奥说："我们主帅的夫人现在是我们真正的主帅。我可以这样说，因为他心里只念着她的好处，眼睛里只看见她的可爱。你只要在她面前坦白忏悔，恳求恳求她，她一定会帮助你官复原职。她的性情是那么慷慨仁慈，那么体贴人心，人家请她出十分力，她要是没有出到十二分就觉得好像对不起人似的。你请她替你弥补弥补你跟她的丈夫之间的这一道裂痕，我可以拿我的全部财产打赌，你们的交情一定反而会因此格外加强的。"凯西奥听后对这位"正直的伊阿古"充分信任，感恩戴德。

第三幕

凯西奥请求伊阿古的妻子爱米利娅帮助，设法见一见贤德的苔丝狄蒙娜，向苔丝狄蒙娜求情，期待着能恢复名誉，官复原职。

恰恰是凯西奥这种急切要会见苔丝狄蒙娜的要求，又给了伊阿古搞阴谋诡计的机会。伊阿古叫妻子爱米利娅在她的女主人面前替凯西奥说好话，自己设法把奥赛罗骗开，等到凯西奥去向苔丝狄蒙娜请求的时候，再让奥赛罗亲眼看见这幕戏。

果然爱米利娅安排了凯西奥和苔丝狄蒙娜会面，苔丝狄蒙娜当场答应凯西奥，一定尽力替他在奥赛罗面前说情。凯西奥激动地说自己永远是苔丝狄蒙娜忠实的仆人，苔丝狄蒙娜感谢凯西奥的好意。并说："你爱我的丈夫，你又是他的多年的知交，放心吧，他除了表面上因为避免嫌疑而对你略示疏远以外，决不会真的对你见外的。"正在二人十分正常地谈话时，伊阿古设计让奥赛罗在远处看见他们两人的谈话。凯西奥恐见了主帅反多不便就离开了。伊阿古故意欲言又止、好像很不愿说却又说出让人摸不着头脑的话来，挑起了奥赛罗对这二人谈话的疑惑。苔丝狄蒙娜见到奥赛罗后就为凯西奥求情恢复原职,看到奥赛罗态度迟疑,她说道:"他对于自己的行为不检,的确非常悔恨;固然在这种战争的时期,地位较高的人必须以身作则,可是照我们平常的眼光看来,他的过失实在是微乎其微的……要是您有什么事情要求我,我想我决不会拒绝您,或是这样吞吞吐吐的……您向我求婚的时候,是他陪着您来的;好多次我表示对您不满意的时候,他总是为您辩护;现在我请您把他重新叙用,您却这样为难!相信我,我可以——"奥赛罗打断了苔丝狄蒙娜的话,并要求她暂时离开一会儿。他要听伊阿古那未说完的话,剧本里有这样一段对话:

  伊阿古 尊贵的主帅——
  奥赛罗 你说什么,伊阿古?
  伊阿古 当您向夫人求婚时,迈克尔·凯西奥也知道你们的恋爱吗?
  奥赛罗 他从头到尾都知道。你为什么问起?
  伊阿古 不过是为了解我心头的一个疑惑,并没有其他的用意。
  奥赛罗 你有什么疑惑,伊阿古?
  伊阿古 我以为他本来跟夫人是不相识的。
  奥赛罗 啊,不,他常常在我们两人之间传递消息。
  伊阿古 当真?
  奥赛罗 当真!嗯,当真。你觉得有什么不对吗?他这人不老实吗?
  伊阿古 老实,我的主帅?

奥赛罗　老实！嗯，老实。
伊阿古　主帅，照我所知道的——
奥赛罗　你有什么意见？
伊阿古　意见，我的主帅……

伊阿古是个很高明的阴谋家，他知道开门见山、正面攻击诋毁凯西奥的效果，远不及这样吞吞吐吐，好像有很大顾虑不愿讲、不敢讲更为有力。他越是故意不讲，就越加引起奥赛罗的怀疑，就越容易使奥赛罗上钩，中他的挑拨奸计。这以后，他进一步暗示在凯西奥和苔丝狄蒙娜间存在着某种暧昧关系，用此办法挑动奥赛罗的猜疑心，又用故意不说来加重奥赛罗的疑心。在挑唆了奥赛罗后，伊阿古又貌似关心地要奥赛罗不要嫉妒。接着，他话锋一转，直截了当地把矛头指向他主帅的夫人苔丝狄蒙娜：

注意尊夫人的行动；留心观察她对凯西奥的态度；用冷静的眼光看着他们，不要一味多心，也不要过于大意。我不愿您的慷慨豪迈的天性被人欺罔；留心着吧。我知道我们国家的娘儿们的脾气；在威尼斯她们背着丈夫干的风流活剧，是不瞒天地的；她们可以不顾羞耻，干她们所要干的事，只要不让丈夫知道，就可以问心无愧。

奥赛罗听了这些话，简直不敢相信，问道："你真的这样说吗？"伊阿古干脆用这样的话来陷害苔丝狄蒙娜：

她当初跟您结婚，曾经骗过她的父亲；当她好像对您的容貌颤栗畏惧的时候,她的心里却在热烈地爱着它。

（以上引文见朱生豪译《莎士比亚喜剧悲剧集》,译林出版社,2019年版,第440～441页、443页）

这一句话打中了要害。因为,如果一个人当初对自己父亲都能欺骗,而且骗得那样巧妙,现在有了新欢,为什么不能欺骗自己丈夫呢？奥赛罗真的被伊阿古说服了,妒火中烧,却不愿相信这是真的。他让伊阿古只要是观察到什么事,请让自己知道,并叫伊阿古的妻子留心察看。

苔丝狄蒙娜及爱米利娅来叫奥赛罗去就席贵人们的宴会。

奥赛罗头痛,苔丝狄蒙娜出于关心,用奥赛罗送她的第一件礼物——一块小手帕为之裹头,因手帕太小,奥赛罗抛开手帕,拉妻子一同进入宴会室。爱米利娅拾到了这块掉在地上的手帕,这正是伊阿古嘱咐自己去偷的这块手帕。苔丝狄蒙娜非常喜欢这玩意儿,因为奥赛罗叫她永远保存好,所以她随时带在身边,一个人的时候就拿出来亲吻,对它说话。爱米利娅为人忠厚,只知忠于丈夫,曾想把手帕上的花样描下来,再送给他,只不过为了讨他的喜欢,并不知丈夫要这一手帕的用意。伊阿古看见妻子手中的手帕,一把夺过来并说不要说出去。他把这手帕丢在凯西奥的寓所里,让奥赛罗找到它。对于一个嫉妒的人,这会变成无可辩驳的坚实证据,就可以引起一场是非。

奥赛罗由于伊阿古屡进苔丝狄蒙娜不贞的谗言,内心遭受极大的煎熬,他想自己的妻子是贞洁的,可是又疑心她不贞洁,他便要伊阿古拿出证据来。伊阿古捏造说最近自己与凯西奥同榻时,因为牙痛不能入睡,听见凯西奥在梦寐中说"亲爱的苔丝狄蒙娜,我们须要小心，不要让别人窥破了我们的爱情！"还说他今天看见凯西奥用一方绣着草莓花样的手帕抹他的胡子，而这块手帕确定是苔丝狄蒙娜随身携带的。此时奥赛罗的怒火再也无法遏制，跪在地上对天发誓，一定要报此奇耻大辱。从此，奥赛罗深信自己妻子另有新欢，加上伊阿古继续挑拨，使得奥赛罗因痛苦而陷入半癫狂状态，要在这三天以内，听见伊阿古说凯西奥已经不在人世。他对妻子态度横暴，当众辱骂，尽管爱米利娅再三为苔丝狄蒙娜辩解，而奥赛罗因受骗太深，根本听不进去。凯西奥在寝室里拾到手帕，就拿给追求自己的比恩卡，让她描手帕的花样。

第四幕

经伊阿古设计，奥赛罗看到了自己送给妻子的手帕在凯西奥的情妇比恩卡手中，比恩卡正耍着性子认定是个相好的送给凯西奥的。这一切正如伊阿古所说的，苔丝狄蒙娜把手帕送给凯西奥，凯西奥却拿去给了他的娼妇。

奥赛罗决心处死自己的妻子，高叫着让伊阿古弄毒药来，伊阿古阴险地出主意让他在床上扼死她。伊阿古告诉奥赛罗要在午夜前后去取凯西奥的性命。这时威尼斯公爵派使者罗多维科送来了信，原来公爵召奥赛罗回国，要凯西奥代理奥赛罗的职务，信中有"务必照办为要，不得有误"。苔丝狄蒙娜一直在为凯西奥求情恢复原职，尽力调解奥赛罗和凯西奥的关系，当她听到这个消息后，不禁叫好，真的吗？那好极了。这却遭到奥赛罗的辱骂和拳打。罗多维科见到奥赛罗这样，大失所望，心想，这难道就是元老院同声赞叹、称为全才全德的那位英勇的摩尔人吗？

第五幕

　　伊阿古嫉妒凯西奥担任奥赛罗的职位，为了防止阴谋暴露，又怕奥赛罗当面质问凯西奥，就叫罗德利哥晚上埋伏在半路，等候凯西奥经过，然后刺杀他。但那天刚好凯西奥穿了一身盔甲，只受了点伤，他拔剑刺伤了罗德利哥。伊阿古趁势又从背后刺伤了凯西奥的腿，凯西奥重伤倒地。罗德利哥和凯西奥双双受伤，凯西奥连声呼救。在巡夜者的混乱中，伊阿古为了灭口，一剑把罗德利哥刺死了。接着，伊阿古又假装关心凯西奥，替他包扎伤口，并用椅子把他抬到奥赛罗家。

　　晚上，奥赛罗决心处死自己的妻子。他认为杀死妻子是为了惩罚罪恶，他甚至说"可是她不能不死，否则她将要陷害更多的男子"。但是，奥赛罗内心是矛盾的，他很爱她，却又不能不处死她。奥赛罗极度痛苦、极度愤怒、极端矛盾，同时又极为坚决，一定要处死苔丝狄蒙娜。他看见妻子睡在床上，吻她，然后准备处死她。他说："我要杀死你，然后再爱你。"妻子醒来了，奥赛罗对她说他就要杀死她。苔丝狄蒙娜问究竟为了什么事？奥赛罗说："你把我给你的那条我最心爱的手帕送给凯西奥。"甚至说自己已证明了苔丝狄蒙娜和凯西奥有非法男女关系。苔丝狄蒙娜说手帕可能是凯西奥在什么地方拾到的，叫凯西奥到这儿来，让凯西奥供认事实的真相。奥赛罗说正直的伊阿古已经把他解决了。苔丝狄蒙娜绝望地要求做一次祷告，奥赛罗狠心地用手扼妻子的咽喉，又以剑刺她。

　　爱米利娅闻声赶来，在门外请求对奥赛罗说话。奥赛罗把帐幕拉下来，打开房门。爱米利娅告诉奥赛罗出现杀人案，凯西奥杀死了一个名叫罗德利哥的威尼斯青年。

这时爱米利娅听到苔丝狄蒙娜微弱的声音："啊，死得好冤枉呀！"爱米利娅扑到床前问她发生了什么事，她只说："我是无罪而死的。"爱米利娅又问是谁杀害了她，她说："谁也没有干，是我自己。永别了！请替我向我仁慈的夫君致意。啊，永别了！"这是这位无辜被害的善良女子的最后一句话。她到死都忠于自己的丈夫，到死都爱他，而且宁肯自己含冤负屈，饮恨而亡，也不忍说一句不利于自己丈夫的话。

奥赛罗承认是自己杀死了她，说她干了无耻的事，是个淫妇，是你的丈夫伊阿古说的。爱米利娅说她是个贞洁的妇人，你的行为上天不容。爱米利娅大喊："救命！救命啊！救命！摩尔人杀死了夫人啦！杀了人啦！杀了人啦！"

蒙太诺、葛莱西安诺、伊阿古及众人来到。爱米利娅当众揭穿伊阿古的阴谋诡计，说出那块手帕是她捡的。就是这块手帕，伊阿古几次恳求她，让她给偷出来。伊阿古恼羞成怒，一下刺杀了自己的妻子爱米利娅。

最后，真相大白。奥赛罗这时大梦初醒，悔恨交加，意识到自己被人欺骗，错杀了自己忠贞不贰的妻子，于是拔剑自刎，倒下扑在亡妻身上死了。威尼斯派来的特使罗多维科郑重请求总督葛莱西安诺，将恶棍伊阿古处死。就这样结束了这一场震撼人心的悲剧。

3.赏析

《奥赛罗》是莎士比亚四大悲剧之一，是一出爱情、亲情和性格的悲剧。就其内容与形式上看，该剧剧情极为简单。此剧重点不在剧情，而在于它通过刻画典型人物来展示人们崇尚的真善美，鞭挞人们痛恨的假恶丑,从而体现该剧的教育价值和警示作用。在这个剧中,作者成功地塑造了奥赛罗、伊阿古、苔丝狄蒙娜等具有典型代表性的人物形象,讲述了主人公奥赛罗与苔丝狄蒙娜的爱情悲剧故事。奥赛罗与当地元老的女儿苔丝狄蒙娜不顾种族歧视相爱,战胜了封建偏见,得以结婚。但是奥赛罗提升凯西奥为副将后,引起了旗官奸人伊阿古的妒忌,伊阿古设下陷阱,最终导致了悲惨的结局:妻子苔丝狄蒙娜被诬陷与人通奸而被丈夫奥赛罗所杀,明白真相后的奥赛罗则在懊悔自责中殉情。该剧探讨了爱情与嫉妒的关系。

西方有些学者说《奥赛罗》是一出"家庭悲剧",如果从奥赛罗与苔丝狄蒙娜这一对夫妻的不幸遭遇来看,确实是一个小家庭的悲剧。若从更为宽广的范围看,《奥赛罗》就绝不只是一出"家庭悲剧",而是一出"社会悲剧"。在这一悲剧里,奥赛罗具有人文主义者的理想品质。他襟怀坦白,疾恶如仇,英勇豪爽,忠于爱情和友谊。他把苔丝狄蒙娜的爱情看作人世间真诚关系的体现。因此对他来讲,连苔丝狄蒙娜这样纯洁的女人都会不忠,是伪装圣洁的毒蛇,那世上就没有真诚可言,这就意味着理想的破灭。伊阿古正是利用了他的单纯和轻信达到了自己卑鄙的目的。结果是奥赛罗错杀了无辜,真相大白后,他公正地处决了自己。可见,这是一场导致了爱情理想破灭的悲剧,是人文主义理想被丑恶现实毁灭的悲剧。

人物分析

奥赛罗是资本主义关系发展中富有冒险精神的新人形象。作为摩尔人,他曾经被卖做奴隶。作为军人,他曾经在战场上出生入死,建立了赫赫战功。他骁勇善战、为人耿直,具有雄才大略和翻江倒海的英雄气概，是一个享有盛誉的英雄。在奥赛罗身上，寄托了莎士比亚的人文主义理想。他具备正直、善良、心地单纯、胸怀坦荡的优秀品质，但是他不善于洞察人情、分辨是非，太好轻信和过于善良，看不清社会的丑恶和奸诈，看不清楚伊阿古的真实面目。在他刚正、自信的外表下掩藏着一颗敏感和自卑的心，他自卑于自己的肤色、形象、年龄。他虽然有着卓越的军事才能，可他自己深深明白这一切都是用生命换回来的。他对自身人格魅力不信任，对出身种族念念不忘，面对年轻美丽聪慧善良且有着良好家世背景的苔丝狄蒙娜的爱情缺乏自信。他觉得自己是配不上苔丝狄蒙娜的，他甚至觉得自己不如凯西奥。同时，他因为对苔丝狄蒙娜的爱太深、太真，以至于让他看到伊阿古所制造的假象时就丧失了理智，把心里的爱全变成了嫉妒和仇恨，展现出性格粗暴、冲动的一面。这种毁灭性的力量，导致了悲剧的发生，错杀了纯情无辜并且一直热爱着自己的妻子。他出于忠于爱情、忠于理想的原则，用自己的手"无情"地惩罚了自己。其悲剧的内在根源，是他把人文主义人性论中"人性是美好的"这一命题抽象化了，普遍化了，看不清现实中复杂而深刻的矛盾。他的悲剧实质上是人文主义理想在丑恶现实面前遭到幻灭的悲剧。

对奥赛罗的评价因时代的不同而不同。A.C.布拉德利称奥赛罗是"莎士比亚笔下最浪漫的主角了""是其中最富诗意的人"。F.R.利维斯则认为奥赛罗十分"任性"。而威廉·黑兹利特则表现得相对温和，称"这摩尔人的本性是高贵的，但他所流的血却十分易燃、一点就爆"。

伊阿古是文艺复兴时期出现的极端利己主义者的典型，他的生活信条"既不是为了感情，也不是为了义务,只是为了自己的利益"。

他虚伪阴险、心胸狭隘，由于没升上副将，就造谣诬陷，挑拨离间。他最大的特点就是善于伪装、阴险狡诈、两面三刀。他塑造了自己"诚实可信"的假象，目的是便于操纵他人，控制行动，编织谎言。在毁灭他人的同时，也毁灭了自己。他害死奥赛罗夫妇，最后阴谋败露，落个身败名裂的下场。伊阿古陷害奥赛罗和凯西奥的动机是一个值得思考的问题，最直接的原因是他没有得到提升，另一个更为强烈的动机是他对奥赛罗的嫉妒——他怀疑自己的妻子爱米利娅与奥赛罗有染，他嫉妒奥赛罗讨女人喜欢的能力，自己暗恋的苔丝狄蒙娜，却被一个外来的摩尔人得到，他便怒火中烧。还有一个更深层次的原因，是本质的邪恶，他怀疑和仇视一切真善美的东西，是极端的自我中心主义者，他对一切在别人看来美好和谐的东西都会产生嫉妒仇恨，为了自己的利益，他会不择手段去残害别人，他的目的和手段都十分卑劣，为了个人升官，他把道德原则统统置诸脑后，不惜采取任何恶劣手段，以达到自己不可告人之目的。他的一言一行都受制于他自身无法控制的邪恶欲望，伊阿古所代表的，绝不只是他一个人，他是资本主义原始积累时期许多社会罪恶的化身，也是文艺复兴时期邪恶势力的代表。

通过这个人物形象的塑造，作者谴责批判了文艺复兴时期资产阶级极端的个人利己主义者，表现了现实社会中利己主义的邪恶势力对人文主义美好理想的践踏。

苔丝狄蒙娜，这个悲剧的女主角，她与伊阿古形成鲜明的人物对照，她温柔、贤惠、善良、貌若天仙，在剧中是真善美的化身，她放弃了贵族的舒适生活，背弃了自己的父亲，她冲破一切阻挠去爱自己所爱的人。苔丝狄蒙娜爱奥赛罗爱得坦诚热烈，毫无掩饰，她信任奥赛罗超过了信任自己。她虽有追求爱情自由的理想，但却缺乏女性的独立主体意识,缺乏生活经历,过于温柔善良,在她看来,丈夫就是一切,不能识别恶人所设的陷阱。她善良单纯,不善于体察奥赛罗的情绪变化,全力帮助丈夫的部下求情,一味说情,加深了误会,在伊阿古的阴谋诡计下无辜地牺牲了。

通过刻画典型人物形象和描写典型矛盾冲突,《奥赛罗》展示了多重悲剧主题,如爱情与嫉妒、轻信与背信、异族通婚等主题,描述了爱情的力量,嫉妒的危险,轻信的恶果,背信的可憎,异族通婚的艰难等等。奥赛罗豪迈不羁,光明磊落,具有"大将之才",苔丝狄蒙娜温柔坚贞、纯真善良。伊阿古则是"地狱和黑暗的化身",他们各自代表了相应的道德原则,两种力量的尖锐矛盾冲突贯穿整个悲剧。

戏剧结构

《奥赛罗》在莎士比亚戏剧中结构最完美,素以"精确""连贯""集中"见称。它是现实主义的,没有超自然的因素,情节也不曲折,但它着力表现了主人公情感的波动和大幅度的升沉。整部悲剧在没有片刻停留的急促的舞台节奏中展开,奥赛罗与苔丝狄蒙娜从相识到秘密结婚不过几个月光景,而从他们不顾元老们的反对双双出海远征到悲剧的结局,也不过十来天的时间。在剧情的迅速开展中,从最亲密的爱情和无限的信任,到嫉妒的折磨和疯狂的仇恨,这种完全的、未预料的转变,加剧了悲剧内在力量的集聚。

戏剧冲突与悲剧原因

种族歧视是造成奥赛罗悲剧的深层原因:这部戏剧的冲突,表面上看是伊阿古没有得到副将的位置而报复奥赛罗引起的,实际上,从奥赛罗与苔丝狄蒙娜相爱结婚起，矛盾就孕育了。他们的婚姻是跨越了种族障碍的。苔丝狄蒙娜的父亲反对女儿和奥赛罗结婚，就因为他是一个黑皮肤的摩尔人。伊阿古仇视奥赛罗，固然是嫉恨奥赛罗没有把副将的位置给他，同时也对奥赛罗怀有深深的种族偏见。他不仅在背后称奥赛罗为"摩尔人""老黑公羊"，而且利用当时欧洲人普遍存在的种族偏见在奥赛罗心中投下阴影，使奥赛罗轻而易举地信了他的谎言。

奥赛罗的轻信等性格缺陷和伊阿古的妒忌是这场悲剧的直接原因：伊阿古这个极端利己主义者的陷害挑拨欺骗为奥赛罗的悲剧创造了客观条件。伊阿古妒忌奥赛罗的赫赫功勋，妒忌苔丝狄蒙娜的美貌和品德，还妒忌凯西奥的荣誉和地位。他出于妒忌，用尽心机破坏了这些人的幸福生活。最重要的直接原因是主人公奥赛罗的一系列错误，这些错误的思想根源不是妒忌，而是轻信。当爱米利娅问及苔丝狄蒙娜"他不会妒忌吗"这一问题时，苔丝狄蒙娜的回答是："谁，他？我想在他生长的地方，灼热的阳光已把这种气质完全从他身上吸去了。"而真正妒忌的是伊阿古。至于奥赛罗，他的真正悲剧在于他的过分轻信和性格缺陷。

奥赛罗太过轻信他人，如果不是听信伊阿古的谣言，认为自己的妻子跟别人有染，悲剧也不会发生。伊阿古诬陷苔丝狄蒙娜与凯西奥相爱和私通后，他仅仅是看见了他们二人谈话，并从苔丝狄蒙娜代凯西奥说情这件事就轻信了伊阿古的话，这是何等的轻率。

奥赛罗思想单纯，对自己所生长的社会和人世之险恶全无所知。此前，奥赛罗可谓春风得意，功勋显赫，爱情美满。军人的率真本性令他对邪恶毫无思想准备，而婚姻的幸福更是让他坚信世间的美好。他没有想到会有如伊阿古这样忌恨他的权力，觊觎他妻子的美貌的奸诈阴险之人，以至于伊阿古肆意造谣试图陷害时，奥赛罗丝毫没有觉察。相反，还将伊阿古的欲语还休当作是"诚实的伊阿古"，从思想上解除了自己的防范，没有识破伊阿古的阴谋诡计，而对苔丝狄蒙娜的贞节发生怀疑，将忠实于自己的妻子杀害，铸成大错，结果极其惨痛。

奥赛罗的男权意识也在作怪。在他看来，妻子的出轨是令人羞耻的，伤了他大男人的自尊，看到凯西奥与苔丝狄蒙娜谈话的表情与口型就妄自断定二人有染，这是他大男人的虚荣。奥赛罗理应向妻子询问真相，他却放不下面子询问妻子真相，或者说是出于其内心的恐惧，害怕事情的真相果如自己所猜测的那样，那他将名誉、自尊扫地，颜面尽失。可以说，不询问真相就辱骂妻子是他自尊受辱下的一种宣泄，而最终的杀妻，更是他因宣泄而走上的极端。

奥赛罗的个性狂暴、冲动，缺乏理智，这也是造成这一悲剧的最终原因。当他被告知妻子和他人有染后，他决定"如果有了确实的证据，我就一了百了，让爱情和嫉妒同时毁灭"。只是听伊阿古的片面之词，就开始怀疑自己的妻子，并恶语相向。他迫不及待地要找到证据，看到自己送给苔丝狄蒙娜的定情信物——方手帕在凯西奥手上就怀疑妻子不忠，决定杀死妻子，丝毫不给苔丝狄蒙娜以解释的机会，只是一味地发泄自己的愤恨，并在盛怒之下最终杀死了自己美丽无辜的妻子，酿成了悲剧。

这部剧的结尾，正直纯洁美好的人物、真诚的爱情被邪恶毁掉了。而恶也被揭穿，受到制裁。这既反映了作者对现实的认识，也表达了其真诚的希望。从《奥赛罗》这个悲剧中可以换得一个沉痛的教训，即正直的人单靠心胸坦荡是不行的，还必须对各种社会罪恶有足够的警惕，必须眼明心亮，明辨是非曲直。单凭真挚的爱情、热情的冲动不行,还必须头脑清醒,否则就会被恶人利用,铸成大错。这个教训是极为惨痛的。

奥赛罗在临终前的一段话是很有深刻意义的:

> 我是一个在恋爱上不智而过于深情的人;一个不容易发生嫉妒,可是一旦被人煽动以后,就会感到极度烦恼的人;一个像那种糊涂的印度人一般,把一颗比他整个部落所有的财产更贵重的珍珠随手抛弃的人……

(见朱生豪译《莎士比亚喜剧悲剧集》,译林出版社,2001年版,第605~606页)

《李尔王》

《李尔王》(1605—1606)是莎士比亚著名的四大悲剧之一,故事取材于英国古代的历史传说和当时流行的同名剧。莎士比亚改编的《李尔王》改变了原剧中不列颠国王重登王位的喜剧结构,增添了丑角形象,加进了葛罗斯特父子的情节,而且创造了李尔王发疯这个关键性悲剧情节。

此剧演出时间为1606年12月26日,在此之前,有关李尔王的故事并没有引起很大的社会效应。莎士比亚改编的《李尔王》成为戏剧史上的巅峰之作。

该剧探讨了家庭关系和一切旧有关系的不幸和崩溃问题,反映了封建社会动荡不安的社会现实。萧伯纳曾写道:"没有人可以写出比《李尔王》更加悲惨的戏剧了。"

1.时代背景

1605年的英格兰,新兴起的小商人、小工场主和商贩们的财富已经远远地超越了封建贵族阶层,封建贵族以佃农租金作为经济来源的生活方式,也改变为将土地卖给拥有大量财富的商人阶层,甚至皇室也在不断地把贵族头衔卖给拥有大量财富的商人们。可见,莎士比亚生活的年代正处在新兴资产阶级上升、封建制度走向没落的时期。新兴资产阶级认为应该通过个人的努力与勤奋实现自己的价值,反对封建贵族的血统特权。他们开始意识到要争取自己的权利,就必然与封建贵族发生冲突。莎士比亚在这个背景下创作了剧本《李尔王》,该剧深刻彰显了资本主义的发展对贵族们的生存状态、心理和人伦关系的冲击。通过悲剧性的故事情节及鲜明的人物性格描写，展示了人文主义思想与残酷的现实生活之间发生的巨大冲突和斗争，表达了时代的呼声。李尔王在暴风雨中对社会丑恶的控诉是莎士比亚人文主义思想的精彩表达。

2. 剧情梗概

第一幕

李尔王是不列颠的老国王，并无子嗣，只有3个女儿。长女高纳里尔，嫁给了奥本尼公爵；次女里根，嫁给了康华尔公爵；幼女考狄利娅，尚未出嫁。李尔王对她们疼爱有加，尤其喜爱小女儿。由于年事日长，李尔王对自己多年来长期治理国家也感到厌倦，决定退位让女儿们治理国事。他想把国土划成3份，分给自己的3个女儿，自己只当名义上的国王，轻轻松松地安度晚年。一天，李尔王将3个女儿以及大女婿奥本尼公爵、二女婿康华尔公爵还有正在追求小女儿的法兰西国王和勃艮第公爵叫来，当着肯特伯爵、葛罗斯特伯爵及儿子爱德蒙等人的面，说了自己的想法。在将3份国土分给女儿之前，他要求3个女儿每人对他表表忠心，考察一下女儿对自己爱的程度。他说："孩子们，在我还没有把我的政权、领土和国事的重任全部放弃以前，告诉我，你们中间哪一个人最爱我？我要看看谁最有孝心、最有贤德，我就给她最大的恩惠。"大女儿、二女儿把自己对父亲的爱说得天花乱坠。大女儿高纳里尔说："父亲，我对您的爱，不是言语所能表达的；我爱您胜过自己的眼睛、整个的空间和广大的自由；超越一切可以估价的贵重稀有的事物；

不亚于赋有淑德、健康、美貌和荣誉的生命；不曾有一个儿女这样爱过他的父亲，也不曾有一个父亲这样被他的女儿所爱；这一种爱可以使唇舌无能为力，辩才失去效用；我爱您是不可以数量计算的。"李尔王指着地图说："在这些疆界以内，从这一条界线起，直到那一条界线为止，所有浓密的森林、膏腴的平原、富庶的河流、广大的牧场，都要奉你为它们的女主人；这一块土地永远为你和奥本尼的子孙所保有。"二女儿里根说："我厌弃一切凡是敏锐的知觉所能感受到的快乐，只有爱您才是我的无上的幸福。"李尔王指着地图说："这一块从我们这美好的王国中划分出来的三分之一的沃壤，是你和你的子孙永远世袭的产业，和高纳里尔所得到的一份同样广大、同样富庶，也同样佳美。"李尔王听了这一片阿谀之词，大为高兴，再问小女儿，希望考狄利娅说得更动听些。殊不知小女儿是个心口如一、十分老实的人，尽管她真心爱自己的父亲，一时却不知说什么好，她只说："我爱陛下，只是按照我的名分，一分不多，一分不少。"李尔王震怒，要她赶快修正方才的话，否则她将毁掉自己的命运。考狄利娅回答说："我的好父王，您生我、养我、爱惜我、厚待我；我受到您这样的恩德，只有恪尽我的责任，服从您、爱您、极其敬重您。两个姐姐说她们用整个心爱您，那么她们为什么要嫁人呢？要是我有一天出嫁了，那接受我的忠诚誓约的丈夫将得到我一半的爱，一半的关心与责任。假如我只爱我的父亲，我一定不会像两个姐姐一样去嫁人的。"

李尔王听了勃然大怒，问考狄利娅这些话是从心里说出来的吗？年纪这样小，却这样没有良心吗？考狄利娅说自己的心是忠实的。李尔王大发雷霆，发誓跟考狄利娅永远断绝一切父女之情和血缘亲属的关系，把她当作一个路人看待，将考狄利娅的那一份国土平分给大女儿和二女儿，并把国王的威力、特权和一切君主的尊荣一起给了她们。他自己只留100名卫士，在长女、次女两家按月轮流居住，由她们负责供养。除了国王的名义和尊号以外，所有行政的大权、国库的收入和大小事务的处理，完全交在她们手里；还赐给两位女婿一顶宝冠，归他们二人共同拥有。

考狄利娅也会言辞热烈地表达对父亲的爱，但看到姐姐们为得到厚重的赏赐而假意奉承，便决心不让自己对父亲的爱与贪图财物沾边。

群臣见李尔王这样的做法，都感到震惊。老臣肯特深知考狄利娅真心爱着自己的父亲，李尔王却将一切处理得如此荒唐不公，便上前忠言直谏，劝国王保留自己的权力，仔细考虑一下自己的举措。他担保考狄利娅的孝心绝不比大女儿和二女儿差，要求收回这种鲁莽的成命，并指出李尔王做错了事。李尔王一气之下竟将这位老臣驱逐出国境，并要求他第6天必须离境，要是在10天之后在本国发现他的踪迹，将把他当场处死。

李尔王告诉法兰西国王和勃艮第公爵，现在的考狄利娅不再是公主，已经一文不名了，谁愿意娶这个没有嫁妆的姑娘就可以将她带走。原先一直争着要娶考狄利娅的勃艮第公爵见她已一无所有，便撤销了自己的求婚。法兰西国王对李尔王剥夺考狄利娅的国土继承权深感奇怪，刚才还是眼中的珍宝，转瞬间就丧失了深恩厚爱。但他从中看到了考狄利娅高洁的品质，认为她的美德就是一份贵重的嫁妆，他爱考狄利娅始终如一。他觉得爱情里面要是掺杂了和它本身无关的算计，那就不是真的爱情。他对考狄利娅说："你因为贫穷，所以是最富有的；你因为被遗弃，所以是最可宝贵的；你因为遭人轻视，所以最蒙我的怜爱。我现在把你和你的美德一起攫在我的手里；人弃我取是法理上所许可的。天啊天！想不到他们的冷酷的蔑视，却会激起我热烈的敬爱。陛下，您的没有嫁奁的女儿跟我三生缘定，现在是我的分享荣华的王后，法兰西全国的女主人了。"
（见朱生豪译《李尔王》，中国青年出版社，2014年版，第15~16页）
李尔王便让法兰西国王将小女儿带走，并声称自己没有这样的女儿，再也不要看见她，她也别想得到自己的恩宠和祝福。

考狄利娅担心她走后两个姐姐会虐待父亲，但现在李尔王正处于盛怒之中，她临行前只能含泪向两个姐姐道别："好好对待父亲。你们自己说是孝敬他的，我把他托付给你们了。"

考狄利娅一离开，她的姐姐们就暴露了真实的想法。她们认为父亲是年老昏聩，向来就是这样喜怒无常的，她们要同心合力决定一个方策。

爱德蒙是葛罗斯特伯爵的私生子，没有继承财产的权利。他因自己的身份内心不平，痛恨他的哥哥爱德伽，一直在想办法离间父亲葛罗斯特伯爵和哥哥爱德伽，于是，他设计了以爱德伽署名的假信。

葛罗斯特伯爵回到家，心里想着朝廷发生的怪事：肯特被放逐了；法兰西国王盛怒而去；老王李尔昨晚走了，他把权力全部交出，依靠女儿过活。这些事情都在匆促中决定，不曾经过认真的考虑。他忽然看见爱德蒙慌张地把一封信塞进衣袋。出于好奇，葛罗斯特伯爵要看这封信。爱德蒙故作勉强状，但还是交给了父亲。信上抱怨：在年轻时候不能享受生命的欢乐；我们的财产不能由我们自己处分，等到年纪老了，这些财产对我们也失去了用处……信中还暗示要阴谋害死葛罗斯特，信末署名"爱德伽"。葛罗斯特伯爵是个容易轻信别人的人，愤怒的他根本没有考虑这封信的真假，而是把这种不祥的境遇归咎于日食和月食现象，他让爱德蒙去查个明白。

爱德蒙算计着家里的产业，算计着厚道的哥哥爱德伽。他见到爱德伽，问他是否冲撞了父亲，让他带上武器出去躲一段时间。

考狄利娅走后，李尔王先搬到长女家去住。不到一个月，高纳里尔就开始给李尔脸色看。既然她已得到一切，便连父亲所保留的那一点点王者的排场也不能容忍了。她埋怨李尔的100个卫士闹得她家里鸡犬不宁。她不仅装病逃避见他，而且告诉管家奥斯华德不必像从前那样殷勤侍候他。"这老废物已经放弃了他的权力，还想管这个管那个！凭着我的生命发誓，年老的傻瓜正像小孩子一样，一味地姑息会纵容坏了他的脾气，不对他凶一点儿是不行的。"在她的唆使下，连仆人也开始怠慢、苛待李尔和他的随从了，连奥本尼公爵的家臣对他们也同样粗暴。最初李尔还不相信大女儿一家对他无礼是故意的，当随从也把此事向他反映时，他才不得不相信了。

忠心耿耿的肯特伯爵听说了老王李尔目前的情况，冒着被杀头的危险从流放地赶回来。他化装成仆人请求李尔王收他为随从。当时李尔正在吃饭，见这个人老实、勤劳，讲话聪明伶俐，就说："跟着我吧，你可以替我做事。要是我吃过晚饭后还这样喜欢你，那么我就不会把你撵走。"当晚，高纳里尔的管家奥斯华德负责李尔的伙食，他狗仗人势，对李尔很不尊重，甚至公然称李尔是"我们夫人的父亲"，还和李尔顶嘴。化名为"卡厄斯"的肯特见义勇为，一脚把管家奥斯华德踢倒在地，狠狠地教训了他。李尔高兴极了，当场决定雇用他为仆人。肯特忠于老国王李尔、关心李尔的命运，从此，他不仅与老王李尔同甘共苦，还在老王李尔糊涂时给他以指点和劝告，在老王李尔困难时给他以帮助。

这时老王李尔的弄人走了进来。根据欧洲中世纪的风俗，宫廷里会专门养一些人给国王娱乐,就是弄人。他们的职责就是装疯卖傻,给国王讲笑话,逗国王开心。老王李尔的这个弄人既是老王李尔的随从,又是老王李尔的诤友。他清醒、机敏,笑话里充满辛酸的真理;他勇敢机智,正义感和是非感极强,他对主人忠贞不贰,在主人遇难时,弄人通过半真半假、半开玩笑半似认真的方式规劝他、开导他、帮助他、鼓舞他。他让"卡厄斯"这位新来的仆人,戴上他宫廷小丑的鸡头帽,还说"卡厄斯"一定是个傻瓜,否则绝对不会愿意侍奉像老王李尔这样愚蠢的君王。李尔问他的弄人:"你叫我傻瓜,孩子?"弄人回答:"是的,你把所有的尊号都送给了别人,只有这一个名字是你从娘胎里带来的。"

高纳里尔对父亲李尔的态度愈来愈坏,她语言恶毒,与父亲高呼大叫,想把李尔王赶出宫廷。大女儿的忤逆不孝,让李尔无法想象从自己手中得到王冠的大女儿居然如此对待自己。他想起乖巧的考狄利娅,怎么会在自己的眼睛里变得丑恶,而她的姐姐竟这般恶毒。奥本尼公爵赶来,不知发生了什么。李尔正用各种狠毒的语言诅咒高纳里尔,咒她永远不能生儿育女;即使生孩子,让她生下忤逆狂悖的孩子,使她终身受苦。李尔想带自己侍从离开大女儿家去二女儿家住,却发现还不到半个月,他的100个卫士一下子裁撤了50名。李尔一怒之下,当即决定带领剩下的随从,去投奔二女儿里根。他相信里根是孝顺的,里根听见高纳里尔这样对待他,一定会为自己出气的。他先派化名为"卡厄斯"的肯特去里根处投书。高纳里尔也派使者奥斯华德快马加鞭地给里根送信。

第二幕

在葛罗斯特伯爵城堡庭院，爱德蒙听说康华尔公爵跟他的夫人里根公主今天晚上要到这儿来拜访葛罗斯特伯爵，还听说康华尔公爵也许会跟奥本尼公爵开战，爱德蒙想利用好这个机会。他这边激怒父亲葛罗斯特伯爵，那边又对爱德伽说："父亲在那儿守着要捉你。康华尔和里根在这样的夜里急急忙忙地要来，你有没有说过什么反对康华尔公爵的话？为了提防康华尔公爵，你离开这个地方吧。"这时葛罗斯特赶来，爱德伽慌忙逃进夜色之中。爱德蒙砍伤了自己的手臂，对葛罗斯特谎称道："哥哥不听我的劝告，决意实行他的企图，让我跟他同谋把您杀死，我对他说我要宣布他的秘密，可是他却说我是没资格继承遗产的私生子。我们两人立在敌对的地位，人家不会相信我的话的。即使我拿出他亲手写下的信，大家也只认为我觊觎他死后的利益。就这样爱德伽出手伤了我。"葛罗斯特本是个心地善良的人，这时却因受了他的私生子爱德蒙的挑拨，完全误会了爱德伽。他要将所有的城门关起来，还把爱德伽的小像各处传送，让人们注意到他、抓住他，并且要把土地赐给爱德蒙。

康华尔公爵、里根公主连夜来到了葛罗斯特伯爵的城堡。原来他们收到了李尔的使者和高纳里尔的使者的信。读罢信，他们立刻召集仆从，上马出发到这个最近的城堡来，他们不想在自己的家里接待李尔一行。老王李尔的使者"卡厄斯"及高纳里尔的使者奥斯华德也分别来到这里，"卡厄斯"一看即知这个奥斯华德必是奉高纳里尔之命来说服里根一同怠慢李尔的，就和奥斯华德吵起来，并打了他。二女婿康华尔公爵及其夫人里根当即下令把"卡厄斯"的双脚锁起来，将他丢在城堡前面。葛罗斯特认为康华尔公爵不应这样做,"卡厄斯"是老王李尔的使者,担心老王李尔会怪罪。

李尔和弄人等赶到里根家,发现家中空无一人。他们随即来到葛罗斯特的城堡中,正巧看见被锁在枷中的"卡厄斯"。李尔真不敢相信自己的眼睛,自己的使者"卡厄斯"的双脚竟被刑具锁住。这种做法是对自己极大的蔑视。

爱德伽为了逃避父亲的追捕,保全自己的生命,他改扮成疯丐,自称为汤姆,行走在荒野上,向人哀求乞讨。

老王李尔在葛罗斯特的城堡里,感觉到了康华尔公爵和里根对自己的回避。过了一会儿,才见到康华尔公爵夫妇。李尔向里根诉说大女儿的不孝,很快便发现了里根和她丈夫对自己的态度不对。里根为姐姐的不孝辩护,根本不听父亲的诉说,反而说:"您年老了,已经快到生命的尽头了,应该让一个比您自己更明白您的地位的人管教管教您。所以我劝您还是回到姐姐的地方去,对她赔一个不是。"正说话间,高纳里尔为了和妹妹一同折磨自己父亲,也亲自赶到这里向妹妹告状。里根趁势要老王李尔现在就回去跟姐姐住在一起,裁撤一半的侍从,等住满了一个月才可以来,现在自己不在家里,在葛罗斯特伯爵的城堡,要供养有许多不便。老王李尔说他不回去,而愿意带着自己的50个随从在二女儿家住。里根说:"那绝对不行,现在还轮不到我,我也没有预备好招待您的礼数。即使下次父亲到我家住时,随从连50个也不需要,只准带25人。"老王李尔没料到二女儿比大女儿更坏,他想大女儿虽坏,毕竟还同意他带50个随从,其孝心比只许他带25人的二女儿"还大一倍"。他转身告诉大女儿表示愿意重回大女儿家,谁知高纳里尔这时又说:"依我说,不但用不着25个人,就是15个也是多余的。"里根接着说:"依我看来,一个也不需要。"两个女儿如此忘恩负义,老王李尔真是悲愤至极、伤心透顶。绝情寡义的不孝女儿的蛇蝎恶行像毒箭一样深深地刺痛了老王李尔的心，他悔恨自己不该稀里糊涂地放弃了王位，如今被迫丧尽了所有的尊严，他说："你们以为我将哭泣，不，我不愿哭泣，我虽然有充分哭泣的理由，可是我宁愿让这颗心碎成万片，也不愿流下一滴泪来。傻瓜！我要疯了！"

这时，风雨大作，电闪雷鸣，老王李尔却吩咐人备马，说宁愿承受暴风雨的袭击也不愿与两个无情无义的女儿在一起。高纳里尔和里根毫不理会，老王李尔悲愤离去。

一场暴风雨将要来了，葛罗斯特伯爵看天色暗下来了，心想田野里刮着狂风，连一株小小的树木都没有。他担心老王李尔的处境，而康华尔公爵和里根夫妇却命令葛罗斯特伯爵关上门。

第三幕

在暴雨雷电交加的荒野，肯特和侍臣相遇，得知在这样的晚上，老王李尔孤苦伶仃，只有那个心地善良、说话半疯半傻的弄人陪着他，在荒野上、在一片漫天袭来的暴风雨中流浪着。李尔光着秃头在风雨中狂奔，主仆二人，缺衣无食，浑身湿透，无家可归。既不知该往哪里去，也找不到片瓦来藏身，只有把一切付托给不可知的大自然。李尔的内心进行着一场比暴风雨的冲突更剧烈的斗争，弄人竭力说些笑话替他排解心中的伤痛。

肯特告诉侍臣一个重要的消息：在奥本尼和康华尔两个公爵之间，暗中已经发生了冲突。他们手下有一些名为仆人，实际上却是向法国密报我们国内情形的探子。这两个公爵的明争暗斗，这两个女儿对善良的老王李尔的冷酷待遇等秘密，全都传到了法兰西国王的耳中。现在已经有一支军队从法国开到我们这个分裂的国土上来，正趁着我们疏忽无备，在我们几处最好的港口秘密登陆，不久就要揭开他们鲜明的旗帜了。肯特让侍臣赶快去多佛，一定可以见到考狄利娅，把这枚戒指给她看了，她就可以告诉你，我是个什么人，你可以把被逼疯了的王上所受的种种屈辱向她做一个真实的报告。

面对狂风暴雨，老王李尔想到的不仅是两个女儿的忘恩负义，更是他所生活的这个世界的种种罪恶丑行，他胸中激起了一场比自然界暴风雨更大的风暴，他愤怒地呼号着，控诉着：

吹吧，风啊！胀破了你的脸颊，猛烈地吹吧！你，瀑布一样的倾盆大雨，尽管倒泻下来，浸没了我们的尖塔，淹没了屋顶上的风标吧！你，思想一样迅速的硫黄的电火，劈碎橡树的巨雷的先驱，烧焦了我的白发的头颅吧！你，震撼一切的霹雳啊，把这生殖繁密的、饱满的地球击平了吧！打碎造物的模型，不要让一颗忘恩负义的人类的种子遗留在世上！

这此时，老臣肯特也赶了上来。李尔王继续道：

伟大的神灵在我们头顶掀起这场可怕的骚动。让他们现在找到他们的敌人吧。战栗吧，你尚未被人发觉、逍遥法外的罪人！躲起来吧，你杀人的凶手，你用伪誓欺人的骗子，你道貌岸然的逆伦禽兽！魂飞魄散吧，你用正直的外表遮掩杀人阴谋的大奸巨恶！撕下你们包藏祸心的伪装，显露你们罪恶的原形，向这些可怕的天吏哀号乞命吧！我是个并没有犯多大的罪、却受了很大的冤屈的人。

（见朱生豪译《李尔王》，云南人民出版社，2009年版，第131～133页）

老王李尔看到了在他过去安居王宫享受荣华富贵时所没看见、也不可能看见的人世的罪恶。由于受到的刺激太大，老王李尔已经开始神志不清了，他做这一段愤怒控诉时还是清醒的。"卡厄斯"发现前面有一间茅屋可暂避风雨，就引领他们去避雨。

葛罗斯特在自己的城堡里看到了康华尔公爵和里根不近人情的行为，他请求他们允许自己给李尔一点儿援助，就差点被剥夺了使用自己房屋的权利。他对爱德蒙说："两个公爵现在已经有了意见，而且还有一件比这更严重的事情。今天晚上我接到一封信，里面的话说出来也是很危险的；我已经把这信锁在壁橱里了。王上受到这样的凌虐，总有人会来替他报复的；已经有一支军队在路上了；我们必须站在王上的一方面。我就要找他去，暗地里救济救济他；你去陪公爵谈谈，免得被他觉察了我的行动。"（见朱生豪译《李尔王》，中国青年出版社，2014年版，第91～92页）爱德蒙一直算计着父亲的全部家产，此刻，他看到了一个能使他获得父亲财产和权力的好机会。他决定出卖父亲，把父亲托付的事情告诉公爵以献功邀赏。

老王李尔刚走到茅屋前面，先进去的弄人就慌忙跑了出来，大惊失色地说里面有一个"鬼"，鬼说自己的名字叫可怜的汤姆，他发疯喊叫着，说魔鬼把他害得好惨。原来这个"鬼"是葛罗斯特伯爵的嫡子爱德伽乔装打扮的。完全沉浸在自己痛苦中的老王李尔问汤姆是否也遭到女儿遗弃，才弄成今天的模样。因为在老王李尔看来，没有什么能比这个原因更让人痛苦。此时，葛罗斯特持火炬一路找来看到这一切，他没认出爱德伽，爱德伽却认得父亲，爱德还在装疯卖傻地说葛罗斯特是恶魔。葛罗斯特感叹陛下竟会跟傻子成了伙伴，让老王李尔跟他回去，说自己的良心不允许自己服从无情的命令而关上门，把李尔丢在这狂暴的黑夜之中。看到李尔被女儿害得神经错乱，同时也在感慨自己的亲生儿子要谋害自己。李尔还想和疯子汤姆交谈，因为在他看来，汤姆的胡言乱语包含着深刻的哲理。葛罗斯特劝着老王李尔，带领大家来到了一间可以藏身的农舍中避雨、取暖，爱德伽也一同跟着。

  葛罗斯特去弄吃的去了，老王李尔把这里当作了法庭，开始对女儿的大逆不道进行审判。他让弄人、爱德伽和"卡厄斯"扮法官，用凳子代表两个不孝的女儿。爱德伽和"卡厄斯"为李尔的这种荒诞的行为伤感流泪。葛罗斯特回来了，他听到了一个阴谋，感到老国王的生命受到威胁。他套好了马车，让大家把李尔抱到车上，带着"卡厄斯"、弄人向多佛走去。爱德伽看着大家离去，心中默愿王上能安全无恙。

  法国入侵的消息已传遍城堡。爱德蒙以出卖父亲的卑鄙行为篡夺了葛罗斯特的爵位，葛罗斯特成了反贼。在葛罗斯特城堡，康华尔公爵、里根和高纳里尔一方面快速联系奥本尼公爵联手抗击法国军队，一方面派人去抓葛罗斯特。

  葛罗斯特因为同情老王李尔的遭遇，帮助李尔去了多佛，被里根和康华尔的人抓到了。葛罗斯特在自己的城堡里竟被里根的丈夫康华尔挖出一只眼睛。康华尔的仆人因为激于义愤，反对他主人这种行动，就拔剑与康华尔决斗，康华尔受了重伤，里根取剑从后面刺死仆人。康华尔残忍地挖出葛罗斯特另一只眼睛。葛罗斯特呼唤自己的儿子爱德蒙，让他报复这一场暴行！里根告诉葛罗斯特，这一切都是爱德蒙告发的。葛罗斯特明白了一切，知道爱德伽是冤枉的。恶毒的里根等人刚刚离开,仆人们立刻用麻布和蛋清替葛罗斯特包扎伤口。

第四幕

在荒野上,葛罗斯特由一老仆人搀扶着见到了"汤姆",葛罗斯特请求汤姆领着自己到多佛的悬崖上去,求老仆人拿一点衣服来给汤姆遮盖身体。葛罗斯特一路走一路悔恨着自己受人之愚,错怪了爱德伽,希望在死之前能抚摸到儿子的身体。

爱德蒙护送着高纳里尔到了奥本尼公爵府。高纳里尔发现爱德蒙的长相十分诱人,认为自己诚实的丈夫奥本尼是个懦夫。高纳里尔就让爱德蒙回到康华尔那儿去,催促康华尔赶紧调集人马对抗法军,这边由她自己出马。在爱德蒙临行前,高纳里尔以饰物赠爱德蒙,并给了他一个吻。她现在对卑鄙的爱德蒙的爱要远远胜过对她鄙视的丈夫的爱。

奥本尼因目睹李尔的大女儿和二女儿的不孝与残忍而觉悟。他见到高纳里尔,斥责她对父亲的忘恩负义、蛮横下贱的行为,把老人逼得疯狂。还说妹夫康华尔作为男子汉,继承了老王的国土,成了一邦的君主,受过老人的深恩厚德,不应对老王李尔这般虐待。二人吵了起来。这时使者传来消息说康华尔公爵已死,因为仆人刺中了他致命的部位,还带来里根的一封信。奥本尼听说康华尔挖去葛罗斯特的眼睛,是爱德蒙告发的,无比愤怒。奥本尼感激葛罗斯特对老王李尔所做的一切,发誓要替葛罗斯特报被挖目之仇。

老王李尔在葛罗斯特和肯特等臣子的帮助下,秘密地到达了肯特伯爵领地内的多佛城堡。多佛为肯特的领地,生活比较方便;再则多佛在海边,离法国近,中间只隔了个英吉利海峡,便于李尔王和唯一忠于自己的女儿考狄利娅联系。

肯特来到多佛附近的法军营地，侍臣向肯特说见到了考狄利娅，把她父亲老王李尔的不幸遭遇、她两个姐姐虐待父亲的罪行等告诉了她。她看着信，流下了眼泪，嘴里迸出了"父亲"两个字。考狄利娅十分悲愤，她说服了自己的丈夫法兰西国王派兵出征英国，替老父主持正义。她也随军在多佛登陆，派人找她的父亲。

高纳里尔把爱德蒙送到里根那里，又害怕里根夺走爱德蒙，便让奥斯华德送信给他。

奥斯华德带着给爱德蒙的信来到了葛罗斯特城堡，遇到了里根。里根强行拆看了信，并对奥斯华德说，爱德蒙有重要的事情，已经离开此地。爱德蒙跟我曾经谈起过，他向我求爱比向你家夫人求爱方便些。请你将此话传给姐姐高纳里尔，让姐姐知道爱德蒙爱的是我。并让奥斯华德继续把这封信交给爱德蒙。里根后悔放走了葛罗斯特，因此叮嘱奥斯华德，若发现那瞎眼的葛罗斯特，把他除掉，可以得到重赏。

葛罗斯特和爱德伽走在通往多佛的路上，痛苦中的葛罗斯特一心想寻死，他问爱德伽距山顶还有多远，爱德伽说就要到了，已经听到了大海的声音。葛罗斯特感觉不到海的声音和爬山的艰难，爱德伽说那是因为您的眼睛痛得厉害，所以知觉也连带着模糊起来。葛罗斯特还感觉到这个"汤姆"不再喋喋不休地讲恶魔的故事了，说话也理性了。爱德伽告诉他，他们已经到了悬崖边，还说这悬崖高得令人头晕目眩。葛罗斯特放开爱德伽的手，送给他一个钱囊，说里面有一颗宝石，可保他终身温饱。然后让他远离一边，自己跳了下去。

葛罗斯特并没有丧命，一个陌生人扶起了他，告诉他从这样千仞的悬崖上跌落下来没有死是一个奇迹。葛罗斯特说自己好像没有跌下来，陌生人说你就是从这可怕的悬崖绝顶上面跌下来的，并问葛罗斯特："刚才在那悬崖的顶上，从你身边走开的是什么东西？""一个可怜的乞丐。"葛罗斯特回答。陌生人却说，他看到的是一个满头都长着高低不齐的犄角的恶魔，一定是无所不能的神明在暗中保佑你。葛罗斯特从此下定决心摆脱恶魔，要忍受痛苦活下去。实际上，这个陌生人就是爱德伽，他把父亲带到一座小山丘顶上，告诉他是悬崖，巧妙地帮助父亲摆脱了寻死的念头。

正当葛罗斯特和爱德伽交谈时，老王李尔头戴一个用鲜花、树叶和荨麻编扎成的花冠走来。这时老王李尔已经神志失常了，他经常胡言乱语。葛罗斯特辨别出老王李尔的声音，跪下来吻他的手，老王李尔把他当作了盲目的爱神丘比特，大声地咒骂世人的邪恶和贪欲。当老王李尔认出葛罗斯特时，又大叫着要杀死敌人。这时，一侍臣率侍从数人来到老王李尔面前，说是奉老王李尔的女儿考狄利娅的命令来救他，要把陛下送到他女儿那里。葛罗斯特和爱德伽明白了，这是考狄利娅派人来救父亲了。

葛罗斯特由爱德伽搀扶着走向考狄利娅营地。路上，他们遇见奥斯华德。奥斯华德因奉里根的命令，欲杀葛罗斯特。爱德伽劝阻不成，两人开始决斗。奥斯华德中剑倒地，临死前拿出自己的钱给爱德伽，请他掘一个坑把自己的尸体埋了；还有一封信，请爱德伽将信送给爱德蒙，说爱德蒙在英国军队里。爱德伽从信中看到了高纳里尔要谋害她的丈夫，叫爱德蒙代替丈夫的位置的消息。事情紧急，爱德伽安顿好自己的父亲，赶紧给奥本尼公爵送信。

在法国营帐里，父女得以相见，女儿泪流满面，为父王的悲惨遭遇而极度伤心。考狄利娅说："我亲爱的父亲！但愿我的嘴唇上有治愈疯狂的灵药,让这一吻抹去我那两个姐姐加在你身上的无情的伤害吧!"老王李尔一开始没有认出女儿,也不知道身在何处,也记不起来什么时候穿上一身衣服。经过治疗,他才逐渐清醒,终于认出了站在自己面前的是一直热爱他、忠于他的考狄利娅。

李尔在小女儿面前真诚地悔过,说自己是个年老糊涂的人,请求小女儿的宽恕。

第五幕

法国军队为了替考狄利娅的父亲李尔伸张正义,和爱德蒙、里根、奥本尼公爵的军队进行战斗。奥本尼知道老王李尔被逼迫得无路可走,到他的小女儿那儿去了。本来奥本尼提不起勇气来迎战,可是法国举兵侵犯自己的领土,这是他所不能容忍的。在里根的怂恿下,奥本尼只能与她联手对抗法军,但要求保护好老王李尔和考狄利娅的安全。高纳里尔和里根两人为爱德蒙互相吃醋,爱德蒙却脚踩两只船,还要借奥本尼做号召军心的幌子。这时士兵打扮的爱德伽溜进来,趁其他人不备,把从奥斯华德手里得到的信交给奥本尼。奥本尼还没来得及看信,爱德蒙就通知他敌军已经逼近,要立刻集合军队应战。

英军战胜法军,老王李尔和他的小女儿考狄利娅被俘。此时的老王李尔已彻底认清了考狄利娅是真正孝顺自己的,考狄利娅做出这样大的牺牲是为了自己。考狄利娅为父王的遭遇感到悲伤,请求见姐姐一面,安顿好父亲。但老王李尔却愿意同女儿一起待在监狱里。

恶棍爱德蒙俘虏了李尔父女后,一心想篡夺英国王位,他决不能让英国国王李尔的小女儿活着。他便派人把父女俩押进秘密监狱,同时交给监狱长一封密信，要监狱长在监牢里处死考狄利娅。

奥本尼读了爱德伽交给他的信，这是一封高纳里尔写给爱德蒙的密信，计划要谋害其夫奥本尼公爵，以便他们结婚。原来里根与爱德蒙的关系也暧昧，丈夫一死，她就把所有的权力托付给了爱德蒙，还决定与爱德蒙结婚。奥本尼立即以叛逆重罪逮捕爱德蒙，并要他与自己手下的一名骑士决斗。同时，奥本尼逮捕了高纳里尔。奥本尼告诉里根，高纳里尔已经跟这位勋爵有约在先，你和他的婚姻可能没希望。这时里根突然倒下，因为高纳里尔在她的食物里下了毒。

奥本尼叫传令官宣读命令。传令官宣读：在本军之中，如有身份高贵的将校官佐，愿意证明爱德蒙——名分未定的葛罗斯特伯爵，是一个罪恶多端的叛徒，请他在第三次喇叭声中出来。

喇叭三响后，爱德伽身着士兵装束走出，挑战爱德蒙。他当众宣布爱德蒙是一个叛徒，不忠于神明、父亲和兄长，阴谋倾覆这位崇高卓越的君王。二人决斗，爱德蒙被刺伤倒地。高纳里尔试图帮助爱德蒙，却因为奥本尼要展示高纳里尔给爱德蒙信的叛逆内容，慌忙跑掉。

爱德蒙伤势严重，想当英国国王的阴谋也失败了，他问爱德伽是什么人。爱德伽说，在血统上我并不比你低微，要是我的出身比你更高贵，你尤其不该那样陷害我。我的名字是爱德伽，你父亲的儿子。父亲生下了你，你却使他丧失眼睛。

奥本尼拥抱爱德伽并问他父亲葛罗斯特伯爵的情况。爱德伽说出了与父亲相遇的经历：

为了逃避那紧追着我的残酷的通缉令……我披上了一

身疯人的褴褛衣服，改扮成一副连狗都瞧不起的装束。在这样的乔装之下，我碰见了父亲，他的两个眼眶流血，那宝贵的眼珠还刚失去；我替他做向导，领着他，为他乞讨，把他从绝望之中拯救出来。啊！我不该一直向他瞒住自己的真相！直到约莫半小时以前，我已经披上甲胄，对成功虽有希望但无把握，我才请他为我祝福，把我的全部历程从头到尾告诉他知道；可是，唉！他的破碎的心太脆弱了，承受不了喜悦和悲伤这两种极端激情的冲突，他含着笑死了……

当我正在放声大哭的时候，来了一个人，他认识我就是他所见过的那个疯丐，不敢接近我，可是后来他发现我究竟是什么人，能这样忍耐活下来，他就用强壮的双臂抱住我的头颈，大放悲声，好像要把天空都震碎一般。他倒身在我父亲的尸体上，讲出了关于李尔和他两个人的一段最凄惨的故事；他越讲越伤心，他的生命之弦都开始颤断了；那时候喇叭的声音已经响过两次，我只好抛下他一个人在昏迷之中。

（见朱生豪译《李尔王》，译林出版社，2018年版，第111～112页）

这时，侍臣传来消息，高纳里尔自杀，里根被高纳里尔毒死。

爱德蒙临死前有所醒悟，让爱德伽拿自己的剑赶快去城堡阻止军官执行李尔和考狄利娅的死刑。

但是考狄利娅已经被处死，老王李尔痛不欲生，亲手杀死了缢死女儿的奴才。

李尔哀伤之极，抱着考狄利娅的尸体，抚尸大哭。边哭边泣诉着：

> 哀号吧，哀号吧，哀号吧，哀号吧！啊！你们都是些石头一样的人；要是我有了你们的舌头和眼睛，我要用我的眼泪和哭声震撼穹苍。她是一去不回的了。一个人死了还是活着，我是知道的；她已经像泥土一样死去。借一面镜子给我；要是她的气息还能够在镜面上呵起一层薄雾，那么她还没有死。

（见朱生豪译《莎士比亚悲剧喜剧全集 悲剧Ⅱ》，中国书店，2013年版，第92页）

肯特悲伤地跪在李尔的面前，李尔终于认出了肯特，却无法分辨他和"卡厄斯"之间的关系。肯特说自己就是"卡厄斯"，自从王上开始遭遇变故以来，一直跟随着您。肯特还告诉李尔，他的大女儿和二女儿已经死了。李尔胡乱地答应着。奥本尼宣示意旨，把最高的权力归还给李尔，爱德伽、肯特恢复原来的爵位。

小女儿死去的打击对李尔来说太沉重了，他无法承受这巨大的悲痛：

> 我的可怜的傻瓜给他们缢死了！不，不，没有命了！为什么一条狗、一匹马、一只耗子，都有它们的生命，你却没有一丝呼吸？你是永不回来的了，永不，永不，永不，永不，永不！请你替我解开这个钮扣；谢谢你，先生。你看见吗？瞧着她，瞧，她的嘴唇，瞧那边，瞧那边！

（见朱生豪译《莎士比亚悲剧喜剧全集 悲剧Ⅱ》，中国书店，2013年版，第93页）

心力交瘁的李尔终于倒下，在小女儿的尸首旁边哀伤而死。

奥本尼公爵请求忠实臣子爱德伽和肯特伯爵帮他主持大政，肯特谢绝，称已经听见老王李尔叫他上路。奥本尼作为英国国王，下令全国为老王李尔举哀，这出悲剧在丧礼进行曲中结束。

3.赏析

《李尔王》是一部气氛凝重的悲剧，它描写了一个专制独裁的国王由于刚愎自用而遭受悲惨结局的故事。全剧充斥着是非不分、人伦颠倒的丑恶和残忍，从头至尾充满了亲人之间的互相残杀和对权力的追逐。君臣、父女、父子、姐妹、兄弟、夫妻这些最稳定的天经地义的传统关系都受到了冲击和践踏。

莎士比亚通过《李尔王》这部作品鞭挞的不仅仅是李尔王两个女儿的不孝，也不仅仅是爱德蒙和康华尔等人的各种阴谋诡计及暴政，而是整个社会的伪善以及各种罪行恶德。莎士比亚通过这些反面人物，揭露了封建贵族阶级的腐朽卑污，让人们看到了在早期资本主义关系中，封建的人伦关系已然被摧毁，人文主义的思想意识已经深入人心。作品对当时英国社会的封建贵族生存状态及见利忘义的现实进行了无情的揭露和批判，将同情、仁爱、真诚等人文主义原则同丑恶的现实相对立。最后通过专横跋扈的李尔人性复归的艰难过程，表现了莎士比亚对未来社会的乐观态度，表达出一个人文主义者的理想和信念。

戏剧结构与主题思想

《李尔王》一剧在结构上有主副两条情节线索，在主情节线中，李尔王因年事已高,决定摆脱"一切世务",把国土分给他的3个女儿。因听信了大女儿高纳里尔和二女儿里根的花言巧语,而误解了小女儿考狄利娅的忠诚和正直,剥夺了她的继承权,将其远嫁法兰西,把国土全部分给大女儿和二女儿。让位后的李尔饱受大女儿和二女儿的虐待而沦落旷野荒郊,最后是小女儿考狄利娅把他解救出来,并为此付出了自己的生命。在副情节线中,葛罗斯特因听信了私生子爱德蒙的谗言,误以为嫡生子爱德伽窥视他的爵位和家产,迫使爱德伽装疯流落他乡;后因同情李尔,被爱德蒙告密惨遭挖去双目,也流落旷野荒郊。最后,是爱德伽带他走向多佛,并陪伴他度过了生命中最后一段日子。作为父亲的李尔和葛罗斯特都因是非不清、盲目轻信而铸成大错。当他们明白真相后,与善良的、诚实的、正直的子女重逢后,或悲伤或喜悦过度而死去。这两条平行的线索在空旷荒野上交织穿插,增强了悲凉的气氛。这两条平行发展的情节也增添了悲剧的艺术感染力,同样的悲剧命运,既发生在国王李尔身上,也发生在大臣葛罗斯特身上,这种封建社会的命运遭遇具有了普遍的意义。

《李尔王》一剧的悲剧思想主题已超出了个人悲剧的范围,父女、父子关系的失常导致家庭伦理的扭曲,至高无上的国王沦为疯癫的乞丐,争夺天下、爱情以致手足相残。失常的伦理、贪婪的欲望打破了家庭的秩序、国家的秩序乃至整个道德意识的秩序,有悖天理。如葛罗斯特说的:"最近这一些日食月食果然不是好兆;虽然人们凭着天赋的智慧,可以对它们做种种合理的解释,可是接踵而来的天灾人祸,却不能否认是上天对人们所施的惩罚。亲爱的人互相疏远,朋友变为陌路,兄弟化成仇雠;城市里有暴动,国家发生内乱,宫廷之内潜藏着逆谋;父不父,子不子,纲常伦纪完全破灭。我这畜生也是上应天数；有他这样逆亲犯上的儿子，也就有像我们王上一样不慈不爱的父亲。我们最好的日子已经过去；现在只有一些阴谋、欺诈、叛逆、纷乱，追随在我们的背后，把我们赶下坟墓里去。"（见朱生豪译《李尔王 中英对照全译本》，世界图书出版公司，2015年版，第43页）反映了当时社会人们的思想道德和生存状态。

利己主义和利他主义的两种道德原则引发了该剧的戏剧冲突。以高纳里尔、里根、爱德蒙为代表的利己主义者，贪婪和私欲极度膨胀导致其恶毒的行为。高纳里尔、里根把让位的父亲赶出家门，为争夺天下和情欲相残；爱德蒙为了获得继承权，陷害哥哥、离间葛罗斯特和爱德伽父子关系，再出卖父亲获得爵位。这种极端自私的行为把人与人之间那种天然的关系全然颠倒和无情打碎。他们人性之恶的共同性形成了一个不稳定的阵营。每个人都想利用别人的帮助来达到自己的目的，当利益冲突的时候，就会毫不犹豫地消灭盟友，如高纳里尔串通爱德蒙谋害自己的丈夫奥本尼，毒死自己的妹妹里根，完全丧失了道德和伦理，最终导致了自身的崩溃和毁灭。以考狄利娅、肯特、爱德伽为代表的人文主义理想者，坚持真理，诚实而具有同情心和正义感，敢于自我牺牲。考狄利娅不计前嫌一直爱着她的父亲，她在法国得知父亲李尔的困境之后，为了营救父亲，她说服法兰西国王起兵，自己随军秘密在英国登陆。老臣肯特伯爵忠诚正义，在李尔王昏庸之时进谏，被驱逐出境；得知老王李尔受到高纳里尔的虐待时，就预料到会有更大的灾难，他乔装仆人，跟随王上生死与共；为解救老王李尔，暗中通信给考狄利娅；老王李尔死后，他追随而去。爱德伽饱受弟弟的陷害，靠装疯得以生存，他是智慧的代表，特别是在剧情后半部，为家庭为国家铲除奸臣，起到了关键性的作用。两个道德完全对立的阵营在善与恶的较量中使得剧情逐步达到高潮，也让老王李尔对社会和人生有了深刻的体验。

人物形象分析

老国王李尔是封建最高权力下畸形发展的牺牲品。作为一个手中掌握臣民生杀大权的统治者，他主观专横，不辨是非，习惯了人们的阿谀奉承，对逆耳忠言极端反感。在头上那顶王冠的光芒笼罩下，他越发刚愎自用，越发自负，体现了一个封建帝王的专制和自私自利。任性是李尔王性格的主要特征，这必然铸成家庭和国家的悲剧。在"家天下"思想的支配下，李尔在没有儿子继承王位的情况下，将国土分给自己的3个女儿是他封建伦理思想的体现。在"家天下"的君主政权统治下，这样的分封是无可指责的，问题是李尔王决定出让他的领土，仍要保持他的尊严。他天真地要求即使在政治上不做国王，也要做名义上的国王，他内心深处实际上有着继承者们对于他的意志绝对服从的愿望。所以，在分国土的时候，要女儿们表示对他爱的程度。当小女儿说出的不是他想听的话语时，暴怒的他不顾忠臣的劝谏轻易地行使王者的专制权力，剥夺小女儿的继承权，把全部财产分给大女儿和二女儿，他带100个卫士要轮流在这两个女儿家住。他不会想到，这是他最后一次行使王者的权力。

当那两个继承了他的一切的女儿对他傲慢相待，以及旧臣对他现出轻蔑的态度时，他全部的生活信念破灭了。他开始饱尝丧失王位后的痛苦，从一个刚愎专横的暴君沦为一个无家可归的流浪汉。他疯了，流落在荒野，但这又是他清醒的开始。他从雷鸣电闪中忽然看清了自己罪恶的过去和虚伪的朝廷，亲身感受到恶势力对他的迫害，他对自己在世上的地位有了重新的认识，他"遭人贱视"的处境又使他靠近了人民，他亲眼看到了人民的苦难。他深深地懊悔：从前在位时，很少想到或完全没有想到过居住在他的国家里无数苦难的人们，如今自己的命运与千千万万穷人的命运一样了，他开始为自己以前没能体恤民情而自我谴责。他灵魂深处的美好的东西开始展现出来，他举止温和、宽宏大度，对不幸者抱有同情心，具有了人道的公正态度。

暴风雨中的一场戏，是全剧的高潮，是李尔从王者之身到平民之躯的转身。在暴风雨中，他关心地让肯特和弄人先进茅草屋。他在雷电交加之中喊道："衣不蔽体的不幸的人们，无论你们在什么地方，都得忍受着这样无情的暴风雨的袭击，你们的头上没有片瓦遮身，你们的腹中饥肠雷动，你们的衣服千疮百孔，怎么抵挡得了这样的气候呢？"表现了对当时劳动人民悲惨处境的同情。他对统治阶级发出这样的呼吁："安享荣华的人们啊，睁开你们的眼睛来，到外面来体味一下穷人所忍受的苦，分一些你们享用不了的福泽给他们，让上天知道你们不是全无心肝的人吧！"李尔王内心的激烈斗争与大自然中的狂风暴雨相呼应，他认识到自己的罪恶，认识到世间存在的罪恶。经过人世间狂风暴雨的冲刷，他已经变成道德完善的新人。

莎士比亚通过李尔王悲剧性的人生，反映了腐朽的封建社会末期的社会现实。又通过李尔王性格的变化，即由当初的主观骄横、狂暴任性，到以一个普通人的身份对现实生活的感受，看到了底层人民群众的贫困和凄苦以及人世的不公，这是他过去不可能看到和体会到的人间真实。特别是他得到考狄利娅的宽恕、爱怜后人性得以复归，充分显示了人文主义思想的胜利，也表达了莎士比亚对在位君主寄托的希望。

考狄利娅是李尔的小女儿，是一个代表了莎士比亚人文主义理想、体现了人文主义者追求真理与爱情的悲剧性女主人公。在剧中，她出场的次数不多，台词也很少，不足100行，但她的身上体现了人性中光明的一面，她对父亲的爱是无价的、无条件的。在父亲危难之际，这位被父亲赶出家门的女儿挺身而出。当父女见面时，人们看到了她仁慈、孝顺和温婉的感人场面。她祈求慈悲的神明医治父亲被凌辱的心灵中重大的裂痕，保佑这个被不孝的女儿所反噬的老父，让他错乱昏迷的神志恢复健全，愿自己的吻能抹去两个姐姐加在父亲身上的无情的伤害。她对疲惫昏睡的父亲痛心地哭诉这世间的不平："假如你不是她们的父亲，这满头的白发也该引起她们的怜悯。这样一张面庞是受得起激战的狂风吹打的吗？它能够抵御可怕的雷霆吗？在最惊人的闪电的光辉之下，你，可怜的无援的兵士！戴着这一顶薄薄的戎盔，苦苦地守住你的哨岗吗？我的敌人的狗，即使它曾经咬过我，在那样的夜里，我也要让它躺在我的火炉之前。但是你，可怜的父亲，却甘心钻在污秽霉烂的稻草里，和猪狗，和流浪的乞儿做伴吗？"

她的温柔、真诚、坦荡等美好的品德牵引着剧情从黑暗走向那朦胧中的光亮。正是她对真理和正义的维护和忠诚，体现出人性的庄严和优美。李尔王的悲剧终结于考狄利娅的爱，李尔的人性复归也是在见到考狄利娅并得到她的宽恕、爱怜后才完成的。法军战败，考狄利娅和李尔被俘，这时的李尔尽管双手被捆了起来，但他却感到自己是自由的，因为他重新得到了考狄利娅，他对世界有了新的认识。

考狄利娅的悲剧，使《李尔王》这部悲剧增强了崇高的悲剧感，具有了深刻的时代意义，反映出人文主义者在现实社会中看见了黑暗中的亮光，但这光还不够清晰，有一种找不到出路的绝望。

葛罗斯特、爱德伽和爱德蒙父子三人的悲剧，源于封建社会的爵位财产继承观念。

葛罗斯特是李尔王的一个老臣，位居伯爵。他迷信，轻信，但不乏忠诚。像李尔王一样，他很容易被甜言蜜语所蒙骗，他不假思索地轻信了爱德蒙诽谤陷害兄长爱德伽的话，冲动地大动干戈地在全城捉拿嫡生子，并剥夺了爱德伽的继承权。但是在他的城堡里发生了李尔被大女儿、二女儿和康华尔公爵赶进暴风雨中的事情，他无法忍受他们的行为，果断地帮助李尔，为李尔找一处遮风挡雨处。因为爱德蒙的出卖，他惨遭高纳里尔和里根夫妇的折磨，以至被挖去双眼流落荒原。这时的他清醒了，看清了爱德蒙的真实面目，意识到爱德伽对自己的忠诚和孝顺，悔恨不已。后来，他得到爱德伽的救助和陪伴，在大悲大喜的交错中死去。他从有眼睛时的"盲目"到无眼睛时精神上的"复明"，体现了和李尔同样的人文精神的觉醒，也体现了他性格中的忠诚勇敢。

爱德蒙是剧中的反面角色，他运用权谋和情色使自己从私生子的卑微地位跃升到爵位。他阴险狡诈、野心勃勃，为了独霸父亲的财产和爵位，他先离间父兄的关系，靠父亲的手逼走了爱德伽。他出卖父亲，借里根和康华尔的手挖去了父亲的双眼，得到父亲的爵位。他利用爱情的手段在高纳里尔和里根姐妹间左右逢源，想成为整个国家的主人。他不对任何人有忠诚仁爱之心，加害李尔和考狄利娅。当他的一切阴谋溃败时，临死的他告诉爱德伽去解救即将被处死的考狄利娅和李尔，点明他的人性未完全泯灭，这也体现了莎士比亚对人文主义理想的追求。

爱德伽忠厚善良，因弟弟爱德蒙嫉恨他的嫡子身份而遭算计。

他被父亲葛罗斯特诅咒和捉拿而浪迹天涯。为了保全自己的生命，他扮成了"可怜的汤姆"——一个疯了的乞丐。他看到了世界的虚伪和丑恶，在逆境和苦难中磨炼出智慧和胆略。当父亲为维护李尔，被弟弟出卖、被剜去双眼，流落荒野时，他悬崖救父，设法让父亲相信是神明的保佑，从精神到肉体彻底地拯救了父亲。他及时将一封包藏巨大阴谋的信件交到奥本尼手中，阻止了一场血腥的宫廷内讧。他勇敢地以高贵者的身份与爱德蒙决斗，为父亲报了仇，为国家的安定献出了智慧。

高纳里尔和里根都具有强烈的女权意识，向往最大的权力和感官享受，有极大的欲望和野心，是邪恶势力的代表。她们不仅对父亲不敬，而且对丈夫也不忠实。她们二人私下都和阴险毒辣的爱德蒙有不可告人的勾当，甚至姐妹二人还争风吃醋。里根的丈夫康华尔恰于此时死去，高纳里尔怕妹妹里根夺走她的情人，就把自己亲妹妹毒死。

高纳里尔敢于挑战父权、夫权，敢于争夺情人，心狠手辣。她用花言巧语讨好父亲李尔王，获得了国土和权力。拥有了半个国家的国土和权力的她开始展现恶的行为。她以各种借口和各种方式虐待父亲，甚至联合妹妹里根将父亲赶出家门。她不愿与正直的丈夫生活在一起，不顾英法战争胜败，与心术不正的爱德蒙共同策划杀害丈夫。为了得到情人爱德蒙，不让妹妹夺走爱德蒙，她不择手段，不惜毒死妹妹。最后，因阴谋败露，自杀身亡。

里根更为阴险和狠毒，当得知父亲老王李尔奔自己而来，她和丈夫离开自己的公爵府，连夜到葛罗斯特的城堡等候老王李尔。她和姐姐串通一气，将老父亲赶到暴风雨中。对帮助老王李尔的葛罗斯特，她要丈夫实施挖去葛罗斯特双眼的酷刑，还亲手刺死阻止康华尔恶行的仆人。她派人对流落他乡的葛罗斯特赶尽杀绝。丈夫死后，里根当即宣布她准备和爱德蒙结婚，欲与奥本尼进行国土、权力和地位抗衡。最后她被姐姐毒杀。

作品对忠臣肯特以及那个既聪明机智又半疯半傻的弄人，都刻画得生动逼真。

老臣肯特忠诚、直率，他对李尔和考狄利娅的忠心即使在放逐的境遇中也不曾改变。他乔装追随老王，一路上与李尔同风雨共患难，为李尔保驾。在老王李尔不清醒的时候，他就与考狄利娅沟通和联系，护送李尔到达多佛。最后，得知李尔因考狄利娅的死哀伤致死，他不要奥本尼给他的权力，而是追随李尔而去。

弄人是这幕剧中最有智慧的角色，他以一种古怪的扭曲的角度看待这个世界。他忠于老王李尔，一直与老王李尔同甘苦共患难。他是剧中唯一可以用诙谐言语指责李尔的愚蠢又不遭放逐的人。他通过半真半假、半疯半傻的话指出老王李尔的错误。他这样批评老王李尔平分国土给两个女儿的愚蠢行为："您把自己的王冠从中间剖成两半，把两半全都送给人家，真像是把驴子负在背上背过泥潭。您那光秃的头顶里面没有一点脑子，所以才会把一顶金冠送人。"展现了普通人的非凡智慧。

艺术手法

莎士比亚运用具有多元意蕴的暴风雨，来体现老王李尔的内心世界。暴风雨这一大自然真实的景象，打在李尔的身上，继而转化为李尔内心的风暴。这个不久前还高高在上不可一世的国王，如今在这泥泞的无遮无挡的暴风雨中，用撕心裂肺的颤抖声，无力地向两个女儿发出诅咒，向可怜的穷人发出同情。他悔恨交加，不能自已，就在这痛苦绝望的顶点，忽然暴风雨成为过去，在阳光照耀下的草原出现了为父亲讨伐姐姐的考狄利娅的形象。

莎士比亚利用疯话和正经话夹杂在一起的方式，表现了老王李尔真实的思想转变状态。用爱德伽的话来说，他"说出来的话却不是全无意义"。老王李尔疯了以后，固然说了一些疯言疯语，但同时也说了一些十分清醒、十分透彻、一矢中的、切中时弊的话，发人深省。例如，他说："褴褛的衣衫遮不住小小的过失；披上锦袍裘服，便可以隐匿一切。罪恶镀了金，公道的坚强的枪刺也会迎之而断；把它用破烂的布条裹起来，一根侏儒的稻草就可以戳破它。"（见朱生豪译《莎士比亚悲剧喜剧全集 悲剧Ⅱ》，中国书店，2013年版，第75页）表面上是疯话，事实上是真话。这里，老王李尔对他那个社会金钱与权势的揭露是深刻的。"褴褛的衣衫"代表贫穷，"锦袍裘服"则象征着财富和权势地位。"罪恶镀了金"说明正义以至法律都对它无可奈何，他对权威、法官、法律、不义等进行了彻底的批判。比如："你没看见那法官怎样痛骂那个卑贱的偷儿吗？侧过你的耳朵来，听我告诉你：让他们两人换了地位，谁还认得出哪个是法官，哪个是偷儿？""一条得势的狗，也可以使人家惟命是从。"（见朱生豪译《莎士比亚悲剧喜剧全集 悲剧Ⅱ》，中国书店，2013年版，第75页）这些"疯话"由曾经的国王李尔说出，其中的自省、无奈、悲愤等情感流泻而出，深刻地揭露了当时社会的现实。

莎士比亚在人物设计上独具匠心，人物自身对比强烈，引人深思。比如李尔在位时的昏庸至极到疯癫后的清醒明理，葛罗斯特毫发无损时有眼无珠、被挖去双眼后看清了爱德蒙的真相，表现他们各自走上了一条漫长而充满磨难的道路，最后才认清世界上的善与恶。

莎士比亚在场景设置上也十分精彩。例如"暴风雨"的场景（三幕二场），老王李尔和考狄利娅在法军营帐中谈话场景（四幕七场），还有老王李尔幻想"审判"两个女儿的场景（三幕六场），都特别值得一提。老王李尔被两个忤逆不孝的女儿赶出家门，走投无路，在狂风暴雨中流浪，受尽饥寒交迫之苦，内心的痛苦达到极点。他在极度痛苦中，呼天天不应，叫地地不灵，神志终于失常了。他把装疯的爱德伽和弄人当作"法官"，又叫肯特做"陪审官"，他自己作为"原告"，当场控诉两个忘恩负义的女儿的罪行。正在审判时，发现女儿"不见"了，他大声疾呼："拦住她！举起你们的兵器，拔出剑来，点起火把来！营私舞弊的法庭！枉法的法官，你为什么放她逃走？"这个场面是异常感人的，它用假法庭、假审判的形式，表达了老王李尔内心的极度愤怒和苦痛，表现了老王李尔的神志失常，引起了观众在思想感情上的强烈共鸣，显示出莎士比亚对社会和人生的深刻感受。

《麦克白》

　　《麦克白》（1605—1606）是莎士比亚写得最短的剧本之一，是莎士比亚四大悲剧中的最后一部。故事讲的是苏格兰国王邓肯的表弟麦克白将军，为国王平叛和抵御入侵后与同僚班柯将军一起回归。在途中，遇见三个女巫。女巫对他们说了一通预言，说麦克白将进为考特爵士，再成为未来的国王，班柯将军的子孙将要君临一国。麦克白的野心膨胀，在夫人的怂恿下谋杀了邓肯，杀死了邓肯的侍卫，做了国王。为防止阴谋败露和王位易主，麦克白暗杀了班柯和贵族麦克德夫的妻小。麦克白夫人精神失常而自杀，麦克白面对邓肯之子和他请来的英格兰援军的围攻，落得惨败的下场。

　　莎士比亚在剧中着重描绘了麦克白从一个气势非凡的英雄沉沦为一个祸国殃民的暴君的过程。深刻揭示了个人野心和权势欲望对人性的吞噬，表现了极端个人主义者的非人道的本性，探讨了野心与良知的关系。麦克白悲剧的发生存在着内在必然性，就是宿命中的野心欲望、恶性循环的罪恶感以及虚妄的执着，其悲剧是性格悲剧，也是社会悲剧。

1.时代背景

　　文艺复兴初期，人文主义者针对1000多年来的黑暗的中世纪教会确立的"神本论"思想对人欲的压抑，提出了"人本位"思想，肯定了人的世俗欲望，提倡人的价值和尊严。但是，随着资本主义的发展，资产阶级与生俱来的恶的本性也发展和膨胀，曾经发挥过巨大进步作用的新兴资产阶级的进取精神已发展和派生出拜物主义和极端个人主义，资产阶级与王权间的矛盾逐渐加深，英国的社会矛盾也日益尖锐。到了16世纪末期，人欲的膨胀，让人丧失了理性和德行，本性的贪婪、邪恶的欲望，更是导致了种种血腥的罪恶，至高的权位和金钱的占有导致了人的堕落。作为人文主义者的莎士比亚，他创作悲剧《麦克白》有着深刻的现实意义，他是借古喻今，针砭时弊，向人们展示个人欲望的无限膨胀和畸形发展导致的罪恶与毁灭。

该剧取材于霍林斯赫德的《英格兰、苏格兰与爱尔兰编年史》。原书中的麦克白是11世纪苏格兰的一位王亲贵族和名将，由于受到野心的驱使和女巫预言的煽动，将国王邓肯谋杀。篡位之后，麦克白的内心极度恐惧，饱受良心和疑虑的折磨，但为保住王位，他实行暴政，滥杀无辜，成为疯狂残忍的暴君，最后被邓肯之子马尔康率领的讨伐大军消灭。莎士比亚对《英格兰、苏格兰与爱尔兰编年史》中的人物和情节作了较大的改动：把年轻的邓肯改为年老仁慈的君主，让国王在毫无提防的睡梦中被杀害，把班柯描写为天性善良、诚实的大将，这更加突出了麦克白的阴险狡诈和残忍，而原书中的班柯是同谋犯。莎士比亚改编后的《麦克白》，虽然篇幅较短，但饱含着深刻的社会主题，呈现了严谨的结构和精湛的艺术。

2.剧情梗概

第一幕

戏剧在电闪雷鸣中开场，三位女巫正讨论她们将与麦克白见面的事。一位受伤的士官向苏格兰国王邓肯报告：葛莱密斯勋爵麦克白将军与班柯将军，刚刚击退了以麦克唐华德为首的叛军，又挫败了挪威国君依靠叛徒考特爵士对苏格兰的入侵。国王邓肯因麦克白平定叛军有功而兴奋，宣布将叛国犯考特立即处死，将其领地没收嘉奖给麦克白，并加授麦克白以考特爵士的爵位。

麦克白刚由前线班师回城，并不知此事。他与班柯将军归来途中，经过荒原，遇见了三个女巫，她们怪模怪样，先后向麦克白致意和祝福。第一个说："祝福你，葛莱密斯爵士！"第二个说："祝福你，考特爵士！"第三个竟说："祝福你，未来的国王！"他听了大为吃惊。她们转向班柯，说班柯比麦克白低微，可是他的地位在麦克白之上。虽然不是君王，你的子孙将要君临一国。麦克白问女巫，自己已经晋封为葛莱密斯爵士，这是事实，但怎么会是考特爵士呢？考特爵士现在还活着，他的势力非常显赫，又怎么可能是"未来的国王"呢？你们这种奇怪的消息是从什么地方得来的？这时，三个女巫突然隐去。麦克白和班柯正在诧异纳闷之时，国王邓肯派的使者洛斯及安格斯来了，迎接麦克白回去面见国王，传达国王的慰劳的诚意，加授他以"考特爵士"称号。并告诉他，原来的考特爵士因叛国的重罪，已遭到了毁灭的命运。麦克白惊喜巫婆的话奇妙地应验了，这一下子便点燃了他心中的野心，使他想入非非。他想，"这好比是美妙的开场白，接下去就是帝王登场的正戏了"。班柯警告他，别因女巫的话真的去贪图王位，以免堕入魔鬼的圈套。魔鬼为了要陷害我们，往往故意向我们说真话，在小事情上取得我们的信任，然后在重要的关头我们便会堕入他的圈套。但女巫的话却深深地印在麦克白的脑子里，一想到自己将来会成为国王，便心荡神移，不能再控制住自己的野心了。

苏格兰国王邓肯是麦克白的表兄，治理国家一向井井有条，是个好的国王。长子马尔康为储君，册封为肯勃兰亲王，将来要继承他的王位。根据当时的风俗，为了表示对于一个有功之臣的恩赐，国王可以亲自到大臣家访问。邓肯在接见麦克白时说，他与马尔康将赴麦克白家慰问探视。这当然是件大事，麦克白赶忙写信给妻子，嘱咐她预先准备，信上还详细谈了他在荒原上遇见女巫们的经过。

麦克白夫人是个心狠手辣、野心勃勃的女人，知道女巫预言后比她丈夫更加无法抑制自己满心的喜悦。麦克白赶回家中，告诉夫人邓肯今晚上要到家中来，预计明天回去。麦克白虽然心里惦记着王位，但想到流血就心觉不安。而麦克白夫人决心不惜一切代价帮助丈夫成为国王，她感到邓肯到他们家访问正是一个千载难逢的机会，决心就在自己家谋害国王，使麦克白登上御座。夫人要他装出和世人同样的神情，眼里流露着欢迎，款待这位将要来到的贵宾，把今晚的大事办完，就可以掌握君临万民的无上权威。

邓肯一行人到了麦克白的城堡，主人举行盛大宴会，恭迎国王驾临，麦克白夫妇殷勤招待，暗地里却在盘算如何下手。当天晚上，在麦克白内心有一场严重的思想斗争。他想到自己已答应了妻子一同谋杀邓肯，但想到他到这儿有两重的信任：第一，我是他的亲戚，又是他的臣子。第二，我是他的居停主人，应当保障他身体的安全。根据当时风俗，客人在主人家住，主人有责任全力保护客人安全，怎么可以自己持刀行刺邓肯呢？他也知道，邓肯是个贤明君主，"处理国政，从来没有过失"，杀死这样的明君，应属罪大恶极。他正在迟疑时，妻子来了。麦克白夫人见他动摇，立即责备他畏首畏尾，要他有勇气敢做一个比他自己更伟大的人物。她还拿自己的险恶残酷性格作例子，来说服丈夫：

我曾经哺乳过婴孩,知道一个母亲是怎样怜爱那吮吸她乳汁的子女;可是我会在他看着我的脸微笑的时候,从他的柔软的嫩嘴里摘下我的乳头,把他的脑袋砸碎,要是我也像你一样,曾经发誓下这样毒手的话。

(见朱生豪译《莎士比亚喜剧悲剧集》,译林出版社,2019年版,第599页)

第二幕

麦克白终于下了决心,决定当晚谋杀邓肯。入夜,邓肯国王已熟睡,身边只有两名侍卫,麦克白夫人在酒里放下麻药,把邓肯的两个侍卫灌得酩酊大醉,不省人事。然后麦克白潜入邓肯卧室,他眼前仿佛出现一把钢刀,刀柄对着他的手,刃上和柄上还流着一滴一滴血,想抓但抓不到。这虚妄的幻想加深了他的恐惧。麦克白极力摆脱内心的恐惧,将侍卫的匕首插进了邓肯的喉咙。国王死了,麦克白立即有了沉重的犯罪感和可怕的幻想,他心神不安,对他妻子说:

我仿佛听见一个声音喊着,"不要再睡了!麦克白已经杀害了睡眠。"那清白的睡眠,把忧虑的乱丝编织起来的睡眠,那日常的死亡、疲劳者的沐浴、受伤心灵的油膏、大自然最丰盛的肴馔、生命盛筵上主要的营养……不要再睡了!葛莱密斯已经杀害了睡眠,所以考特将再也得不到睡眠,麦克白将再也得不到睡眠……

(见朱生豪译《莎士比亚喜剧悲剧集》,译林出版社,2019年版,第604页)

很显然，他的精神几乎到了崩溃的边缘，恐惧和悔恨让他痛不欲生。麦克白仓皇中把侍卫的刀子也带了回来。麦克白夫人连忙持刀返回现场，把刀子放在死者身边，另外在侍卫的尸体上涂了些血，制造假象，嫁祸于人。此时，突然传来了敲门之声，这声音吓得麦克白心惊肉跳，他的犯罪感愈加沉重，看着自己手上的血迹，他说：

大洋里所有的水，能够洗净我手上的血迹吗？不，恐怕我这一手的血，倒要把一碧无垠的海水，染成一片殷红呢。（引文同上，第604页）

敲门的是苏格兰贵族麦克德夫和列诺克斯二人，他们一早有事来朝见国王。麦克白也来了。门房开了门，麦克德夫进去，发现国王在卧室中被人杀死。麦克德夫让大家到寝室里去，麦克白、列诺克斯一同去了。麦克德夫敲起警钟，大喊："杀了人啦！有人在谋反啦！班柯！道纳本！马尔康！"整个城堡一片混乱。麦克白假装慈悲，为了掩饰自己的罪行，趁机把两个浑身涂满血的侍卫杀了，说自己在盛怒之中鲁莽地杀了"凶手"。人们觉得国王死得蹊跷，纷纷猜测谁是真凶。班柯要大家详细彻查这一件最残酷的血案的真相。邓肯的两个王子马尔康和道纳本相信自己父王的卫士不会把国王杀死。同时，他们知道事情不妙，看到情况凶险，自己身陷危境，决定逃命。大儿子马尔康逃往英格兰，小儿子道纳本逃往爱尔兰。

第三幕

邓肯的王位继承人马尔康和道纳本由于逃走，蒙上弑父的嫌疑。麦克白作为国王的亲戚便被加冕当上了国王。麦克白虽然如愿以偿，登上了国王宝座，精神负担却很沉重。他自己犯了弑君罪，老是怀疑别人猜出真情。他对于班柯怀着深切的恐惧。班柯敢作敢为，具有深沉的智慧和思虑。因为班柯在荒野上与他一同遇见女巫，深知女巫预言。另外，女巫当时确实还预言过班柯虽不是君王，但班柯的子孙却将君临一国，成为国王。他想：她们把一顶没有后嗣的王冠戴在自己的头上，把一根没有人继承的御杖放在自己的手里，然后再从自己的手里夺去，让班柯后裔得到好处；为了祛除隐患，麦克白决定杀死班柯。他以当晚在王宫举行一次隆重的晚宴为由，邀请了所有王公贵族，招待苏格兰诸位大臣，特别邀请了班柯和他的儿子弗里恩斯，请班柯一定出席。麦克白收买了两个刺客，要这二人当晚在路上埋伏，杀死班柯，还要把跟在身边的儿子弗里恩斯也一起杀了，永绝后患。刺客在路上伏击，果然刺死了班柯，然而班柯的儿子弗里恩斯却在格斗中逃掉了。宴会开始，席上群臣都已就位，麦克白夫妇向客人频频举杯，并抱怨班柯怎么迟迟未到。大家正谈话中，忽然麦克白看见班柯的鬼魂端坐在麦克白的座位上。麦克白惊慌之极，脸色突变，对鬼魂说："你不能说是我干的事，不要对我摇着你染了血的头发。"鬼魂只有麦克白一人看见，别人都没看见，宾客们只见麦克白对着空椅子喃喃自语，十分诧异，麦克白夫人告诫他这只是幻觉，麦克白说的许多见神见鬼的话颠三倒四，既引起众人的怀疑，也把宴会弄得乱糟糟的。鬼魂隐去，麦克白夫人提醒他去陪客人。麦克白遮拦说，不要对我惊诧，我的最尊贵的朋友们，我有一种怪病，认识我的人都知道那是不足为奇的。来，让我们用这一杯酒表示我们的同心永好，祝各位健康！你们干了这一杯，我就坐下。给我拿些酒来，倒得满满的。我为今天在座众人的快乐，还要为我们亲爱的缺席的朋友班柯尽此一杯。要是他也在这儿就好了！来，为大家、为他，请干杯，请各位为大家的健康干一杯。这时，班柯鬼魂重上，麦克白说："去！离开我的眼前！让土地把你藏匿了！你的骨髓已经枯竭，你的血液已经凝冷，你那向人瞪着的眼睛也已经失去了光彩。"麦克白的疯疯癫癫，已经打断了众人的兴致，宴会只好在一片纷乱中结束。麦克白对自己命运忧心忡忡，无可奈何中，他决定再去荒原找那三个女巫卜问凶吉。

这时，贵族列诺克斯和其他不少大臣都对麦克白怀疑，麦克德夫也怀疑麦克白就是刺杀邓肯的凶手。因自己没有赴宴，就受到贬辱，他逃到英格兰马尔康处。邓肯世子马尔康寄身在英格兰宫廷之中，谦恭的爱德华对他非常优待和敬重，一点儿不因为他的处境而削减礼节。马尔康和麦克德夫等人请求贤明的英王出兵相援。

第四幕

麦克白在一个荒凉的山洞里找到女巫们，三女巫用可怕的法术招来三个幽灵回答麦克白的询问。第一个幽灵是个戴钢盔之头颅，它警告说，必须"留心麦克德夫，留心费辅爵士"。第二个幽灵是个血淋淋的孩子，他说，"没有一个妇人所生下的孩子可以伤害麦克白"。第三个幽灵是个头戴王冠、手持树枝的孩子，他则说，"麦克白永远不会被人打败，除非有一天勃南森林会冲着他向邓西嫩高山移动"。麦克白听了大为高兴，认为勃南的树林移动是绝不会有的事。有了后两个幽灵的预言，他感到自己不可战胜。他又问班柯的后裔会不会在这一个国土上称王？女巫作法的煮锅沉入地下，麦克白面前出现了国王装束的八个人的影子，班柯鬼魂随其后，用手指点着他们，表示他们就是他的子孙。这时女巫们奏乐，跳舞，舞毕俱隐去。

麦克白认为自己在罪恶里陷得已经很深，只有继续走下去，将一切妨碍自己的人都残酷地杀掉。

这时，有使者向麦克白报告麦克德夫已经逃奔英格兰，加入马尔康的军队去了。

麦克白回到宫廷立即派刺客去麦克德夫家，杀害了他的妻子、子女和仆人。残暴的行为引起臣民们极大的反感，许多有名望的人都已经起义，许多人都跑去加入马尔康的军队。剩下的人也暗暗希望马尔康的军队打回来，打败麦克白。

在英格兰，马尔康对前来投奔他的单身的麦克德夫存有戒心，马尔康向麦克德夫描述了自己极端丑恶的本性，麦克德夫听后大失所望，痛心地相信苏格兰没有了希望，一番考验之后，马尔康向麦克德夫承认自己在说谎，并解释说只是想确认麦克德夫是否忠实于他。洛斯来到英格兰向马尔康和麦克德夫诉说麦克白的恶行，同时也带来了麦克德夫的妻小全部遇害的消息。痛不欲生的麦克德夫发誓要亲手杀了麦克白。马尔康在英格兰国王的相助下，军队已经调齐，一切齐备，只待整装出发。

第五幕

不久，麦克白听说逃亡在外的邓肯的长子马尔康和苏格兰贵族麦克德夫已在英格兰举兵，麦克白知道人们现在与他离心离德，他甚为孤独，终日活在恐惧、焦虑与罪恶感中，更加恐惧不安，神经紧张，寝食不安。而麦克白夫人由于受了精神上的折磨，接近崩溃，得了梦游症。一方面处于睡眠的状态，一方面还能像醒着一般做事。她半夜里一边熟睡，一边出来走动，好像在洗手，说手上有血迹，胡言乱语中把自己内心的隐秘都说了出来。

英格兰的军队已经迫近，领军的是马尔康、他的叔父西华德和麦克德夫三人。麦克白忙于在邓西嫩城堡四周建起防御屏障，虽然大多数士兵已经投靠了马尔康，他还是坚信不会失败，除非勃南的森林会朝邓西嫩移动。英格兰的军队进攻麦克白的邓西嫩城堡之前夕，麦克白夫人终于忍受不了噩梦的折磨而死掉了。这样，麦克白更加孤独，也更加恐惧、凶残。他想着女巫的预言，觉得没有人能战胜自己。他故作镇定，替自己壮胆，但又色厉内荏，心神不宁。在勃南森林附近之原野，他率领军队抵御马尔康和麦克德夫等苏格兰贵族的义军。他的部队节节败退，退到城堡附近的平原。一天，麦克白的哨兵慌忙来报说，好像是勃南的森林在向这里移动，事实是马尔康的队伍经过勃南时，马尔康命士兵们每人砍下一根树枝举在头上作隐蔽，向邓西嫩走来，看起来便像整个森林移动了。这却让麦克白看到了一幅可怕的景象。麦克白想到女巫的幽灵预言，竟这样应验了，不禁信心大损。马尔康的队伍冲过来，两兵相接，麦克白的队伍众叛亲离、不堪一击。麦克白想到女巫的幽灵还说过"没有一个妇人所生下的人可以伤害麦克白"的预言，在战场上一路冲杀，势不可当，最后遇着费辅爵士麦克德夫。麦克德夫痛骂暴君，杀害自己的妻儿老小，上前与他交战。麦克白还在用第三个幽灵的话安慰自己，对麦克德夫说，凡是女人生的人都不能伤害他。他万没想到麦克德夫说他自己并不是母亲正常生下来的，而是因不足月由别人从母亲的腹中取出来的。这样，麦克白的任何信心也没有了，"愿这些欺人的魔鬼再也不要被人相信，他们用模棱两可的话愚弄我们，听来好像大有希望，结果却完全和我们原来的期望相反。我不愿跟你交战"。麦克德夫讥笑他是懦夫，要把他的像画在帐篷外面，底下写着"请来看暴君的原形"。麦克白被激怒了，便与麦克德夫激战，终于被麦克德夫杀死。

麦克白的头颅被取下，无道的虐政从此被推翻了。马尔康的军队大获全胜，在臣民的欢呼声中，马尔康继承了邓肯的王位，并决心惩办麦克白的党羽，重整国家。

苏格兰终于迎回了真正的国王马尔康，整个国家也从此恢复了和平与安宁。

3.赏析

《麦克白》是莎士比亚悲剧中最阴沉可怕的一部，也是莎士比亚的悲剧中篇幅最短的一部，它的戏剧性情节发展特别快，剧情节奏紧张、情节紧凑，扣人心弦，其对人性的心理描写和剖析堪称绝妙。莎士比亚在此之前创作的悲剧，其主人公都被塑造成正面人物形象，只有麦克白被塑造成反面人物。他本是一个万人敬仰、品行卓绝的英雄，却在腥风血雨、浊流泛滥的岁月里经受不住野心和权势的诱惑，变成谋杀贤君、暗害忠良的恶人。《麦克白》表现的就是个人野心日益膨胀、犯罪愈来愈重、终于导致人物毁灭的悲剧。莎士比亚通过对曾经屡建奇勋的英雄麦克白变成一个残忍暴君过程的描述，谴责了君主制度，深刻地揭示出个人的野心对人、对良知的侵蚀作用。

悲剧的主题是：野心、贪欲的邪恶性，如果不加克制，它会使好人变成恶人，小则自我毁灭，大则害国害民。

《麦克白》的悲剧性

莎士比亚的四大悲剧都是在他戏剧创作的第二个时期完成的。

其创作风格已由乐观明快转为悲观抑郁，创作思想也从歌颂人文主义理想转而揭露批判社会的种种罪恶和现实。而《麦克白》是莎士比亚更具"纯粹"的悲剧特性的悲剧。

麦克白是苏格兰的大将，是邓肯国王的表亲，立下赫赫军功，是苏格兰的功臣和名将。他在平定叛乱班师回朝的路上，听了三个女巫的预言，就挑起了内心强烈的权力欲望。当他被国王授予考特爵士时，女巫的第一个预言实现了，他野心勃勃，甘愿犯弑君之大罪，也要登上王位。而成为国王后，内心极度恐惧和折磨，又导致了一连串新的犯罪，结果是倒行逆施，必然死亡。莎士比亚在剧本里谴责了他的罪行，也惋惜他由有功之臣堕落为封建暴君。也正是因为他当初为苏格兰立过大功，后来却堕落了，麦克白这一人物才具有悲剧性。

麦克白天性中的野心欲望、恶性循环的罪恶感以及虚妄的执着和自信，是麦克白悲剧发生的内在必然性。女巫的预言引起了麦克白的非分之想，女巫的预言对班柯却毫无意义，班柯反而劝麦克白不要坠入魔鬼的圈套。麦克白夫人的阴谋和残忍对麦克白的犯罪起了促进作用，但说到底还是因为麦克白的野心，只是借助了女巫的预言和妻子的贪欲的外因，实现自己内心深处的欲望。莎士比亚对麦克白这个人物的内心进行了细致入微的剖析和刻画。阐释了麦克白本人的野心、欲望与其妻子恶意的怂恿，更多地体现了宿命的因素，使麦克白最后的死更具悲剧色彩。

麦克白的悲剧命运反映了资产阶级个人野心无限膨胀的必然结果，从根本上说，这是由他的阶级性所决定的，是当时社会激化了的尖锐的客观现实矛盾在他内心刮起的风暴，他的悲剧是社会的悲剧、时代的悲剧。

悲剧的主旨：一个正常的人犯了罪之后，必然要遭受种种精神上的痛苦，最后身败名裂。

人物形象分析

麦克白天生具有勇敢军人与天才统帅的品质，他的内心一直进行着善与恶、雄心与野心的交战。他的本性中存在着巨大的不安分，作品中麦克白夫人准确地描述了麦克白，"你希望做一个伟大的人物，你不是没有野心，可是你却缺少和那种野心相联属的奸恶；你的欲望很大，但又希望只用正当的手段；一方面不愿玩弄机诈，一方面却又要作非分的攫夺"。麦克白是国王邓肯的表弟，根据当时苏格兰的王位继承制，他也拥有王室继承权。他在"征讨叛逆""保卫祖国"的战斗中屡建奇功，可谓功高盖主。邓肯都感叹："你的功劳超越寻常了……"邓肯显然深切地感到了麦克白对他王室的威胁，所以才会在接见麦克白的同时，急忙宣布立长子"马尔康为王储，封为肯勃兰亲王"，破灭了麦克白用"正当的手段"满足野心的希望。女巫的预言使麦克白内心的隐秘的权力欲望浮出水面，而邓肯对他过火的奖赏和夸赞，增强了他的欲望，所以，麦克白即使没有女巫的预言、妻子的唆使，那颗"跃跃欲试的野心"，天性中无法克制的野心和欲望，也必然会使他走上弑君之路。

麦克白悲剧过程中的三次较大的罪恶行为是"弑君""暗杀班柯父子"和"屠杀麦克德夫一家"。如果说麦克白弑君时还曾犹豫不决，是在麦克白夫人的计划和唆使下进行的，而在暗杀班柯父子时，则显露出他担心阴谋败露、王位易主而铲除异己的坚定性、阴险性和残酷性，而在屠杀麦克德夫的妻子和孩子时，其暴君的残酷、狂暴的本性暴露无遗。

麦克白在谋杀邓肯之后长叹:"我怎么了,什么声音都叫我心惊?这双是什么手?嘿,要给我挖眼睛。大洋里所有的水,能够洗净我手上的血迹吗?"麦克白的恐惧和失常,以及"杀害了睡眠"的惴惴不安,来自内心深处的罪恶感。

麦克白深深的罪恶感一直折磨着他,弑君之后的罪恶感及对虚妄的执着造成他"以不义开始的事情,必须用罪恶使它巩固"。(见朱生豪译《莎士比亚喜剧悲剧集》,译林出版社,2019年版,第616页)成为国王之后,他用更大的罪恶来维护以前用罪恶得来的一切,麦克白变得冷酷凶残,他不再和夫人商量,就雇人杀了对他王位有威胁的班柯,后来又凶狠地杀了麦克德夫的家小。他越来越疯狂,终成为一个嗜杀成性的疯狂暴君。麦克白一生由兴衰交织而成,欲望带来的兴,导致了他迷失方向而走向衰败。

麦克白夫人是个极聪明、狠毒、实际的女性,她心胸狭隘,坚决果敢,凶狠毒辣。她比麦克白更冷酷、更贪婪、更有野心,她的这颗野心更多的是为了麦克白。她为丈夫计划着作为国王的美好未来。在故事开始时,她果断而又野心勃勃,她几乎没有考虑谋杀的行为是对还是错,就制定了谋杀计划的全部细节,她在国王的侍卫酒里下了麻药,又替麦克白准备好了匕首。她深谙其夫瞻前顾后、顾虑重重的性格弱点,所以她运用狡猾的诡辩使麦克白相信,他们的弑君好像是合乎人情的。她在邓肯面前摆出一副贤淑、讨人喜欢的女主人形象,当麦克白杀死班柯,班柯的鬼魂在宴会上出现时,麦克白在宴会上失态,她能够表现得镇静和自信,向群臣解释、道歉,让局面不至于尴尬。但随着国王的被杀害,她的勇气日渐消退,而当上国王的麦克白不再需要她的帮助就已经变得很凶残。她害怕黑夜,无法忍受杀人带来的精神谴责和血债的重压,以至于精神失常,患了梦游症。她梦游时下意识地不停地洗手,暴露出沉重的犯罪感,最终在一片惶急、恐惧中自杀身亡,悲剧性地结束了生命。

邓肯是苏格兰的国王,他诚实、谦虚、仁爱,深受臣民的喜爱。邓肯一直用正义和智慧统治着这片国土。他以慷慨的个性真诚地赞扬麦克白,说"你的功劳太超乎寻常了,飞得最快的报酬都追不上你,要是它再微小一点儿,那么也许我可按照适当的名分,给你应得的感谢和酬劳,现在我只能这样说,一切的报酬都不能抵偿你的伟大的勋绩"。他送麦克白夫人钻石礼物,还要亲自与马尔康赴麦克白家慰问探视,表现了邓肯对麦克白的依赖。邓肯对麦克白过火的奖赏和夸赞,增强了麦克白内心的欲望,麦克白杀害了邓肯,其实是让这个世界失去了最完美无瑕的国王。

班柯是苏格兰军中的大将,他忠诚、勇敢、理智。女巫曾同时预言麦克白和班柯子孙的未来,但班柯深信女巫们都是邪恶的灵魂,抵制了她们的诱惑,还规劝麦克白不要落入女巫们的圈套。他诚实又有智慧,当他开始怀疑麦克白时,已经迟了,为此丢了性命。班柯是剧中的英雄,麦克白屈服于邪念和野心,班柯却一直保持着高尚的品格。

麦克德夫诚实、直率,是正义的化身,他深信暴君麦克白一定会被推翻,真正的君王应该是皇储马尔康。他看出麦克白的野心,怀疑国王邓肯被杀系麦克白所为,果断地追随马尔康来到英国,也由此给家中的妻小带来杀身之祸。最后,他杀死麦克白,为家人报了仇,也重新把和平带回苏格兰。

艺术特色

《麦克白》一剧情节简单,结构严谨,剧情紧凑,重心突出,在艺术上很有独到之处。

全剧弥漫在迷信、罪恶、恐怖的氛围里，女巫、幻象、鬼魂、梦游等增强了恐怖、可怕、阴郁的悲剧气氛，表现了麦克白野心膨胀的矛盾心理，麦克白夫妇弑君前后的心理变化，悲剧人物的思想脉络发展渐进、层次分明。利用两种颜色即黑与红来渲染悲剧色彩——黑，指夜晚，剧中绝大部分场景是在阴森恐怖的夜晚，而打破这浓重夜色的唯一色彩则是血的红色。邓肯的血，班柯的血，还有麦克白夫人手上永远洗不净的无形之血迹，都渲染了悲剧色彩。

剧本里有几个著名场景情境，例如麦克白夫妇杀害邓肯一场、半夜看门者独白一场、"筵会"一场，以及"梦游"一场，都是第一流的精心之作。

大量的心理描写，表现了麦克白在堕落过程中野心与良知的激烈斗争，描绘出弑君篡位的内心矛盾的复杂变化。如在谋杀国王面前的缩手缩脚、胆战心惊，内心充满了紧张而复杂的矛盾。事后，他遭受良心的折磨。当邪恶战胜善良，他又认为"以不义开始的事情，必须用罪恶使它巩固"，变得更加冷酷。剧中采用大量的独白表现麦克白的外部冲突——杀人之前的犹豫、恍惚和之后的恐怖、紧张，体现了他内心的搏斗。

《威尼斯商人》

《威尼斯商人》是莎士比亚的著名喜剧之一，但它也是喜剧中的悲剧，它探究的是金钱这一古老而又永不过时的话题，是莎士比亚早期喜剧中最富于社会讽刺意义的一部。在对犹太民族充满敌视和偏见的社会环境中，莎士比亚用现实主义的大手笔间接地揭示了造成该剧人物冲突的宗教根源，使这部喜剧暗含着深刻的社会悲剧性。作品成功地塑造了吝啬冷酷的高利贷者夏洛克的形象，以及助人为乐、追求爱情自由、才智超群的安东尼奥、鲍西娅、巴萨尼奥等人物形象。

1.时代背景

《威尼斯商人》写于1596年，主要情节取材于14世纪意大利作家乔万尼·菲奥伦蒂诺的小说《傻瓜》。

16世纪后期，在女王伊丽莎白一世的统治下，资本主义经济发展迅速，英国出现了经济繁荣和政治安定的局面，王室和资产阶级之间形成了暂时的联盟。1588年，英国打败了西班牙的"无敌舰队"，取得了海上霸权，海外贸易也盛极一时。到16世纪90年代，英国社会只能保持着表面的繁荣，各种矛盾逐渐尖锐化起来。首先，当时的民族矛盾日益突出，犹太民族被看作是劣等民族，犹太教徒被称作异教徒，受到基督教的轻蔑和压迫。其次，当时的高利贷资本与商业资本是中世纪留下的两种不同形式的资本。高利贷资本是旧式的，不利于商业发展；而商业资本是新式的，敢于海外冒险，有利于商品流通，促进生产的发展。人们对从事海外贸易的商人有好感，对高利贷者却极端厌恶和痛恨。莎士比亚开始感到人文主义理想与英国社会现实之间的距离。作为一个资产阶级作家，对解决社会上和生活中出现的矛盾充满信心，他的喜剧还是愉快乐观的，但社会讽刺因素已有所增长。《威尼斯商人》是莎士比亚从写作喜剧转向写作悲剧的承前启后的代表作，体现出莎士比亚的人文主义者的爱憎情怀和开明态度。

2.剧情梗概

第一幕

威尼斯是意大利的一个著名古城，风光旖旎，街上水道纵横，可以行舟。城中有一位名叫安东尼奥的青年商人，他为人豁达、乐善好施、助人为乐，特别是对朋友重义轻利，因此他拥有许多朋友。其中有个最要好的朋友叫巴萨尼奥，是个青年贵族。巴萨尼奥为了维持外强中干的体面，把微薄的产业挥霍殆尽，经常入不敷出，常常接受安东尼奥的救济。巴萨尼奥看上了贝尔蒙特城的名门闺秀鲍西娅。鲍西娅年轻美貌，德行甚佳。她的父亲刚去世，留给她大笔遗产，远近向她求婚者甚多。巴萨尼奥自认为以自己的人品和才智，向她求婚必能获胜。但因为自己无法像其他有钱的贵族子弟一样讲排场，担心遭到鲍西娅的拒绝，便请求安东尼奥相助，希望向他借3000块钱。安东尼奥当时手头刚好无钱，因他的货船远航未归，全部财产都在海上，也没有可以变卖成现款的货物。为了帮助朋友，他决定以自己的船队作保，向放高利贷的夏洛克借钱。

安东尼奥找到了夏洛克，拿自己船上的货物作担保，希望能借到3000块钱。夏洛克是威尼斯城里有名的犹太富人,他在威尼斯放高利贷,此人悭吝刻薄,心狠手辣,放贷利息很高,条件又苛刻,对还不起钱的人毫不仁慈。他特别恨安东尼奥,原因有两个:一是安东尼奥经常无偿地借钱给别人,从不收利钱,这影响到了夏洛克经营的高利贷业,搅扰了夏洛克盘剥取利的生意;二是夏洛克是犹太人,平常受基督教徒歧视很厉害。安东尼奥是一位基督教徒,他憎恶犹太民族。加上一向憎恶夏洛克的为人,曾在商人会集的场所当众辱骂夏洛克,所以夏洛克对安东尼奥早就有"深仇宿怨"。当安东尼奥和巴萨尼奥一起来借钱时,夏洛克最初不愿借,后来想趁此机会进行报复,就表示同意借钱,定了个极为古怪而残酷的条件,不收分文利息,但须写下借约,即贷款以3个月为期,届期若不能还清本金,就从安东尼奥身上割下一磅肉。巴萨尼奥劝安东尼奥别向他借钱了,但安东尼奥将借约视为一个玩笑,况且自己的货船不到期限就能返回,想到那时会有"九倍这笔借款的数目进门",便不顾巴萨尼奥的反对,同意了条件。于是三人同往律师处签订借约合同,约好3个月后安东尼奥若不能偿还3000块钱欠款,夏洛克就可以在他身上任选一个地方割下一磅肉来。

第二幕

巴萨尼奥动身求婚之前宴请宾客,举行一场化装舞会,夏洛克亦被邀请参加。事实上这是巴萨尼奥和自己的好友罗兰佐商量好的计策。因为罗兰佐与夏洛克的女儿杰西卡相爱,然而夏洛克不同意,对女儿管得甚严。杰西卡希望自己皈依基督教,做罗兰佐的妻子。借着巴萨尼奥大宴宾客,夏洛克一离开家,杰西卡和罗兰佐就趁机乘船逃往外地。杰西卡还带走了夏洛克许多金银财宝。夏洛克回家发现时已晚，他懊丧万分，又无可奈何。不久，即传来消息说他女儿杰西卡与罗兰佐拿了他的钱在贝尔蒙特城热那亚过着豪华生活，他听了气急败坏。

巴萨尼奥拿到钱后，带着侍从葛莱西安诺衣冠楚楚地赶去贝尔蒙特城向鲍西娅求婚。

在贝尔蒙特城的鲍西娅家中，求婚者不在少数。侍女尼莉莎说起老太爷在世的时候，有一个文武双全的威尼斯人巴萨尼奥，是最值得选择的。鲍西娅说他值得夸奖，可鲍西娅却自有一番苦衷，她的婚姻要由抽签决定，自己没有任何选择的权力。鲍西娅慨叹"一个活着的女儿的意志，却要被一个死了的父亲的遗嘱所钳制"，但她仍然遵从父命。她的父亲临终时想出了一个新奇的办法帮助女儿选婿并立下遗嘱，要女儿将来照此办理。父亲的遗嘱甚怪，要用金、银、铅金属造3个小匣子，其中一个匣子中装有鲍西娅的小画像。求婚者根据自己的判断，对金、银、铅3个小匣子进行选择，若是选中有小画像的这个匣子，便可以跟女儿匹配成亲。更奇怪也更苛刻的是，遗嘱还要求婚者发誓，如若选错了，终身不再向任何女子求婚。

一连4位求婚者看见条件太苛刻，不敢问津，都来向她告别。第五位来的是摩洛哥亲王，他下决心选了金匣子，打开看时，里面竟是一个骷髅，那空空的眼眶里藏着一张有字的纸卷。上面写着：

  闪光的不全是黄金，

  这话常听人说得分明；

  多少世人出卖了一生，

  不过看到了我的外形，

蛆虫占据着镀金的坟。
你要是又大胆又聪明,
手脚年轻,见识却老成,
就不会得到这样回音:
再见,劝你冷却这片心。

(见朱生豪译《威尼斯商人》,译林出版社,2018年版,第39页)

摩洛哥亲王乘兴而来,败兴而去。接着,法国的阿拉贡亲王也来求婚,宣过誓后,他选了银匣子,打开一看,里面是一个眯着眼睛的傻瓜的画像,上面还写着字句:

这银子在火里烧过七遍;
那永远不会错误的判断,
也必须经过七次的试炼。
有的人终身向幻影追逐,
只好在幻影里寻求满足。
我知道世上尽有些呆鸟,
空有着一个镀银的外表。
随你娶一个怎样的妻房,
摆脱不了这傻瓜的皮囊。
去吧,先生,莫再耽搁时光!

(见朱生豪译《威尼斯商人》,译林出版社,2018年版,第44页)

这时,温雅的葛莱西安诺来到门前,说他的主人叫他先来向小姐致意,除了一大堆恭维的客套以外,还带来了几件很贵重的礼物。

第三幕

在威尼斯的街道旁，安东尼奥的两个朋友萨莱尼奥和萨拉里诺正在谈着一则传闻——安东尼奥的一艘满载货物的船只在海峡里倾覆了。他们见到夏洛克，便向他打听消息。夏洛克一心想的是女儿逃走的事，正在咒骂自己女儿说："我希望我女儿死在我的脚下，满耳朵戴满了珠宝！我愿她就在我脚下安葬，把那些银钱都填在她棺材里！"当他们问他是否听说安东尼奥商船出事的消息时，夏洛克念念不忘的是那一份借约。他要除掉竞争对手，独霸威尼斯生意，想到安东尼奥对他的民族歧视，这种宗教压迫积蓄已久的深仇宿怨爆发了。他喊出了著名的台词：

> 拿来钓鱼也好，即使他的肉不中吃，至少也可以出出我这一口气。他曾经羞辱过我，夺去我几十万块钱的生意，讥笑我亏了本，挖苦我赚了钱，侮蔑我的民族，破坏我的买卖，离间我的朋友，煽动我的仇敌。他的理由是什么？只因为我是一个犹太人。难道犹太人没有眼睛吗？难道犹太人没有五官四肢，没有知觉，没有感情，没有血气吗？他不是吃着同样的食物，同样的武器可以伤害他，同样的医药可以疗治他，冬天同样会冷，夏天同样会热，就像一个基督徒一样吗？你们要是用刀剑刺我们，我们不是也会出血的吗？你们要是搔我们的痒，我们不是也会笑起来的吗？你们要是用毒药谋害我们，我们不是也会死的吗？那么要是你们欺侮了我们，我们难道不会复仇吗？

（见朱生豪译《威尼斯商人》，译林出版社，2018年版，第

47~48页）

夏洛克的朋友向他证实了安东尼奥商船出事的消息。夏洛克为此欣喜万分，连连喊着："好消息，好消息！"他让朋友先到衙门里走动走动，花费几个钱。要是安东尼奥愆了约，他就要挖出安东尼奥的心来，他甚至准备去法院控告安东尼奥了。

巴萨尼奥来到鲍西娅家里。鲍西娅见他温文尔雅，一表人才，心生喜欢。但父亲遗命不能违，求婚一事，还得用选匣子办法。巴萨尼奥是个有心思有头脑的人，他看到金、银、铅3个匣子时，认为"外观往往和事物本质不符，世人却容易为表面装饰所欺"。巴萨尼奥不为金匣、银匣表面的装饰所惑，他选了质朴无华的铅匣子，打开一看，里面竟是美丽的鲍西娅的画像！再看一张纸上面写着：

> 你选择不凭着外表，
> 果然给你直中鹄心！
> 胜利既已入你怀抱，
> 你莫再往别处追寻。
> 这结果倘使你满意，
> 就请接受你的幸运，
> 赶快回转你的身体，
> 给你的爱深深一吻。

（见朱生豪译《威尼斯商人》，译林出版社，2013年版，第56页）

此时，巴萨尼奥万分欣慰，他获得了鲍西娅的爱情。鲍西娅也同样欢快激动，她郑重地把一个指环送给巴萨尼奥，要他戴在手指上，永不脱去，并说如果指环丢失或送给别人就意味着这份爱情的毁灭。在场的巴萨尼奥的侍从葛莱西安诺和鲍西娅的侍女尼莉莎也表示要结为伉俪，尼莉莎也送给葛莱西安诺一个指环。

正在他们为此庆贺之时，萨莱尼奥送来安东尼奥的信。安东尼奥的信中说，他的"船只悉数遇难，债主煎迫，家业荡然。犹太人之约，业已愆期；履行罚则，殆无生望"（见朱生豪译《威尼斯商人》，中译出版社，2016年版，第119页），只求死前与好友巴萨尼奥再见一面。鲍西娅了解了事情的来龙去脉后，连忙让巴萨尼奥带上一笔巨款与其侍从葛莱西安诺前往威尼斯搭救安东尼奥。为让巴萨尼奥能合法地使用她的钱财，在其动身前两人结了婚。

巴萨尼奥走后，鲍西娅写一封信，托朋友火速送到帕度亚她的表兄培拉里奥博士手中，再让朋友把表兄的回信和衣服带到码头，乘公共渡船到威尼斯。鲍西娅和尼莉莎两人女扮男装，前往威尼斯。

第四幕

威尼斯法庭开庭审判。在法庭上，威尼斯公爵请夏洛克顾及安东尼奥最近接连遭受的巨大损失，放弃对安东尼奥的处罚；孰料夏洛克固执异常，请求威尼斯公爵主持公道，坚持照契约执行处罚。威尼斯公爵出于对安东尼奥的同情，想尽方法劝说夏洛克，希望他接受巴萨尼奥提出的以6000块钱来偿还债务，并放弃索取一磅肉的要求。尽管公爵竭力劝说，夏洛克仍然固执己见，一一予以拒绝，并且使劲儿地磨刀，要割安东尼奥身上一磅肉。葛莱西安诺愤怒地说："你这把刀是放在你的心口上磨，无论哪种铁器，就连刽子手的钢刀，都赶不上你这刻薄狠毒的心肠一半的锋利。"夏洛克对公爵说："要是您拒绝了我，那么让你们的法律见鬼去吧。威尼斯城的法令等于一纸空文。我现在等候着判决，请快些回答我，我可不可以拿到这一磅肉？"公爵说："我已经差人去请培拉里奥博士，来替我们审判这件案子；要是他今天不来，我可以有权宣布延期判决。"正在双方各不相让、难分难解时，外面有一个使者刚从帕度亚来，带着培拉里奥博士的书信，等候着公爵的召唤。法庭从帕度亚请来协助审理此案的法学博士来了。原来，培拉里奥博士从表妹鲍西娅的信件中得知事情的原委，便以身患疾病为托词，向公爵推荐鲍西娅代审此案。鲍西娅和侍女尼莉莎分别乔装成律师和书记，来到威尼斯法庭。公爵宣布由这位年轻律师审理此案。于是，化了装的鲍西娅便正式坐在法官席上进行审判。法官对夏洛克说，你这场官司打得倒也奇怪，可是按照威尼斯的法律，你的控诉是可以成立的。法官再三要求夏洛克慈悲一些，不要索取安东尼奥的肉，被告一方也愿出3倍的钱还他。夏洛克仍然坚持要割肉，寸步不让。夏洛克甚至扬言，就是"把整个儿的威尼斯给我，我都不能答应"。法官说那么就照约处罚。根据法律，这犹太人有权要求从这商人的身上割下一磅肉来。夏洛克高兴极了，准备在安东尼奥心口附近开刀。巴萨尼奥十分痛苦，对安东尼奥说："我爱我的妻子，就像爱我自己的生命一样；可是我的生命、我的妻子以及整个的世界，在我的眼中都不比你的生命更为贵重；我愿意将这一切，送给这恶魔来救你的生命。"鲍西娅不动声色地说："尊夫人要是就在这儿听见您说这样的话，恐怕不见得会感谢您吧。"葛莱西安诺说："我爱我妻子，可要是她能求神灵改变这恶狗一样的犹太人的残忍性格，我宁愿她升入天堂。"尼莉莎回答："幸亏你是背着她说这样的话，否则府上一定要吵得鸡犬不宁了。"法官问称肉的天平有没有预备好？夏洛克说他已经带来了。法官让夏洛克去请一位外科医生来替他堵住伤口，费用归你负担，免得他流血而死。夏洛克说约上有这样的规定吗？约上没有这一条。法官对夏洛克说："那商人身上的一磅肉是你的，法庭判给你，法律给予你。"夏洛克夸奖博学多才的法官判得好。正当夏洛克得意扬扬马上就准备割安东尼奥心口上的肉时，突然，鲍西娅话锋一转，说："这契约没有允许你取他的一滴血，只是写明'一磅肉'，所以你可以照约拿一磅肉去，但是在割肉时，如流下一滴基督教徒的血，你的土地财产，按照威尼斯的法律，就要全部充公。"

夏洛克目瞪口呆了。鲍西娅的这几句话，使他不知所措、无计可施。这时，该轮到安东尼奥的朋友葛莱西安诺赞扬法官了："啊，正大光明的法官！听着，犹太人，啊，博学多才的法官！"夏洛克在惊呆过后，知道事情不妙，立刻改变要求，说："那么我愿意接受还款，照约上的数目3倍还我，放了那基督徒。"巴萨尼奥拿出了赔款，准备交给夏洛克。可是法官说："慢！根据借款契约规定，他只能割肉，不能接受赔偿，而且割肉时流一滴血，或多割、少割一丝一毫，都要抵命，而且财产充公。"夏洛克进退两难，只好说他只愿收回本钱，其他都不要了。鲍西娅说这也不行，因为夏洛克已当庭拒绝了要钱，现在只能给他公道，让他履行原约。夏洛克只好说这场官司他不打了。法官说："等一等，犹太人法律上还有一点牵涉你。威尼斯的法律规定：凡是一个异邦人企图用直接或间接手段，谋害任何公民，查明确有实据者，他的财产的半数应当归受害的一方所有，其余的半数没入公库，犯罪者的生命悉听公爵处置，他人不得过问。你现在刚巧陷入这一条法网……请公爵开恩吧。"（见朱生豪译《威尼斯商人》，中译出版社，2016年版，第159页）公爵饶了他的死罪，但其财产一半应归安东尼奥，另一半归公。安东尼奥主动代夏洛克求情，请公爵和法官从宽发落，免予没收夏洛克的一半财产，另一半财产则由自己代管，等夏洛克死后交给其女儿、女婿。但有两个条件，一是他必须信基督教，二是必须当庭立下文契，死后财产全部赠给女儿、女婿。夏洛克只能同意。

审判结束，巴萨尼奥与安东尼奥对法官非常感激。巴萨尼奥执意将还债的 3000 块钱送给法官，作为酬谢。化装为法官的鲍西娅有意考验自己的丈夫，执意不肯收钱，见巴萨尼奥再三请求，则提出要他手上的指环。巴萨尼奥说指环是妻子所赠，决不能遗失或送人，因而难以从命。鲍西娅说这是他的推托之词，说完便退出法庭。安东尼奥感到过意不去，终于说服巴萨尼奥脱下指环，请葛莱西诺追上法官，把指环赠给法官。扮成书记的尼莉莎也用同样办法，把自己赠给葛莱西安诺的戒指要了过来。然后这两个青年女子赶回贝尔蒙特，换上女装，等待自己丈夫归来。

第五幕

一会儿，巴萨尼奥、葛莱西安诺与安东尼奥一起来到贝尔蒙特。鲍西娅和尼莉莎一看巴萨尼奥和葛莱西安诺回来了，便向他们要指环。巴萨尼奥和葛莱西安诺拿不出指环，只好照实说指环送人了。两个女子便指责他们不忠于妻子。安东尼奥慌忙代巴萨尼奥求情，保证巴萨尼奥以后再不敢对妻子不守信用。这时，鲍西娅把指环拿出，说她将再给自己丈夫一个指环，希望今后再不要拿来送人。巴萨尼奥一看，竟是原来那个指环，大为吃惊，不知是何缘故。鲍西娅拿出法学专家培拉里奥的信给自己丈夫看，他才恍然大悟，知道原来那个年轻聪明、博学多才的"法官"竟然就是自己的妻子鲍西娅，尼莉莎就是书记员，真是又惊又喜，于是鲍西娅才告诉他详细情况。

就在这时，传来消息：安东尼奥的商船已平安抵港，满载而归。

安东尼奥以及巴萨尼奥与鲍西娅、葛莱西安诺与尼莉莎、罗兰佐与杰西卡三对情人都沉浸在欢乐的气氛之中。

3.赏析

《威尼斯商人》代表着莎士比亚喜剧的最高成就，同时，这部作品也是最有争议的喜剧作品。事实上，它不完全是喜剧，应该算作"悲喜剧"更为合适。剧本里有不少悲剧因素，可能成为安东尼奥的一出悲剧，只是到了后来，鲍西娅出现在法庭上，才救了安东尼奥，使得悲剧未能发生，最后以喜剧结束。

《威尼斯商人》这部喜剧讲的不是爱情故事，而是文艺复兴时期具有较好个人品质的商业资本家安东尼奥与放高利贷者夏洛克之间的斗争，它是一部现实主义作品。

剧中的"借债割肉""三匣择婿"和"卷款私奔"三个情节均有出处，但剧作家把原来的以爱情和冒险为主的传奇点化为富有深刻意义的社会现实，安东尼奥、巴萨尼奥、鲍西娅、杰西卡等青年，凭着友谊和爱情这条最高的道德法则，战胜了放高利贷者夏洛克的凶狠、贪婪和报仇意愿，表现了一代青年的幸福观和人文主义理想，作品讴歌了真挚的友谊、爱情和仁慈，谴责卑劣的贪婪、冷酷和凶残。全剧除具有莎士比亚戏剧共有的抒情浪漫风格外，还具有讽刺性和批判性，表现了欺诈报复的主题。

人物形象分析

夏洛克是莎士比亚笔下最著名的反面人物形象。在剧中，他是构成戏剧矛盾冲突的唯一的反面人物，具有悲喜的双重性格。作为高利贷商人,他嗜钱如命、凶狠残暴,是个十足的奸商。他是高利贷资本的代表,是一毛不拔的守财奴。他靠高利贷剥削别人发了财,是个典型的吸血鬼。他不仅对一切向他借钱的人敲骨吸髓、剥皮抽筋,甚至对自己女儿也极端苛刻。仆人朗斯洛特在他家里也被饿得骨瘦如柴,不堪其苦。但作为一个犹太人,他在当时的欧洲资本主义社会备受歧视,屈辱低贱的辛酸地位使他既不敢反抗,又不能争辩。当商业资本家和基督教的代表人物安东尼奥向他借钱时,爱财如命的夏洛克一反常态,借钱不要利息,而是要安东尼奥身上的一块白肉,可见其复仇之心。他和安东尼奥订立的"一磅肉"契约,事实上是要置对方于死地,可见其冷酷无情。莎士比亚并没有将夏洛克简单地刻画成一个贪婪的恶棍、纯粹的邪恶的化身,而是在谴责夏洛克"复仇"的同时,也描写了夏洛克所遭遇的歧视,揭示出夏洛克"恶"背后的"怨"和"恨",把他塑造成一个生动复杂、有血有肉的人物形象。当他作为一个强徒恶棍时,委实让人憎恨反感;当他作为一个受尽凌辱的弱者时,又不能不让人同情怜悯;当他视钱如命时,他是一个喜剧人物;当他最后一败涂地时,又可以算是一个悲剧形象。可见,莎士比亚对他作为受欺负的人表示了深切的同情。

安东尼奥是莎士比亚笔下的正面人物形象,是人文主义代表人物。在剧中,他是新兴海外贸易商业资本家。剧名就是以他的身份命名的,但他在剧中的戏份不多。他对朋友有着无尽的关怀与慷慨。虽然他有像巴萨尼奥这样亲密的朋友,但他自己没有妻子也没有情人,性格是忧郁的。安东尼奥为了朋友的幸福,为了成全巴萨尼奥的婚事,不惜向高利贷者借钱,以致差一点失去了自己的生命。在法庭上,面对借约的合法性,面对威尼斯公爵的无能为力,面对夏洛克的无耻阴谋，他无可奈何，只能听从命运的安排；面对死亡，他具有古罗马英雄那样临危不惧、视死如归的气概，绝不后悔为朋友而牺牲自己的性命。他对犹太人夏洛克的确是轻蔑蛮横的，是基督教对犹太教和犹太民族表现歧视的代表人物。但当鲍西娅扭转了庭审的局势、夏洛克的全部家财将被充公的关键时刻，他又有着基督教徒的仁慈，他反而向法庭要求对夏洛克从宽处理，体现了一个人文主义者的情怀。总之，他身上有正派、重情、温文尔雅等人文主义者为之讴歌的品质。但面对尖锐的斗争，他也有软弱、妥协的一面。

鲍西娅是莎士比亚剧本中一个著名的女性形象，是作者极力歌颂的人文主义者理想中的新式妇女的代表人物。她美丽聪慧、博学多才，又十分富有。但她的婚姻受制于父亲的遗言，面对众多的追求者，她不看重门第财富，表现出她的高尚情操与美好心灵。当命运让她选择了贫穷但聪明坦诚的巴萨尼奥时，她无比欢快激动。她在得知安东尼奥危难的来龙去脉时，表现出她的机智勇敢、足智多谋和沉着冷静，她安排巴萨尼奥带巨款前去法庭搭救。接下来，她甘冒风险，女扮男装，装扮成律师，走上法官席断案。在法庭上，她对夏洛克的告状先扬后抑，抓住借约上的不严密之处，结果使夏洛克败诉，解决了一大群堂堂须眉束手无策的难题，使正义得以伸张、邪恶终遭败阵。鲍西娅不是靠自己法官的威势来取胜的，而是靠博学机智。她精通威尼斯法律，引经据典，处处以法律为根据，使得夏洛克节节败退，最后完全失败。她用自己的勇敢、机智与才能拯救了安东尼奥，让夏洛克得到应有的惩罚。她不但敢于斗争，而且善于斗争。她在剧本里表现得比她的丈夫巴萨尼奥、威尼斯公爵、安东尼奥等男子都精彩得多。她面对咄咄逼人的夏洛克，从容不迫，快刀斩乱麻般地解决了这件奇案。她的身上闪耀着女性觉醒的时代光彩。

巴萨尼奥是一位风度翩翩的英俊青年，具有绅士风度，善于交际而且心胸开阔。他自己囊中羞涩，却仍保持着奢侈的生活方式。他勇敢地追求爱情，又不为金匣、银匣表面的装饰所惑，认为"外观往往和事物本质不符，世人却容易为表面装饰所欺"。他选了质朴无华的铅匣子，得到了鲍西娅的爱情。他以友情为重，在安东尼奥落难时，愿意以自己的生命来拯救朋友的性命。他的正直和热心使他成为一个有血有肉的英雄。

安东尼奥和夏洛克的鲜明的人物对比：

（1）信仰不同：安东尼奥是基督教徒，夏洛克是犹太教徒。

（2）资本不同：安东尼奥是商业资本的代表，他是经营海外贸易的富商巨贾，是新兴海外贸易商业资本家；夏洛克是高利贷资本的代表，是一个贪婪、狡诈、残酷的放高利贷者。商业资本是新式的，敢于海外冒险，有利于商品流通，促进生产的发展。高利贷资本是旧式的，它坐收高利，不利于商业发展。

（3）人性不同：安东尼奥慷慨助人、见义勇为、重情重义，在关键时刻有着基督教徒的仁慈。夏洛克的贪得无厌，对金钱的强烈占有欲使其变成了守财奴和吝啬鬼，成为一个没有人性的冷血动物。

安东尼奥和夏洛克两人性格的激烈碰撞，体现在剧本的第四幕第一场"法庭"场景上，这是全部剧情的高潮部分，也是剧本里最精彩的一场。在这一场里双方斗争十分激烈，矛盾极为尖锐，剧情极为紧张，全场戏紧紧围绕借约里的"一磅肉"进行着。上半场夏洛克气焰嚣张、咄咄逼人，剧情迅速走向悲剧的一面，夏洛克的形象跃然纸上。当鲍西娅上场后采取"欲擒故纵"的办法，造成假象，使夏洛克愈加得意，凶残本性暴露无遗。正当夏洛克准备动手割安东尼奥心口的肉时，鲍西娅说根据借约，夏洛克割肉时不能滴血，如若违反，便要受法律严惩，一下子扭转了局势。夏洛克目瞪口呆后，放高利贷者的本性彰显，立刻改变要求，愿意接受还款，照借约上数目的3倍。当鲍西娅不同意还款，要求照约执行时，夏洛克说只要收回本钱，官司不打了。当鲍西娅说依据威尼斯的法律，异邦人企图用直接或间接手段谋害公民，他的财产的半数应当归受害一方所有，其余的半数没入公库，犯罪者的生命悉听公爵处置时，夏洛克哭诉说拿走了财产就是拿去了自己的命，体现一个十足的守财奴形象。安东尼奥主动代夏洛克求情，请公爵和法官从宽发落，条件是夏洛克必须信基督教及死后财产全部赠给女儿、女婿，体现了一个基督教徒的仁慈和信仰。

戏剧情节

剧本有三个相互交错的情节：一是威尼斯商人安东尼奥与放高利贷者夏洛克之间围绕"一磅肉"的借约而展开的故事，为主要情节；二是以鲍西娅主仆与巴萨尼奥主仆的两对情人之间的爱情故事，为次要情节；三是以夏洛克的女儿杰西卡与罗兰佐私奔，为次要情节。多个情节相互交叠推动剧情发展。

通过这些情节，莎士比亚高度肯定了安东尼奥、鲍西娅以及巴萨尼奥以友情为重的人文主义思想，歌颂了以真诚的爱情为中心的具有人文主义思想的一代新人，批判了夏洛克的唯利是图、贪婪狠毒、丧失人性的放高利贷者的生活哲学，同时又对其因宗教信仰和种族偏见受尽社会歧视和欺侮的犹太民族寄予了同情；塑造了鲍西娅这个美丽、聪明、博学而富有正义感的一个理想的资产阶级女性形象；通过"三匣择亲"的巧妙安排，对金钱的罪恶进行了批判。通过杰西卡与罗兰佐的私奔肯定了人文主义的生活理想，从另一个角度对金钱、门第、封建的家庭伦理道德观和婚姻观做了否定。

戏剧冲突

全剧的中心冲突是威尼斯商人安东尼奥与放高利贷者夏洛克之间的冲突。夏洛克是该剧的一个主要人物，是表现该剧主题思想不可或缺的艺术形象。他狡黠、凶狠，性格复杂多变，是戏剧冲突的一方。他对安东尼奥怀恨在心，就是因为安东尼奥借钱给人家从不收利钱，因而压低了威尼斯放高利贷这些人的利息收入，影响了夏洛克盘剥取利。再则自己是个受歧视虐待、长期忍气吞声的犹太教徒。安东尼奥是憎恶犹太民族的，他曾在商人集会的场所当众辱骂夏洛克，所以夏洛克对安东尼奥早就有"深仇宿怨"。夏洛克坚持要割安东尼奥身上的一磅肉，却不要3000块本金，甚至巴萨尼奥增加至借款的3倍也不要。夏洛克声称即使是给他整个威尼斯，也不同意放过割安东尼奥身上一磅肉的机会。这体现了个人、社会和民族不可调和的矛盾。

鲍西娅上场，在要不要照约执行处罚的问题上，事情似乎会按夏洛克的意向发展，夏洛克兴高采烈，安东尼奥向朋友告别。就在这时，剧情峰回路转，鲍西娅的"照约执行"竟使夏洛克陷入绝境，恶人终于受到惩罚。在这场尖锐的戏剧冲突中，夏洛克这个贪婪、残忍、凶狠的剥削者的形象，被鲜明生动地刻画出来了。鲍西娅智慧、勇敢、沉着的性格特征也得到了充分体现。这种大开大合、曲折有致的情节安排，显示了莎士比亚极高的艺术水平。

艺术特色

《威尼斯商人》一剧结构精巧，颇具匠心。它以"借债割肉"的故事为主线，以"三匣择婿"和"卷款私奔"的故事为副线，三条线索在"法庭"一场中会合，把剧情推向高潮。整场戏写得波澜起伏、峰回路转、扣人心弦。

莎士比亚运用浪漫主义手法，设置了鲍西娅的父亲要求女儿的婚事要用"三匣择婿"的办法来决定的环节，在不定的婚姻命运中，形成欢喜的结局。还有鲍西娅的女扮男装充任律师、"指环"插曲等，情节欢乐浪漫，剧情夸张离奇。"一磅肉"的借约内容很离奇，"一磅肉"借约的官司很奇特。鲍西娅与尼莉莎女扮男装和她们的丈夫同时出庭，两位男士却不明真相。

莎士比亚巧用对比手法，让仁慈与残忍、友谊与仇恨、复仇与报应、宽容与凶残、善良与邪恶等形成尖锐对立。让威尼斯和贝尔蒙特的场景交替出现，形成鲜明对比。威尼斯是世俗的、尔虞我诈、弱肉强食的世界，而贝尔蒙特是脱俗的、诗情画意的理想世界，浪漫主义的"幻想世界"（贝尔蒙特）与现实主义的"真实世界"（威尼斯）的鲜明对比和巧妙结合，加强了艺术感染力，喜剧的气氛与悲剧的浓重色彩给观众以不同的美感享受，两者水乳交融、和谐统一，充分体现出莎士比亚戏剧情节的生动性和丰富性。

莎士比亚从人文主义出发，描绘了封建社会和资本主义社会中的典型人物的特点，通过富商大贾安东尼奥、放高利贷者夏洛克、希望得到嫁妆致富的求婚者巴萨尼奥等人物，揭露了这个社会的罪恶：贪婪、恶毒、残暴，种族偏见、拜金主义、不讲道义。既批判了夏洛克唯利是图的本质，表现金钱对传统社会关系所起的破坏作用，又对他所遭受的不公平种族歧视寄予同情，全剧宣扬了仁爱、友谊、爱情、财富等人文主义理想。

剧本结尾，以充满音乐、月光和爱情的贝尔蒙特与充满尔虞我诈、自私冷酷的威尼斯做鲜明对比，同样隐含着莎士比亚对资本主义所带来的种种罪恶的批判，表露出莎士比亚对人文主义理想的执着，其中也不无劝善惩恶的道德含义。

附录

莎士比亚生平及创作年表

1564年
4月23日，威廉·莎士比亚出生在埃文河畔斯特拉特福镇一个富裕的市民家中，在此度过童年和少年时代。

1571年
莎士比亚在文法学校读书。

1577年
莎士比亚辍学。

1582年
莎士比亚和安妮·哈瑟维结婚。

1583年
5月26日，莎士比亚的女儿苏珊娜接受洗礼。

1585年
2月2日，莎士比亚的儿子哈姆涅特和女儿朱迪思接受洗礼。

约1587年
莎士比亚来到伦敦。

1590—1591年
莎士比亚创作了《亨利六世》中、下篇。

1591—1592年
莎士比亚创作了《亨利六世》上篇。

1592年

伦敦大部分剧院由于瘟疫蔓延而关闭。

1592—1593年

莎士比亚创作了《错误的喜剧》《理查三世》。

1593年

叙事长诗《维纳斯与阿多尼斯》出版。

1594年

叙事长诗《鲁克丽丝受辱记》出版。

1593—1594年

莎士比亚创作了《泰特斯·安德洛尼克斯》和《驯悍记》，并成为宫廷大臣剧团中的一员。

1594—1595年

莎士比亚创作了《维洛那二绅士》《爱的徒劳》《罗密欧与朱丽叶》。

1595—1596年

莎士比亚创作了《理查二世》《仲夏夜之梦》。

1596年

莎士比亚的儿子哈姆涅特去世。

1596—1597年

莎士比亚创作了《约翰王》《威尼斯商人》。

1597年

莎士比亚在故乡买下了当地最大的一所名叫"新地"的房产。

1597—1598年

莎士比亚创作了《亨利四世》上、下篇，《温莎的风流娘儿们》。

1598—1599年

莎士比亚创作了《无事生非》《亨利五世》。

1599年
莎士比亚作为剧团股东同其他人合建了环球剧场。

1599—1600年
莎士比亚创作了《裘力斯·恺撒》《皆大欢喜》《第十二夜》。

1601年
莎士比亚创作了《哈姆雷特》。

1601—1602年
莎士比亚创作了阴暗喜剧《特洛伊罗斯与克瑞西达》。

1602—1603年
莎士比亚创作了阴暗喜剧《终成眷属》。

1603年
詹姆士一世授予"宫廷大臣剧团"皇家标志,并改名为"国王供奉剧团"。同年,剧院由于瘟疫而关闭。

1604—1605年
莎士比亚创作了阴暗喜剧《一报还一报》和悲剧《奥赛罗》。

1605—1606年
莎士比亚创作了《李尔王》《麦克白》。剧院由于瘟疫而关闭。

1606—1607年
莎士比亚创作了《安东尼与克莉奥佩特拉》。

1607—1608年
莎士比亚创作了《科利奥兰纳斯》《雅典的泰门》。期间,剧院由于瘟疫而关闭。

1608—1609年
莎士比亚创作传奇剧《泰尔亲王配力克里斯》。

1609年

莎士比亚的《十四行诗集》出版。剧团增加了"黑衣修士剧场"。同年,剧院由于瘟疫而关闭。

1609—1610年

莎士比亚创作传奇剧《辛白林》。

1610年

剧院由于瘟疫而关闭。

1610—1611年

莎士比亚创作传奇剧《冬天的故事》。

1611—1612年

莎士比亚创作传奇剧《暴风雨》。

1612—1613年

莎士比亚创作历史剧《亨利八世》。莎士比亚离开伦敦的寓所,返回斯特拉特福镇。

1613年

环球剧场在上演《亨利八世》时,被一场大火烧成灰烬。

1616年

4月23日,莎士比亚与世长辞。

参考文献

1. 吴舜立. 外国文学教程 [M]. 西安：陕西师范大学出版社, 2009.

2. 聂珍钊. 外国文学史 [M]. 武汉：华中师范大学出版社, 2010.

3. 杨慧林, 张良村, 赵秋棉. 外国文学阅读与欣赏 [M]. 2版. 北京：首都师范大学出版社, 2008.

4. 陈应祥, 傅希春, 王慧才. 外国文学 [M]. 北京：高等教育出版社, 2009.

5. 刘舸. 新编外国文学史 [M]. 北京：教育科学出版社, 2009.

6. 陈翰笙. 外国著名文学艺术家 [M]. 北京：商务印书馆, 1985.

7. 尼尔·麦克格雷格. 莎士比亚的动荡世界 [M]. 范浩, 译. 郑州：河南大学出版社, 2016.

8. 刘文杰, 郑永茂. 莎士比亚十四行诗思想性解读 [M]. 广州：中山大学出版社, 2016.

9. 威廉·莎士比亚. 莎士比亚喜剧悲剧集 [M]. 朱生豪, 译. 南京：译林出版社, 2019.

10. 威廉·莎士比亚. 威尼斯商人 [M]. 朱生豪, 译. 北京：中译出版社, 2016.

11. 赵澧. 莎士比亚传论 [M]. 北京：中国人民大学出版社, 1991.